後宮の花結師

「草苺《ツアオメイ》と申します。
僭《せん》越《えつ》ながら、わたしが
花結いをさせていただきます」
読み書きも計算もできない、少し手先が器用なだけの
雑草娘娘《ザーツアオニャンニャン》として、雑草むしりをこなしながら煤《メイ》と一緒
にいられるだけでよかった。少なからず、いままではそう
だった。今後は、そうはいかない。草苺《ツアオメイ》は覚悟を決めた。

# 後宮の花結師

著 彁《ゆみか》はるこ

Illust. さんど

口絵・本文イラスト
さんど

装丁
AFTERGLOW

目次《もくじ》

本書は、二〇二二年にカクヨムで実施された「楽しくお仕事 in 異世界」中編コンテストで優秀賞を受賞した「後宮の花結師」を加筆修正したものです。

遥《はる》か昔、まだ神と人が共存していた時代。

世は邪悪な大蛇《オロチ》によって滅びかけたが、神は魔と対峙《たいじ》するための力を人間に与えた。

男には、己の影から魔祓《まばら》いの武器を喚《よ》ぶ力を。

女には、癒やしの花を身体《からだ》から咲かせる力を。

神から与えられた奇跡により人は大蛇を封じ、封印の上に国を造った。

それがここ——華剣《ゲケン》。
天上の大神——花龍白天神君《カリユウハクテンシンクン》の寵愛《ちようあい》を受ける大国である。

大蛇が討伐されて早千年。

邪欲《じやよく》に堕ちた皇帝紫円《シエン》のおぞましい愚行により大蛇は蘇《よみがえ》るが、皇太子白匣《ハクコウ》によって倒される。

脅威の再来に伴い、女たちが咲かせる花——癒花《ジユフア》の重要性は高まっていた。

この時代、癒花は女の命だった。

無論、これは比喩《ひゆ》だが華剣の中心——春季ノ都の後宮に住まう女には直接的な意味となる。

大蛇復活を機に己の美貌《びぼう》よりも癒花のあり方が尊重され、それはつまり皇帝に見初《みそ》められたくば己に咲き誇る癒花を磨き、なによりも癒花を美しく魅せねばならない。

女の命である癒花を整える者を、人々は敬意を込めて〈花結師《はなゆいし》〉と呼んだ。

# 序章　花結い女官

「草苺《ツアオメイ》！　あなたの花結いはすごいわ！」

鶯《うぐいす》が羽ばたく澄んだ朝空に、随喜の声が響いた。

「起きたら朝顔《チアンニウファ》が半端に千切れて、変色もしてて……。あんなんじゃ人前に出られなかった！」

淡い青の朝顔を頭に生やす若い女官は歓喜と興奮に頬を上気させた。

廊下に座る彼女は手にする小さな丸鏡を様々な角度に移動させ、自分の髪型――朝顔のツルを編み込んで作った団子頭を何度も確認する。

弧を描いた唇からうっとりと零《こぼ》される吐息には、感嘆だけでなく安堵《あんど》も含まれていた。

「話には聞いてたけど、本当に花結いがうまいのね！」

「ありがとう」

喜色満面な彼女に、彼女の花を結ってやった少女女官――草苺も口元を綻《ほころ》ばせる。

素朴な雰囲気ながらも目鼻立ちは整っており、微笑《ほほえ》む姿には愛嬌《あいきょう》があった。

「こちらこそ、喜んでもらえてよかったよ」

瑞々《みずみず》しい若葉色の瞳《ひとみ》。適度に日焼けした健康的な肌。歳《とし》は十六前後だろう。背丈が低く、やや幼く感じられた。

事の発端は、夜が明けきらぬ彼は誰時《かれどき》。

草苺はある事情で他の女官よりも早く起きる癖があった。

他の女官が寝息を立てるなか。身支度を終わらせて、下級女官が雑魚寝《ざこね》する大部屋の外にそっと出たところ、野暮ったい瓦燈《がとう》の灯《とも》る寂然とした飾り気のない廊下の隅で啜《すす》り泣《な》く彼女を発見。暁闇にぼんやりと浮かぶ見慣れた朝顔によって、草苺は彼女が同室の下級女官だと気付いた。

同室というだけで言葉を交わしたことはなかったが、放っておけず声を掛けた。

「切れていた葉は女郎蜘蛛《じょろうぐも》の糸で縫い合わせたよ。黒くなってる部分は周りのツルと髪を一緒に編み込んで後ろで団子にして被《かぶ》せるように密集させたから、そこまで目立って見えないはず」

泣いていた理由が彼女に咲く朝顔が傷んでいたせいだと知った草苺は、彼女の癒花を整えてやり、いまに至る。

「たんぽぽの乳液と朝露を混ぜたノリで固めておいたから」

草苺は束になっている朝顔を軽く摘《つま》み、最後の確認をする。

朝顔は金色の暁光を浴びて燦々《さんさん》と美しく咲き誇っていた。傷んでいたとは思えない。

「うん。形も崩れないと思うよ」

切れて変色した朝顔は、密集する他の朝顔によってうまく隠れていた。まとめた朝顔を搔《か》き分《わ》けられてしつこく奥まで見られでもしない限り、傷んでいたとは分からない。

「剪定《せんてい》はできないから、新しい癒花が咲くまで我慢してね」

「切ることができれば一番いいんだけどねえ」

「仕方がないよ。いくら自分の癒花とはいえ、これは神様からの恩恵だから」

「自然に枯れるか、花結師じゃないと切ることが許されないなんて……こういう時に困るわ！」

朝顔の女官は頬を膨らませて不満を爆発させる。

女の頭を彩る癒花は神からの贈り物。

己の花であろうと、安易に切ることは神に対しての不敬。

なにより後宮では癒花は女の美の象徴とされているため、花を切る行為は女を捨てることと同一視されていた。だが、癒花を傷めることも女として恥ずかしいと後ろ指をさされる。

女の園である後宮では、特に癒花の手入れは重要視されていた。

「花結師に花を整えてもらうなんて、私たちみたいな下っ端女官じゃ無理なのに！」

朝顔の女官は尖《とが》った声で吐き捨てる。

彼女の言う通り。実際に癒花に気を配り、美しく整えられるのは一部の者だけだ。

後宮には細かい階級が存在するが、大きく分ければ二種類。

絢爛《けんらん》豪華で人目をひく癒花を咲かせた妃妾《ひしょう》たち。

宮内の雑務をこなす、つつましい癒花の女たち。

どちらに属していようと後宮にいる限り、皇帝陛下の癒花として女たちは己と癒花を磨かなければならないが、現実は厳しい。

後宮には大勢の人が暮らす。反して癒花に手を加えることを許されている花結師は後宮内に数える程度しかいない。正規の花結師に結ってもらえる者は、限られた妃嬪《ひひん》のみだった。

「四季人《よんきじん》には専属の花結師がいるっていうし、羨《うらや》ましいわよねえ」

「そうだね」

「あっ、でも薔華貴妃《ソウカ》はまーた花結師を辞めさせたらしいわよ」

後宮には黒い噂《うわさ》も蔓延《はびこ》っている。娯楽の少ない女官たちは噂に花を咲かせるのが好きだ。

彼女もそのようで、聞いてもいない話をペラペラと語り始める。

「数少ない花結師を取っ替え引っ替えできるなんて……さすがは血染めの薔薇《ばら》。新しい花結師は決まってないんだって。あんな癇癪《かんしやく》持ちの悪妃の専属花結師になんてなりたくないわよねえ！　知ってる？　この間は突然女官の癒花を引きちぎったそうよ！　恐ろしいわ」

傷付いた癒花が整った気分の良さもあるのだろう。

「四季人の侍女になれば専属の花結師の恩恵にあずかれるだろうけど、薔華貴妃の侍女にだけは絶対になりたくないわ！」

止まらない彼女に、草苺は苦笑いしか返せなかった。

「ねえ！　草苺なら花結師になれるわよ！　こんなに器用なんだもの」

唐突に、朝顔の女官は言う。

「あ、ありがとう。嬉《うれ》しいよ」

「お世辞じゃないわ。本当に思ってるのよ！」

彼女の気持ちは、その様子からしっかりと伝わってくる。ここまで純粋に喜ばれると少し気恥ずかしさすら覚えるが、もちろん悪い気はせず、草苺は頬を淡く染めて口元を緩ませた。

「草苺も花結師になればいいのに！」

「うーん。残念だけど、器用なだけじゃ花結師にはなれないんだ……」

「そうなの？」

きょとん……と、首を捻《ひね》る女官。

草苺は上擦る心を落ち着かせながら頷《うなず》く。

「癒花はただの花じゃない。浄化と癒やしの力を持つ花だから、それを扱う花結師は癒花に流れる力の循環を理解してないと駄目なんだ」

「力の循環？」

「よく勘違いされるけど、花結師は花をきれいに保つだけの仕事じゃないの。癒花は結い方次第で癒花そのものの力が強くなったり、弱くなったりするんだよ」

「えっ！　なにそれ⁉」

朝顔の女官は目を見開いた。興味深そうに視線で話の続きを催促してくる。

草苺も楽しくなってきて、笑顔でゆっくりと説明を続けた。

「癒花に血は流れてないけど、その人の生気が流れ巡ってる。剪定だって、傷んだ花や余分な花を切ってるだけじゃないんだ。剪定によって花に流れるその人の生気を整えて、花の隅々まで滞りなく循環させることで癒花の力を強めてるの。だから、花結師になるのは大変なんだよ」

「へぇー……。けど後宮にいる花結師はそこまで意識してるの？　誰も彼も派手なだけじゃん」

あまりにも素直な感想をもらす朝顔の女官に、草苺は視線を泳がせた。

後宮にいる花結師は、仕える妃妾たちの言いなりだった。

癒花の力を考えての花結いはほとんどしない。

ただ艶《あで》やかに、
ただ華やかに、
ただ煌《きら》びやかに、
ただただ目立つ結い方しかしていないのは、草苺の目からしても明らか。

勿体《もったい》無いとは思うが、独学で花結いをしている草苺が正規の花結師に口出しなどできるはずもなく。後ろ盾のない下級女官の立場では、花結師の試験も受けられない。

それに、花結師の癒花は添え花として他者に与えることもある。

後宮の花結師ともなれば、その癒花は妃嬪にも劣らない絢爛さが求められた。

「ああっ！　まずいわ！」

鶏の声が響き渡り、朝顔の女官は飛び跳ねるように立ち上がった。

「あたしもそろそろ支度しなきゃ！　本当にありがとう！」

まだ身支度の終わっていない彼女は手鏡を草苺へと突き返す。

「草苺に花結いしてもらうと調子も良くなるのよね。またやってね！」

こちらの返事も待たずに手を振って、笑顔で大部屋へと戻っていった。

「……花結師かあ」

浮き足だった後ろ姿を見送ると草苺は深く肩を落とす。そっと手鏡を持ち上げた。

「そりゃあ、なれるならなりたいけど……」

柔らかな陽光を反射した鏡のなか。映るのは、薄めた墨汁を連想させる髪。濁った黒髪のてっぺんには、世辞にも美しいとは言えない平たく薄い黄色の花が咲いている。そして、花よりも目立つのは大量の赤い実。

「花結師は見栄えも大事だし。わたしみたいな花じゃ、後宮の花結師なんてね……」

若葉色の双眸《そうぼう》を伏せ、自嘲《じちょう》混じりの嘆息とともに草苺は手鏡を懐に戻した。

「花というか、実だもんなあ」

「アラ？　アチシは花より実が好きヨ」

「うひゃあ……っ！」

唐突に背筋を這《は》った物理的な悪寒に草苺は奇声をあげる。

草苺の着る服は他の女官たちとは異なり古臭い。瞬く間に流行《はや》りの変わる後宮で後ろ盾のない草苺は後宮に来る前から着ていた一枚布で作られる深衣《しんい》を繕い直して着ていた。その内側を好き勝手に這われるこそばゆい感覚に、草苺は身を捩《よじ》った。

「特に、アンタの実はネ」

厚手の深衣の短領《えり》から、一匹の黒蛇が這い出してくる。

草苺の頭に生《な》る実と同色の眼《め》。小柄だが草苺の腕よりも長さがある細長い体躯《たいく》は、黒曜の鱗《うろこ》に包まれている。黒曜石にも黒真珠にも劣らぬ美しい光沢は妖艶《ようえん》さすら醸し出していた。

「煤《メイ》！　まだ出てこないでよ！」

「平気ヨ。人の気配はないワ」

「それでも！」

　ケラケラと赤い舌を揺らす煤を両手で胸元に押さえつけて隠す。

　草苺は素早く周りを見回した。煤の言う通り廊下に人の気配はない。けれども、人が動き出している気配はいたるところから感じられる。いつ廊下に人が出てきてもおかしくはない。

「早く行かなきゃ」

　裾《すそ》のほつれた裙子《くんす》をバタバタと揺らして、草苺は外廊下から極彩色の庭へと飛び出した。

　目的地は、常に四季の花々が爛々《らんらん》と咲き乱れる庭園を抜けた先。いまは使われていない外の洗い場の、少し奥にある。そこは幽霊が出ると噂される古い枯れ井戸。

　近付く者は少なく、草苺は毎朝ここに足を運んでいた。

「草苺は気にしすぎなのヨ」

「煤が呑気《のんき》すぎ！　前も言ったけど、蛇は大蛇《オロチ》の化身と言われてて人間にとっては不吉の象徴なの。癒花《ジュファ》を尊重する後宮では、蛇を見るどころかその話題を出すだけでも嫌がる方々が多いんだから」

「アラヤダ！　この艶やかな美貌《びぼう》の価値が分からないなんて……損してるワ」

「ちゃんと聞いてよ！　そんな後宮に蛇を連れてきたと知られたら、どうなることか！」

「ハイハイ。昔は気にしなかったクセに。言うようになったワネ」

　井戸のそばで草苺は煤の細長い体躯を両手で掴《つか》んで怒鳴る。

「仕方がないじゃナイ。文句が言いたいなら、自分の性質にお言いなさいヨ」

煤は悪びれた様子もなく滑らかな動きで草苺《ツアオメイ》の腕を這う。腕から肩に、肩から頭まで上った煤は尾の先で露骨に草苺の頭に生える赤い実を揺らした。

「今日も大量ネ！　一日でこんなに実《みの》るなんて、普通は有り得ないワヨ」

「気にしてるんだから言わないでよ……」

嬉しそうな煤に、草苺はがっくりと肩を落とす。

「ただでさえ実が生るのは珍しいのに……。こんなに大量に生るなんて恥ずかしい」

「どれだけ実が重くなって、頭が痛くなっても、勝手に切れないとか……面倒ヨネ」

「だから煤に頼んでるんでしょ」

草苺は頬を膨らませた。

「早く食べてよ。頭が重くて仕方ないんだから」

「言われなくてもいただくワ」

煤は興奮気味に舌を蠢《うごめ》かした。

大口を開くと、草苺の頭に生る蛇苺《へびいちご》の実を、一口でまとめて三粒頬張った。

「草苺の実は最高ヨ！　こんなに美味《おい》しいの食べたコトないワ！」

煤は次々と頭の実を食べていく。

実だけではなく、ぶちぶち……と噛《か》み切られた葉や茎も足元に落ちてくる。

草苺は散らばったそれを足で集める。

女の癒花は花結師以外が切ることは禁じられているが、例外が存在した。

それは人間以外の生き物によって切られること。

草苺は、蛇の媒に過剰に実る蛇苺を食べてもらっていた。

これが草苺が他の女官よりも早起きし、人の来ない枯れ井戸に通う理由。

「神から賜った女の花は、女たちが自然に愛されている証拠。だから人間以外の生き物によって花が散らされることは許される、っていうけど……さすがに毎朝コソコソと食べてもらうのもなあ」

「なにヨ。アチシじゃ不満なワケ？」

「そうじゃないけど。ねえ、そもそも蛇って肉食だよね？　なんで媒は蛇苺しか食べないの？」

「前にも言ったデショ。アチシは菜食主義なのヨ」

「だーから、蛇のくせに行き倒れるんだよ。蛇の行き倒れなんて意味分かんない」

「うるっさいワネ！　結局イイ関係を築けてるんだから問題ないデショ！」

「うわっ！　口に入れたまま喋《しゃべ》らないでよ！」

降ってくる蛇苺の食べカス。草苺は顔にぶつかったそれを手で払う。

「もう……」

自称菜食主義の奇妙な黒蛇——媒と、一夜にして大量の蛇苺が生ってしまう異常な急成長体質の草苺が出会ったのは、随分と昔。

指をさされて冷え冷えとした失笑を受けながらも頭の蛇苺を自ら千切り、干からびたクズ野菜や腐った果物と交換していた頃。ろくな言葉も話せず、知識もなく、だから砂利道の端で干からびていた蛇を小袋だと信じて拾い、その口に蛇苺を捩《ね》じ込んだのが出会い。

腹を満たして目を覚ました煤は、その日から草苺の老師《先生》となった。

草苺に名前をつけてくれたのも煤だ。

両親は知らない。生まれた日も分からない。物心ついた頃には路上で暮らす人々の中におり、他の人を真似《まね》て、時に騙《だま》されながらも細々と生きていたが、煤が老師になってから生活は一変した。

煤は草苺に言葉と文字を教え、計算を教え、常識を教え、生き方を啓蒙《けいもう》してくれた。

おかげで、草苺はのちに旅の花結師と出逢《であ》う。

目の不自由なその花結師に、器用な手先と利発さを認められて煤とともに旅に同行し、花結いの手伝いをしながら見聞を広げた。

教えを乞い、旅の中で様々な経験を培ううちに蛇が言語を扱うことに疑問が生じたが、世には人語を解する妖《あやかし》も存在すると知る。

煤もその一種だろうと草苺は勝手に解釈し、納得した。

蛇が喋る事実に疑問を抱いた頃には、すでに煤は草苺にとってそんなことなどどうでもいいほどの、かけがえのない存在になっていたのだ。

孤独な草苺にとって聡明《そうめい》な煤は師であり、父だった。

彼なのか、彼女なのか、草苺には的確な判断はつかないが。煤自身が、草苺がそう思うならそれでいいと優しく包み込んでくれたので、草苺は素直に甘えた。

煤の導きの末。

草苺は旅の花結師に手を引かれ、彼女を看取ったあと後宮へ辿《たど》り着《つ》いた。

「ハァー……美味しいワ」

「はあー……軽くなった」

煤と草苺は同時に深い息を吐く。

草苺は首に巻き付いてくる煤を無視して扱いやすくなった蛇苺の蔦《つた》と髪をまとめて結う。派手な結い方をして目立つのも嫌なので、草苺の髪型は地味すぎず派手すぎずを意識している。

片耳の上から蔦と髪を捻《ねじ》って重ね、頭に蛇苺の橋がかかっているふうな形を作る。それだけ。

髪をまとめた草苺は、枯れ井戸の蓋《ふた》を開ける。

蛇苺の残骸《ざんがい》を拾い集めて井戸へと投げ落とした。その時。

「草苺」

「……え？　うわ！」

ずぽっ！　と勢い良く、煤が頭を広い袖《そで》の中に突っ込んだ。

「な、なにやってるの？」

草苺は反射的に腕を引っ込めて後退《あとずさ》る。しかし袖の中で煤は騒がしく蠢き続けて――

「あったワ」煤が低い声で呟《つぶや》いた。

なにが？　と草苺が思う間もなく、クシャ……！　と嫌な咀嚼《そしゃく》音が服の内側で爆《は》ぜた。

「煤!?　本当になにやってるの！」

「それはコッチの台詞《せりふ》ヨ。草苺。アンタ変なモン持ってんじゃないワヨ」

「変なもの？」

「蟲《ムシ》ヨ。蟲」

煤が不機嫌に頭を揺らしながら袖口《そでぐち》から出てくる。

「ああ。あれか」

「あれか、じゃないワ！」

煤は一気に腕を伝ってくると尖《とが》った口元で草苺の額を小突いた。

これは煤が怒っている時の、叱咤《しった》の行動だ。

「な、なに怒ってるの？　さっきの人の朝顔についてたんだよ。死んでたみたいだけどその場に捨てるわけにもいかないし。蜘蛛《くも》がついてたなんて知ったら怖がると思って……」

草苺は枯れ井戸を横目で窺《うかが》う。

「ここに捨てようと思ってたんだ。なのに、食べちゃったの？」

「あんなモン、そこらに捨てるんじゃないワヨ」

「どういうこと？　ただの蜘蛛じゃ……ぁいた！　ちょっ、やめ！　なんでそんなに怒るの⁉」

こつこつと額を何度も小突かれる。

煤はプイッと顔を背け、そのまま鈴生りの蛇苺に頭を突っ込んでしまった。完全に機嫌が悪くなった様子で、これ以上聞いても答えてはくれないだろう。

草苺は溜《た》め息《いき》を吐き、意識を切り替えて木蓋を戻しにかかった。

「よっ、と……。これでよし！」

蓋を戻すと手の汚れを叩《たた》き払う。

「わたしもごはんを食べたらお仕事だ！」

「アンタの仕事は雑草むしりだけデショ」

気合いを入れた瞬間、頭上から刺々しく吐き捨てられた。

「仕方ないよ。わたしはこんな頭だもん。後宮は花の見た目で贔屓《ひいき》されるから……雑草むしりの仕事をもらえるだけましだよ。それに、雑草むしりも楽しいよ？」

「アンタは本当に欲がないワネエ」

「ごはんが食べられて、雨風がしのげる寝床もある。花結いだって時々させてもらえるし、ほかに何を求めるの？」

「そりゃあ、後宮にいるんだから皇帝のお手付きになるとか？　いまの皇帝陛下は千里眼を持つ賢帝と噂《うわさ》されるほどヨ。賢帝の癒花になろうと願ったりは……」

「あっ！　でも一番は嬉《うれ》しいのはあれだね！」

「あー……ハイハイ。こんなの興味ないワヨネ。ナニヨ？」

「こっそりしなきゃいけないけど」

草苺は頭に手を伸ばし、細長い身体《からだ》を鷲掴《わしづか》んだ。

「なにすんのヨ！」と怒鳴る煤《メイ》を引きずり下ろす。小さな顔を覗《のぞ》き込むと満面の笑みを浮かべた。

「煤老師《ラオシ》と一緒にいられる。わたしにとって、これ以上の幸せはないよ」

草苺にとって煤はただの蛇ではない。

育ての親であり、師であり、相棒であり、親友だ。

できることならずっと一緒にいたいと思っている。

女官としての暮らしは確かに厳しいが、辛《つら》くはない。

辛いことがあっても、煤と一緒なら乗り越えられた。

「蜘蛛、心配してくれてありがとう。そうだよね。もし毒蜘蛛《どくぐも》とかだったら、死骸《しがい》でも危ないね。気を付けるよ老師」

草苺は煤の頭を人差し指で撫《な》でる。

「これからもよろしくね」

草苺の言葉に煤は蛇苺と同じ色をする瞳《ひとみ》をパチリと瞬かせたあと、フンと鼻を鳴らす。

首を伸ばし、子どもを甘やかす親のように草苺の頬に擦り寄った。

「当たり前デショ。アチシがいないとアンタは危なっかしいのヨ」

「ふへへ……誰かさんに甘やかされて育ったもので」

草苺も煤の身体に頬擦りをする。

鱗《うろこ》に覆われた長躯《ちょうく》は艶《つや》やかで、肌触りが良い。

「雑草むしりが好きな理由。隠れて煤とお喋りできるからっていうのもあるんだ」

「独り言の激しい奴《やつ》だと思われても知らないワヨ」

「大丈夫、大丈夫」

草苺は跳ねるように軽やかに踵《きびす》を返す。

今日もなんてことない雑草むしりに費やす一日が始まり、平凡に一日が終わる。

この時の草苺《ツアオメイ》は、それを信じて疑わなかった。

「草苺」

「なに？」

「蟲に気を付けなさいネ」

真剣な声で煣が告げる。

「最近よくない蟲が多いのヨ。雑草むしりをする時に蟲がいそうな場所は避けて動きなさいネ」

「はーい」

だから、草苺は煣が感じている不穏な違和感を微塵《みじん》も悟ることができず——結果として。

宮廷に渦巻く、大事件に巻き込まれていく。

# 一章　雑草娘娘《ザーツァオニャンニャン》

「花が傷んでる人が多すぎる！」

草苺が違和感に気付いたのは八人目の女官の癒花《ジュファ》を結った時。

後宮には職務ごとに分けられた部署があり、女官は配属され割り当てられた仕事をこなす。けれども、草苺はどこにも属していなかった。

ろくな花を咲かせず、咲いたとしてもすぐに実となる草苺は他の女官たちから見下されており、上位の女官から身体も服も汚れやすい雑草むしりばかりを言い付けられていた。

まともな仕事は与えられず、その時その時に言い付けられた仕事をこなす生粋の底辺女官《使いっ走り》。

だが一部の女官は草苺の人並外れた手先の器用さに気付き、絶賛し、認めてくれている。

その者たちから頼まれて、草苺は今朝のように花結いを行うことがしばしばあった。

それでも――

「さっきの人で八人目だよ？　なんで今日はこんなに癒花が傷んでるの？」

今日は草苺に花結いを頼んでくる女官があまりにも多すぎる。数少ない顔見知りだけでなく、日頃草苺を蔑《さげす》んでくる輩《やから》まで。饅頭《まんじゅう》などの手土産《てみやげ》を持って頭を下げられれば断れず。

草苺は、片っ端から癒花を結ってやった。

「しかも、みんな同じように癒花の一部が黒く変色してるし……」

草苺は春の陽気を栄養に好き放題伸びた雑草をむしりつつぼやく。

とある宮殿の一角。鮮やかな緋色《あけひいろ》の瓦《かわら》は夕陽を浴びる細波《さざなみ》のごとく端麗な視覚美。規則正しく佇《たたず》む太い柱は上部に緻密《ちみつ》な彫刻装飾が用いられ、細部までこだわっている。

立派な石橋のかかった小川が流れるほどの広大な庭だが、手入れはまったく行き届いていない。手入れを放棄されているふうにも思える。

後宮の庭園は特殊だ。女たちの咲かせる癒花の力の影響を受けて、季節も天候も関係なく常に四季折々の花々が爛漫《らんまん》と咲き誇る。そのせいで雑草も伸びやすく、春となれば余計に成長が早い。

花よりも雑草が生き生きと育つここが、誰の宮か分からない。

豪華だが寂れた様子からして、あまり良い立場ではない妃嬪《ひひん》がいるのだろう。

「なんでだろうね？」

周囲に人はおらず、一人であるのをいいことに草苺は堂々と煤に話し掛けていた。

「……煤？」

太い雑草を五本抜き終わっても返事はない。

「おーい。煤老師《ラオシ》ー？」

しゃがんでいた草苺は足を伸ばすと服の中の気配を探る。気配がない。

「ええっ……。また？」

煤が勝手にいなくなることは多々あった。

「まあ、老師が誰かに見つかるなんてないと思うけど……」

彼の立ち回り方は草苺よりもうまい。それでも、一言もなくそばを離れられると肝を冷やす。

「独り言の心配をするなら声を掛けてからいなくなってよ。これじゃあ、本当に独り言が多い子になっちゃうよ」

「――草苺！」

「ひゃい……⁉」

背後から突然叫ばれ、一人で文句をこぼしていた草苺は心臓と肩を跳ねさせる。

跳ねた肩を勢いよく掴《つか》まれて、グルンと身体を回された。

「貴女《あなた》がそうなの⁉」

そこにいたのは豪快な薄紫の紫陽花《バーシエンファ》を咲かせた若い女性。

裙子《くんす》を胸元まで引き上げて珠飾りのついた帯を締め、襟を大きく緩めて首を飾る宝飾品を見せ付けた着方はいま流行《はや》りのもの。草苺の肩を掴む彼女の手は美しく、伸びた爪には汚れもない。

装いと、癒花からして女官ではなく位を持つ妃妾《ひしょう》だと察せられた。

「貴女が雑草娘娘《ザーツァオニャンニャン》の草苺⁉」

「雑草娘娘？」

娘娘は高位の女性に対しての呼び方だ。

しかし、雑草と付いている時点で明らかにいい意味のあだ名ではない。

自分は陰でそんなふうに呼ばれていたのかと、草苺は悲しむどころか名付けの感性に感心した。

後宮の雑草むしりしか仕事のない草苺は滅多に人と関わらず、一人で黙々と業務こなしている。馬鹿にされているとはいえ、こんなにも壮麗な方に顔を知られているとは驚きだった。

「違……！　ツァ、草苺！　貴女が雑草むしりばかりしてる草苺でしょう？」

紫陽花の妃妾は慌てて取り繕う。きちんと取り繕えているかと問われれば草苺は首を縦には振れないが、彼女なりには言葉を整えたつもりだろう。

草苺は土で汚れた両手を胸の前に揃え、一礼をする。

「はい。わたしが草苺です」

この程度でいちいち心をかき乱されては棘《とげ》だらけの花が咲く後宮では暮らしていけない。

草苺は気にした素振りを微塵も見せず、笑顔で対応した。

「なにか御用ですか？」

草苺の屈託のない笑みに、妃妾がほっとしたのが分かった。

「貴女、花結いが得意なんでしょう？　これ、どうにかならない⁉」

紫陽花の妃妾は背の低い草苺に合わせて軽く膝《ひざ》を折る。

「っ――！」

草苺は息を呑《の》んだ。

彼女の後頭部を覆うように生えている紫陽花。その一ヶ所にびっしりと小さな蟲が犇《ひしめ》いていた。

「こ、これは……あの時の？」

全体的に黒い蟲は、蜘蛛に似ていた。

だが腹部はまるで頭蓋骨《ずがいこつ》のような形をしている。丸い腹に頭蓋骨に似た模様があるのではない。紅い眼孔部分は実際に内側に窪《くぼ》み、骨ばった凹凸感のある腹部はとても気味が悪い。

この蜘蛛《くも》を草苺は見たことがあった。

今朝、花結いをしてやった朝顔《チアンニウファ》の女官についていた蜘蛛だ。

あの時は一匹だけで死骸だったためそこまで気にならなかったが、こうして大量に蠢《うごめ》いているのを目にすると生理的嫌悪感に襲われる。

「なんて酷《ひど》い……」

愕然《がくぜん》とした草苺の呟《つぶや》きに紫陽花の妃妾は、わっ！　と顔を両手で覆った。

「どうにかしてよ！　こんなに醜くてはここにいられないわ！」

「あなたのような方なら花結師に頼めるのではないですか？」

彼女がどれほどの位にいるかは分からない。それでもこれだけ上等な身なりの御仁なら、伝手《つて》はあるはずだ。ここまで悲惨な症状に見舞われれば花結師が動いてくれる。

「頼めるわけないでしょ！」

けれども返ってきたのは信じられない言葉。

泣き腫《は》らした顔で、強く睨《にら》まれた。

「花結師に頼んだら、私の癒花が醜くなったと周りに知られるじゃない！　花の手入れもできないなんて、それこそ笑い者にされるわ！」

紫陽花の妃妾は、高級な召物が汚れるのも厭《いと》わずその場に泣き崩れる。

下級女官も苦労するが、登りつめた者には登りつめた先での苦労があるらしい。後宮では女の戦いが蔓延《はびこ》り、上の地位になるほど険しさとおどろおどろしさを増すのだろう。

下級女官に頼ってでも、彼女が周りに弱味を晒《さら》したくない気持ちは察する。

気持ち悪いが、蜘蛛を払えないわけではない。劣悪な環境に身を置いていた草苺からすれば蜘蛛を排除するのは容易《たやす》い。花結いだって、草苺は高貴な出の貴人すら満足させられる自信があった。

ここで紫陽花の妃妾の花結いをして認められれば、草苺は彼女の口添えで後宮の花結師との伝手を得られるかもしれない。

うまくいけば、妃妾からの推薦として花結師の試験を受けられる可能性もある。

草苺は、眼前の好機に生唾《なまつば》を飲み込む。

手を伸ばせば、手に入る。

「申し訳ありません」

真摯《しんし》に頭を下げ、草苺は素直に伝えた。

「わたしができるのは、誤魔化す程度の花結いです。こんなことになっていては、剪定《せんてい》のできないわたしではお力添えできません」

自分の願いのために彼女の癒花を利用するなど、妃嬪たちのご機嫌取りをするだけの花結師たちと変わらない。

花結いはただの身嗜《みだしな》みではない。

女の命だ。

草苺は癒花を、女の命を整える花結師に焦がれている。

癒花には真摯に向き合わねばならない。

「傷んでしまった癒花を見られたくないお気持ちはお察しします。しかし」

癒花を切ることのできない草苺では、これほどまでの症状はどうしようもない。

「どうか、これ以上悪化する前に花結師へご相談くださいませ」

草苺は紫陽花の状態を説得する。それがいまの自分にできる最善のことだと信じて。

「でも！　でも、こんなの……いやよ！　見せられない！　どうにかしてよ！」

「わたしには無理です。癒花に……癒花に虫がついているなんて初めて見ました」

蜘蛛とはっきり伝えるのは酷だろうと少し表現をやわらかくしたが、花結師に頼らずにいられるのも困るので隠さずに状態を伝える。

「虫ッ⁉　なによ虫って！」

凄《すさ》まじい剣幕で、紫陽花の妃妾は草苺に掴み掛かった。長い爪が布越しに肩に食い込む。

「っ！」草苺は痛みに片眉《まゆ》を顰《ひそ》めた。

紫陽花の妃妾の細指が、ギチギチと有り得ない力で草苺を掴む。

「この黒ずみが虫みたいに醜いと言いたいの⁉」

「黒ずみ……？」

「そうよ！　こんなに黒くなるほど傷めたことを貴女も馬鹿にしてるのね！　なによ！　ろくな花も咲かせられないくせに！」

どうやら彼女は自分の花についている不気味な虫に気が付いていない様子。

いや、まるで見えていないかのよう。

「雑草むしりしかできないくせに！　雑草娘娘ごときがこの私になんてことを！」

「きゃ――！」

思い切り突き飛ばされ、草苺《ツアオメイ》は地面に倒れ込んだ。

やはり尋常でない力強さ。

草苺は幼少期の栄養失調のせいで小柄ではあるが、路上暮らしで鍛えられた部分も多い。後宮に入ってからも広い敷地内をうろちょろして、雑草むしりに精を出しているお陰で体力には自信があった。少なくとも、目の前の細身の妃妾に簡単に突き飛ばされるほど柔な身体《からだ》であるつもりはない。

なのに草苺は軽々と彼女に押されて、掴まれた肩も痺《しび》れが走る。

「ふざけんじゃないわよ！　虫みたいに汚れた私の花は結えないって⁉　雑草娘娘のくせに！　結いなさいよ！」

「そうじゃな――っぐ！」

紫陽花の妃妾が飛び掛かってきた。腕を掴まれ、引き倒される。

「早く結いなさいよ！　花結いができるんでしょ！」

「っ、だ、からわたしは……誤魔化すくらいで」

「ならうまく誤魔化しなさいよ！」

激情のまま馬乗りになられ、頭の蛇苺《へびいちご》を鷲掴《わしづか》まれた。

紅の引かれた唇から唾《つば》とともに耳を塞《ふさ》ぎたくなる苛烈《かれつ》な罵詈《ばり》雑言《ぞうごん》を投げ付けられる。

「早く！　私の癒花《ジュファ》を結え！　早く！　早くしろ！」

「────っ⁉」

草苺は顔を引き攣《つ》らせた。

呪詛《じゅそ》と変わらぬ暴言を吐く彼女の口の中で、あの蜘蛛が、ざわめいていた。

黒々とした、頭蓋の腹を持つ蜘蛛が。

彼女の口腔《こうこう》で所狭しと犇いている。

全身がぞっと粟立《あわだ》つ。あまりのおぞましさに悲鳴すら喉奥《のど》で潰《つぶ》れた。

「早く！　早く！　早く！　癒花を！　早く！」

紫陽花の妃妾が激しさを強める。

びっしりと蜘蛛が詰まった口のどこから声が出るのだろうか。

草苺には、もはや蠕動《ぜんどう》する蜘蛛の頭蓋の腹そのものが叫んでいる気がした。

「早く！　早く！　早ク────ッ！」

おぞましい蜘蛛たちが、草苺を急《せ》かす。

紫陽花の妃妾がブヂブヂブヂ……！　と草苺の頭に生える蛇苺をむしり取った。

「っう……！」

癒花自体には血は流れておらず痛覚もない。それでも頭皮に近い部分から髪ごと千切られれば痛みを感じる。頭に、チリチリと熱のこもった激痛が走った。

「――癒花ヲ、チョウダイ」

にちゃり、と。

紫陽花の妃妾の唇が、いやらしく弧を描いた。

彼女の目は正気ではない。焦点が定まらず、しかし顔は恍惚《こうこつ》としていて、なのに薄っぺらさを感じさせるちぐはぐな表情。

まるで土人形をこねくり回して無理矢理顔を作ったかのような――とにかく、なんと表現していいのか分からない不気味な気持ち悪さをしていた。

彼女はゆっくりと、ゆっくりと、千切れた黒髪の絡む手を持ち上げる。

そして躊躇《ちゆうちよ》なく、むしろ嬉々《きき》として。

むしった草苺の癒花を、蛇苺を、喰《く》った。

蛇苺に、わっ！　と蜘蛛が群がる。

彼女の口から這《は》い出してきた人面蜘蛛が一斉に蛇苺をどす黒く覆った。

うち数匹が涎《よだれ》を流すかのように糸を垂らして落ちてきて「いやあああああっ！」

草苺はがむしゃらに腕を振り回す。

覆い被さっている紫陽花の妃妾の身体を押し退《の》けて、逃げ出した。

「なに！　なんなの！　なんで！」

自分の恐怖心と本能に従って草苺は走る。

周りを見ている余裕はない。思考も真っ白になり、ただただ走った。

涙が溢《あふ》れ、視界が歪《ゆが》む。それでも足は止まらず、止められず――――しばらくして。

「わっ！」ようやく止まった理由は、焦る自分の足に躓《つまず》いて転んだから。

草苺は受け身も取れずに地面に全身を叩《たた》き付ける。慌てて立ち上がろうとしたが、手足に力が入らない。手のひらを大きく擦《す》り剥《む》いて血が滲《にじ》む。

「っ、うう……」

草苺は雑草だらけの地面に大粒の涙を落とした。震える四肢に鞭《むち》を打ち、上体を持ち上げる。

自分がどこに来てしまったのかも分からない。伸び切った雑草と枝葉の多い木々に囲まれたそこが後宮の一部だとは信じられない。まるで違う世界に来てしまったような不安感と孤独感。

不意に、ガサッ……と頭上で草木が揺れた。

煤《メイ》はよく後宮の木の陰に隠れていることがある。

「煤老師《ラオシ》……ッ！」

もしやと、草苺は満面の笑みで樹木を仰ぎ見る。

木の上には、手脚を広げて蜘蛛のように太い幹に張り付いている女がいた。

思考が凍り付く。頭が真っ白になり、それでも身体が本能的に総毛立ち、遅れて悪寒が背筋を這い上がる。声も出ず、ただ心臓が締め付けられた。

「………」

硬直する草苺の真横に、ぼどり……となにかが落ちてきた。

見たくない。なのに草苺の眼球は勝手に動き、見てしまった。

それは、人面蜘蛛にまみれる腐り落ちた一束の紫陽花《バーシエンファ》だった。

女の命が、ドロドロに腐り切って落ちている。

「――――――!」

草苺の口から音のない絶叫が爆発する。

再び逃げようとしたが、完全に腰が抜けて身体が言うことをきかない。歯の根が噛《か》み合わなくなり、その場で縮こまるのが精一杯だった。

「煤老師……煤老師っ……」

カチカチと震える歯の隙間から大切な、頼れる相手の名だけが洩《も》れる。

そのか細い声も女の落下音に掻《か》き消《け》された。四《よ》つん這《ば》いで草苺の前に飛び降りてきた彼女は鼻から上がすべて蜘蛛に覆われている。紫陽花も、蜘蛛にびっちりと隠されてしまった。

赤い唇だけが異様に吊《つ》り上がったまま。不気味に笑む口内で蜘蛛が、蠢《うごめ》いている。

「癒花……アナタ、オイシイ……トッテモ、トッテモ、早クチョウダイ……」

近付いてくる相手に、草苺は反射的に後退《あとずさ》るが、すぐに背中が樹木にぶつかった。

「!」

逃げ場がない。

それは眼前の存在には好都合で。腹を空《す》かせた蜘蛛が巣にかかった小虫に飛び掛かるように、人間では有り得ない速さで草苺へと向かってきた。

「煤老師――――!」

目を瞑《つぶ》り、叫ぶ。

どんな時でも必ず助けてくれる者の名を。

「ギャァア！」

悲鳴が上がる。

きつく瞼《まぶた》を下ろして歯を食いしばる草苺から出た声ではない。

なにかが雑草のなかに落ちる音も聞こえ、草苺は恐る恐る目を開いた。

真っ先に視界に映り込んできたのは、陽《ひ》の光すら呑《の》み込むほどの濃い黒髪と、黒の隙間で揺れる長房の耳飾り。次いで、いままさに影から出現する二本の剣だった。

「煤、老師……？」

自然と草苺の口からその名がこぼれる。

女が瘉花を賜ったように、男は影を自分に見合った武器に変化させる力を神より授かった。

装飾など一切ない無骨な剣を己の影から生み出した丁年《二十歳》ほどの青年は空色の眼で草苺を見下ろす。

刃《やいば》のごとく研ぎ澄まされた炯眼《けいがん》はすぐに外れて、地面に横たわる妃妾《ひしょう》を睨《ね》め付《つ》けた。

青年に蹴《け》り飛ばされた妃嬪《ひひん》はぴくりともしない。

草苺のほうが不安を抱く。

「あの……その方、様子が変で——」

「動くな！」

倒れる彼女を睨《にら》んだまま、青年は両手に握る影の剣を構えた。草苺を庇《かば》って前へと出る。

刹那《せつな》、鼓膜をつんざく咆哮《ほうこう》が上がった。

異形と化した紫陽花の妃妾が肢体を歪《いびつ》に捻《ひね》って地面から起き上がる。そこには美を意識する後宮の妃嬪らしさどころか、人間らしさすらなかった。口から蜘蛛《くも》の涎をぼたぼたと垂らして唸《うな》る。

だらりと下げられている彼女の手先に蜘蛛が群がった。蠢く蜘蛛たちが、彼女の五指を獣の鉤爪《かぎづめ》に似た凶暴な形に変貌《へんぼう》させる。

ぐぐぅ……と、発条《バネ》をしぼるように姿勢を低くする紫陽花の妃妾。

二瞬目、土埃《つちぼこり》が舞うほど強く地面を蹴った。

「危ない——！」

草苺は咄嗟《とっさ》に叫ぶ。

青年と妃妾の距離が一気に詰まった。悪意ある黒腕が、豪速で青年に襲い掛かる。

紙一重で影の剣が黒い爪を防いだ。

ガギン！　と、人の手と刃が触れ合って出るべきではない音が爆《は》ぜた。黒指が刃を掴《つか》む。彼女の黒い手は鋭利な刃を物ともせず剣を力強く握り締めた。

ギヂ、ギギギギギッ……！　と黒指と刃の間で、甲高くも濁った音が響く。

しかし、攻防は呆気《あっけ》なく終わった。

青年がわざと剣を引き、圧を横へと流した。

深くかけていた力を受け流された異形は体軸を崩す。

生まれた一瞬の隙。青年は死角に回り、黒い頭部へと刃を振りおろした。

「――！」

草苺《ツアオメイ》は身体を強張《こわば》らせる。

一拍の間のあと、妃妾に纏《まと》わりついていた蜘蛛が霧散した。

本当に、霧のように。

黒い霧の下から妃妾の顔が現れる。焦点のぶれた瞳《ひとみ》はすぐに瞼を落とし、彼女は意識を失った。

倒れる前に青年が彼女の虚脱した体躯《たいく》を支える。

二振りの剣は、青年の影へと溶けるように戻っていった。

「…………一体、なにが……」

頭が追い付かない。

草苺は呆然《ぼうぜん》と二人を凝視して「……え？」

また、奇妙な出来事を目の当たりにした。

青年に支えられている妃妾の、頭に咲く変色した紫陽花から煙が吹き出していた。

星屑《ほしくず》に似た煌《きら》めきをまとった不可思議な煙。

見つめていると胸が締め付けられ、懐かしさと愛《いと》しさと、なにより安心感を抱いて掻き乱されていた心が癒やされた。

草苺が、ほう……と一息ついた瞬間「そこの女官！」と険しい尖《とが》り声《ごえ》が草苺を刺す。

「は、はい！」

草苺は考えるよりも先に立ち上がった。立ったあとに、自分が立てたことに驚く。

恐怖と緊張でどうしようもなかった身体が軽くなっていた。

「無事か？　無事なら早急に花結師を呼んでこい！」

「は、花結師を、ですか？」

「早くしろ！」

怒鳴られて、草苺は肩を跳ねさせる。

「あ、あの……呼んできたいのですが、ええと」

「なんだ！　一刻を争うんだぞ！」

「ここ、どこだか分からなくて。この辺りに花結師がいるんですか？」

素直に草苺は訊《き》いた。

「その方に追われて、気付いたらここにいて……。だからここがどこで、どこに花結師がいるかも分からないのです」

青年はただでさえ鋭利な眼光をより険しく細めて舌を打つ。彼の左耳で長房の耳飾りが揺れた。

「ここは貴妃薔華《ソウカ》の春薔薇《ばら》宮だ！」

「あの貴妃の⁉」

予想もしてなかった人物の名が挙がり、草苺の顔面から血の気が引いた。

皇妃の次位たる四季人《よんきじん》は『春の貴妃』『夏の淑妃』『秋の徳妃』『冬の賢妃』と、四季にそった位がある。春を司る貴妃は四季人のなかで最高位。

白亘《ハクコウ》皇帝はまだ皇妃を選んでいない。

実質、後宮の頂点は春の貴妃——薔華である。

貴妃薔華には常に黒い噂《うわさ》が付きまとう。今朝だって、悪評を聞いたばかりだ。

「関係がないならどうしてここにいる？　ここはいま立ち入り禁止だぞ！」

追撃を受け、草苺はさらに顔色を悪くする。

四季人はそれぞれ司る季節の花で己の庭を彩る。四季折々の花々が咲く後宮だからこその特権で、だから雑草ばかりの庭の持ち主が貴妃だとは予想すらできなかった。

「すみません！」

草苺は頭を下げた。

謝って済む問題ではなく、死罪になってもおかしくない。

それでも。少しでも、罪を軽くするために何をすべきかと思考を巡らす。

「……あっ、花結師を呼ばなきゃ！」

青年に言われた内容を思い出した。

「でも貴妃は専属の花結師を辞めさせたって……。なら、ここには花結師はいない？」

どこに探しに行けばいいのか。草苺は辺りを見渡すが、動揺する視界に映るのは貴妃の住まう宮殿の敷地とは到底思えない雑草だらけの庭。

そして、もどかしげに奥歯を噛み締《し》める青年だけ。

「くそっ！　あれだけの毒蟲《タンシ》に喰《く》われていたら相当癒花《ジュファ》が傷付いてるはずだ。なんで女官のくせに花結師のいる場所を知らねえんだよ！　このちんちくりん！」

「ち、ちんちくりんっ……⁉」

苛立《いらだ》ちを露骨に当てられる。

いつもの草苺ならば嘲笑《ちょうしょう》も冷笑も陰口も受け流す。草苺はただ煤《メイ》がそばにいてくれればよかった。

他者の言動などいちいち気にならない。けれども、今回は心の有り様が異なっていた。

訳の分からない人面蜘蛛。それに寄生されて我を失い、人間性すら消失した女性。襲われ、突然現れた青年が助けてくれたかと思いきや、一方的に捲《まく》し立《た》てられてちんちくりん呼ばわりされる。

なにより、もっとも重要な点。

いつもならばなにかあった時にはすぐに草苺を慰め、労《いたわ》り、感情の整理を手伝ってくれる煤老師《ラオシ》がここにはいない。

「誰がちんちくりんよ！」

となれば、感情が爆発してもなんらおかしくはない。

そもそも草苺の本来の性分は大人しいほうではなかった。むしろ真逆。感情的で喧嘩《けんか》っ早《ぱや》い。

ドブ沼のごとくどろついた後宮で落ち着いて暮らせているのは煤がいるから。

草苺は、煤と二人だけの世界に浸れているからこそ周りからの悪意を受け流せていた。

「このっ、苔頭《こけ》のくせに！」

彼のいないいま、草苺はぶつけられたものはぶつけ返す。

「苔あた……ハア⁉　俺のこと言ってんのか⁉」

「そうよ！　このもっじゃり真っ黒苔！」

「も、もっじゃりってなんだ！　もっじゃりって！　変な表現を使うんじゃねえ！」

「そのひっどい癖毛をもっじゃり以外に喩《たと》えられるわけないでしょ！」

「も、もふもふとか……？　とにかく、言い方はいくらでもあるだろう！」

「もふもふなんてそんな可愛《かわい》いものじゃないわ！」

「こんの……っ、ちんちくりんのくせに！」

草苺の若葉色の瞳と、青年の空色の眼《め》が一直線にぶつかる。

睨み合う二人の間で火花が散った。

二人は同時に息を吸う。相手へと攻撃しようとしたが、互いの声帯が震える前に紫陽花《バーシエンファ》の妃妾がか細い呻《うめ》き声を零した。

二人は我に返る。口喧嘩などしている場合ではないと、現実を見直した。

「というか、花結師より先に医師じゃないんですか⁉」

顔色が悪く、苦しげな妃妾の様子に、草苺は青年へと食ってかかる。

「あんなにたくさんの蜘蛛に襲われて……く、口の中にまでいましたよ！　確かに瘉花から出ているそのキラキラした煙も気になりますけど、まずは医師に診せたほうが――ひえ！」

強烈な眼光を受け、草苺は言葉を詰まらせる。

草苺を睨んでくる青年の圧が凄《すさ》まじい。視線だけで人を卒倒させそうで、少なくとも草苺は倒れそうになった。蛇に睨まれた蛙《かえる》の気分。いや、蛇のほうが優しいと草苺は恩師の姿を思い出す。

思い出して、彼はどこに行ったのだと泣き叫びたくなった。

「お前……視《み》えるのか？」

「は、はい？」

「毒蟲や、癒花から漏れ出る華氣《ファリ》が視えるのか⁉」

歯を剥《む》き出《だ》しに怒鳴られて、草苺はムッと眉《まゆ》を吊《つ》り上《あ》げた。

先程から青年は乱暴極まりない態度と口調で、こんな奴と大切な煤を一瞬でも重ねてしまった自分に殺意すら湧いた。

「毒蟲ってあの人面蜘蛛のこと？　あんなに大量にいて見えないわけないでしょ！」

「なら華氣は？　この人の癒花から漏れているはずの華氣はまだ視えるか？」

「まだって言うか……ずっと見えてるけど」

草苺は首を捻る。

明るい太陽の下でも瞬いて見える、美しく儚《はかな》げな、光る煙。

たとえ目を離したとしてもまたすぐに気付く。

こんなに眩《まばゆ》いものを、見逃すはずがない。

青年は品定めをする眼差しを草苺に向けてくる。

ややあってから「よし」と青年は神妙な面持ちで頷《うなず》くと、妃妾をその場に寝かした。

「来い！」

顎《あご》でしゃくられる。

行きたくなかったが彼が示した先は妃妾のそばで。確かに草苺は彼女の状態が心配ではあった。

彼女の顔は血の気が引いているものの、最初に出会った時と同じ。蜘蛛ももういない。

大丈夫だろうと草苺が自ら足を踏み出す前に「早くしろ！」

大股《おおまた》で近付いてきた青年に、腕を引っ張られた。

剣を握り慣れている骨ばった手は力強く、草苺では振りほどけない。彼の一歩は大きく、手を引かれると草苺は嫌でも小走りになる。あっという間に紫陽花の妃妾の前に連れてこられた。

両肩を押されて草苺は仰向けになる彼女の横に座らせられた。

「ちんちくりん」

「……草苺」

「俺は角星《スボシ》。草苺、お前がいまからやることはひとつだ」

存外、素直に名前を呼んでくれたことに草苺は驚いた。

てっきりまた揶揄《からか》われるかと思っていたが、後ろから覗《のぞ》き込んでくる彼の横顔は真剣だった。

眉は太く精悍《せいかん》な顔付きで、身体を動かすことに長《た》けた無駄のない引き締まった風骨。喉仏《のどぼとけ》のある太い首から出される低い声からしても、明らかに去勢者の宦官《かんがん》ではない。

後宮は皇帝以外の男は入ることを禁止されている。彼が何者なのか気になったが、角星から発せられた言葉により草苺の思考はすべて吹っ飛んだ。

「草苺。彼女の花結いをしろ」

堂々と。

あまりにも堂々と命じられた。

ぽかん、と草苺の口が開く。

「オイ。ぼうっとしてるな。早く結え」

急《せ》かされて、我に返った草苺は激しく首を横に振った。

「こんな状況で花を結え？　なに言ってんの⁉」

反発する。彼の発言はなにからなにまで理解ができなかった。いや、発言だけではない。

一連の流れからして草苺の頭は追い付かない。

「医師が先でしょ！　彼女のこの顔色の悪さを見なさいよ！　花結いをしてる余裕なんかない！」

「余裕がないからだ！　言うこと聞け！」

「さっきから意味が分からないのよ！　一人で勝手に悩んで、勝手に納得して、勝手に命令してきて……。人になにかさせたいのならまずは説明！　余裕がないなら、ないなりにも簡潔に説明すべきでしょう？　違う？」

草苺の猛攻に角星は「うっ……」と喉《のど》を詰まらせる。

「そう、だな。すまん……」

歯切れ悪く呟《つぶや》き、角星は気まずそうに耳飾りの房を指先で揉《も》んだ。

形勢逆転。

草苺はフン！　と鼻を鳴らす。

「で、彼女に花結いをする理由は？」

「あっ……ああ。まずお前は癒花から漏れてる煙が視えるんだな？」

「うん。視えてる」

「それは華氣と言って癒花を咲かす人の生気だ。女なら花の仕組みは男の俺より分かるだろ？」

「癒花には生気が通ってるって話？　つまりこの煙——華氣は、彼女の生気なの？」

「そうだ。ここまで話せば想像はつくはずだ。華氣が漏れれば漏れるほど、彼女の命は危うい」

「えっ⁉」

草苺《ツアオメイ》は勢い良く紫陽花の妃妾《ひしょう》へ意識を向ける。

言われてみれば彼女の顔色はどんどん悪くなっていた。

「詳しい説明をしている暇はない。お前が彼女の癒花を結って、漏れ出る華氣を止めてくれ」

突拍子もない無茶振り。

草苺は、なにも答えられない。

「視えるなら大丈夫だ！　俺には、華氣は視えねえけど……指示は俺が出す！」

角星は草苺の隣で片膝《かたひざ》をつくと力強い眼差しで訴えてくる。

「頼む！　ここで花結いをしないと彼女が危ない」

膝に額を当てるほど頭《こうべ》を垂れて懇願してきた。

草苺は胸の前で擦り剥いた右手を握り、黙って紫陽花の妃妾を見る。

——わたしが、彼女の花結いを？

草苺は心臓が高鳴っていた。

不安からではない。いままでとは異なる花結いに、胸を躍らせていた。

いままで行っていた花結いは、あくまでも身嗜《みだしな》みとしての花結い。

傷んだ癒花を誤魔化すだけの花結い。

だが、これから行う花結いは身嗜みのためでも誤魔化しでもない。

人の命が懸かっている花結い。

女の花を、命を結う。

草苺は感じたことのない興奮と愉悦に襲われていた。

「分かった。やるよ」

草苺は静かに頷いた。強烈な高揚感と愉悦感を抑え込み、至極冷静に振る舞った。それでも、手が震える。緊張から来る震えとはまったく異なる震えだと自覚していた。

吊り上がりそうになる口角を力を込めて押し留《とど》め、息を吐く。

強く強く手を握りすぎて手のひらの擦り傷が開き、血が滲《にじ》んだ。

けれども、好都合。

「やらせて」

ゆっくりと、草苺は血に濡《ぬ》れた手を開く。

「生気を――ううん。華氣を整える花結いは血を使うんだよね」

「ああ。よく知ってるな」

「花結いについては少し勉強したから。本当は本人の血がいいって言うけど……華氣がこんなに抜けてる状態で血までもらえない」

「それなら俺の血を」

「わたしので応急処置する」

「あっ！　コラ、勝手に――！」

草苺は角星の指示を待たずに、動く。

自分の服の袖《そで》を大きく捲《まく》ると彼女の頭を膝に乗せ、顔を横に向かせる。

後頭部の、黒ずみだらけの紫陽花に自分の血を塗り付けた。形の悪くなった花弁に血が滲む。

「俺の血を使え！」

「癒花《ジュファ》を咲かせてから言って」

「もしかして、女の血じゃないと駄目なのか？」

「そうでもないけど……。酷《ひど》い時は極力同じ癒花を咲かせる相手が、傷めてる本人よりも強い生命力――華氣を宿す花を咲かせてる人の血がいいかな」

「そうか……」

横目で角星を覗き見れば、彼はいつの間にか呼び出していた剣とその刃《やいば》に当てていた片腕を引っ込めた。しゅん、と子犬のように気落ちする。

「気持ちだけもらっておくよ」

草苺はすぐに意識を紫陽花へと戻す。

力なく萎《しお》れていた紫陽花は草苺の血を吸って僅《わず》かに潤いを取り戻してくれた。漏れ出ていた華氣の量も減っている。それでも、肝心の部分はどうにもなっていないと見抜く。

「表面をいくら整えても駄目だ。原因は……」

草苺は豪快に紫陽花を掻《か》き分けた。

「っ！」

ぶわりっ！　と紫陽花の奥から湧き上がってきた濃厚な華氣の塊が草苺の顔面にぶつかった。

妃妾が苦しげに呻く。

「……あった！　ここだ！」

群生する紫陽花の最奥。頭皮に近い部分。黒ずみを通り越し、花弁も根も爛《ただ》れ腐っている部分があった。じわじわ、と黒い腐食は進んでいっている。

蠢《うごめ》くそれは、明らかにただの黒ずみではない。

「ここから華氣が出てる。けどこんなに酷いんじゃこのまま血を与えてもろくに回復しない。酷いところは剪定《せんてい》して、無事な部分から血を与えないと……。けど」

草苺は唇を噛《か》んだ。

「正式な花結師じゃないわたしが剪定するのは……」

迷う。

が、それは刹那《せつな》の迷いだった。

「放っておいたら周りも腐る。華氣も止まらない！」

キッと目尻《めじり》を吊《つ》り上げて、草苺は擦り切れた自分の右手のひらを引《ひ》っ掻《か》いた。

「これ以上はお前の傷が……！」

「いいの！」

角星を制し、草苺は傷を無理やり広げて出血量を増やす。

真っ赤に染まった右手で腐った紫陽花《バーシエンファ》を掴《つか》んだ。

ぐしょり、どろり……と不気味な手触り。奇異な甘ったるさを孕《はら》んだ腐敗臭。

いつもなら反射的に手を放しただろうが、草苺は微塵《みじん》も怯《ひる》まずにおぞましく腐敗した紫陽花を排除する。腐った紫陽花は切れるではなく蕩《とろ》けるように彼女の頭から剥《は》がれた。鋏《はさみ》は必要ない。

草苺は素手で紫陽花を剪定する。

花を、葉を、黒ずんだ茎を細かく丁寧に丁寧に剪定していく。

「ふう……。これで華氣が出ていくのは防げたはずだよ」

妃妾の上体を起こし、そばの樹木に寄り掛からせる。改めて癒花を隅々まで確認する。

華氣の漏れはない。

「うん。大丈夫」

「本当か！　よかった……」

見守っていた角星も胸《むね》を撫《な》で下《お》ろす。

「けど、まだだよ」

「華氣の漏れは防げたんだろう？」

「角星がわたしに頼んだのは花結いでしょ？」

草苺は黒い花汁で汚れた手を払う。

爪の隙間にまで崩れた花の残骸《ざんがい》が挟まって気持ちが悪いが、まだ休めない。

「まだ花を結ってない」

草苺はどす黒く腐った部位を排除し、周りの無事な紫陽花を重ねていく。

彼女の後頭部を覆うように生えていた紫陽花は数があまりにも減ってしまった。だから、草苺は彼女の長い髪とともに残った紫陽花を左右に分けた。

「ここから、こうして……」

高い位置に紫陽花を集める。小振りだが、なんとか紫陽花の群生を左右で二ヶ所作り上げた。

「よかった。まとまった」

草苺は一度、服の裾《すそ》で汚れた手を拭《ふ》く。

「今度はこれを……」

汚れを拭《ぬぐ》った手で紫陽花の小さな群生を再度整えると、今度はその下で髪を三つ編みにする。三つ編みをゆるい輪っかにして紫陽花へと引っ掛けた。

「すごいな」

興味深そうに、角星が感嘆の息を吐く。

彼は傍らで腕を組み、じっと草苺の花結いを観察し続けていた。

「完成か？」

「まだだよ。これじゃあ足りない」

草苺は自分の頭に、自分の癒花に手を伸ばす。大きく息を吸ったあと一気に引っ張った。

「っ――お前！　なにやってるんだ！」

だが、蛇苺《へびいちご》を千切るよりも早く、角星《スボシ》が草苺の手首を掴む。

それもそうだろう。自分の癒花をむしろうとする凶行を目の当たりにして止めない者はいまい。

「大丈夫！　わたしは華氣《ファリ》が強いから！」

「なんでそんなことが分かるんだ！　そうだとしても、なぜ自分で自分の癒花を……！？」

「癒花が弱った時に他者から癒花を添えてもらうの。知らない？」

「添えて……あっ。ああ、見たことあるな。その人の癒花とは別の癒花が頭に咲いているところ」

「癒花がなんらかの理由で弱った時の対処法は『弱った部分の剪定』『血を与える』『他者の癒花を添えてもらう』このみっつ。この人の癒花は弱り切ってる。剪定して血を与えたけど足りない。だから、わたしの癒花を添える」

「それでも！　弱ってもない健康な癒花を千切るなんて……お前にも負担がかかるだろ！　せめて、花結師を探して花断鋏《はなたちばさみ》を」

「時間が勿体《もったい》無いよ」

草苺は至って冷静に角星の手を振り払う。ブチブチ……と、自分の癒花を千切った。

頭に近い根の部分までむしらないように垂れ下がる部分だけを取っていく。

草苺本人よりも角星のほうが痛々しい表情になり、目を逸《そ》らした。

「わたしは花よりも実がたくさん生《な》る体質なの。それは華氣が強すぎる証拠なんだよ」

少しでも彼の気が晴れればと説明してやる。

「だからこれくらい大丈夫。むしろ楽になるよ。実りすぎても重いから」

草苺は自分の頭部からむしり取った蛇苺の生る茎を彼女の三つ編みに絡めていく。

丁寧に。丁寧に。

有り余っている華氣を編み込んでいく。

三つ編みに茎を絡め終わると、瞼《まぶた》は閉じたままだが彼女の呼吸は落ち着きを取り戻した。顔色も幾分ましになっている。これならば、そのうち目を覚ましてくれるだろう。

「……花結い。終わったよ」

自分の唇が花結いの終了を告げた瞬間、心地よく総毛立った。

「はあー……」

とても清々《すがすが》しい気持ちだった。

服は腐った花汁でドロドロ。

傷の広がった手のひらは痛い。

癒花を乱暴にむしったせいで若干の頭痛が出てきた。

それでも、心は満たされていた。

甘美な多幸感に包まれる。

気を抜くと変な笑い声をあげてところ構わず走り回りそうになった。

「……ふう……」

草苺は胸に手を当てて、歓喜に濡れる息を落とした。

余韻に浸る。

花結いの余韻に。

咲き誇る命に触れ、命を結った余韻に。

「最高に、気持ちがいい花結いだった」

草苺《ツアオメイ》は心酔していた。

極上の花結いに。

自分がしてきたなかでもっとも満足し、最高傑作だと言い切れる花結いに。

高揚感に頬を染め、うっとりと自分の世界に陶酔する。

だからその肩を掴まれるまで、草苺はすっかり角星の存在を忘れていた。

「草苺」

「……ぁえ？」

寝起きにも出さない素っ《す》頓狂《とんきょう》な声が草苺から洩れる。

草苺の肩を角星が強く掴んでいた。

「礼を言う。ありがとう」

手を放し、彼は姿勢を正すと草苺へと頭を下げた。あまりにも洗練された誠実な礼。

草苺のほうが虚をつかれる。

「……こ、こちらこそ！　助けてくれて、ありがとうございます！」

一瞬にして花結いの余韻から現実へと引き戻された草苺も角星へと頭を下げる。

そろそろと顔を上げる。

澱《よど》みのない空色の瞳《ひとみ》が草苺を直視していた。気圧《けお》されて、草苺は生唾《なまつば》を飲み込む。

「草苺。一緒にこい」

「うん？」

地鳴りと勘違いするほど低くなった角星の声。

「俺についてこい」

もう一度、角星が静かに言う。

数秒の沈黙。

後に、ぶわっ！　と草苺は全身から汗が吹き出した。


――やってしまった！


ここまでやらかしてから草苺は自分の罪を自覚した。

草苺は花結師ではない。なのに妃妾《ひしょう》の癒花を剪定し、結った。花結いをしろと命じたのは角星であるが、彼は剪定をしろとは一言も述べていない。よくよく思い返せば、彼は自分が指示すると言った。草苺はそれを無視して、勝手に花結いを進めてしまった。

角星が何者なのかは分からない。宦官《かんがん》ではないのはたしか。

装いは軽装で、だがしっかりした縫い目の生地は上等。

警備兵でもないだろう。

ならば何者か？

何者だろうと、もはや関係ない。

実行犯は草苺。

草苺は妃妾《ひしょう》相手に勝手な花結いをした。公になればタダでは済まない。

紫陽花の妃妾本人に花結いを頼まれてはいるが、草苺は一度断っている。その上で彼女を怒らせているため、弁護してもらえるかは難しい。

「お前、花結いに詳しすぎやしないか？　誰か師でもいるのか？　……いや。この際どちらでもいい。詳しく話をさせてくれ」

「――……っ！」

詳しい話もなにもない。この展開はまずいと草苺は焦る。

きっとこのままでは死罪だ。

間違いなく死罪。

「毒蟲《タンシ》も華氣も視《み》えている。そしてなにより、この腕前。これなら、もしかしたら薔華《ソウカ》も……」

もう草苺の頭の中は自分の首と胴が離れる図しか浮かんでいない。ぶつぶつと思案する角星の呟《つぶや》きも、草苺には一句だって耳に入ってはこなかった。

「……なあ。お前、花結師になる気は」

「ああっ！　紫陽花のお方が！」

草苺は甲高い大声を出して妃妾を指差した。

「どうした⁉」

角星が警戒心を露《あらわ》にすかさず彼女を振り返った。

横たわる紫陽花の妃妾は落ち着いた呼吸を繰り返している。周辺も西に傾き出した太陽によって赤く染められているだけ。静穏なそよ風が火照《ほて》った身《み》に沁《し》みる。

「なんだ。なにもねえじゃ――」

「すみませんでした！」

草苺は脱兎《だっと》した。

全力で。

死にたくないので、死ぬ気で走る。

「ハア？」

虚をつかれた角星の、素っ頓狂な声。

「――って、ゴルァア！」

からの、野獣の咆哮《ほうこう》にも勝る怒声。

「手前《てめ》ェ！　草苺！　なんで逃げんだ！」

角星が追い掛けてきた。そりゃあもう鬼神とまがう恐ろしい形相で。

人面蜘蛛《ぐも》よりも角星のほうが怖いと、草苺は本気で戦慄《せんりつ》した。

「ひぃ……すみません！　すみません！　勝手に花結いをしてすみません！　死罪はいやです！」

「ハア？　死罪だあ？　ふっざけんなっ話聞け！」

「話せることはなにもないです――――！」

草苺は華奢《きやしや》な体躯《たいく》を利用して高く伸びた雑草や木の陰を縫って逃げる。逃げる。逃げる。

逃げ続ける。

「逃げんじゃねえ！」

「ひいっ……！」

なのに、後ろからの怒鳴り声はやまない。

「ど、どうせ死罪なら……！」

こうなったら！　と草苺は貴妃のいる春薔薇《ばら》宮へと足を向けた。

「もうどうにでもなれ！　いや、どうにでもなりたくない！」

頭の中は大嵐。

思考がまとまらない。

いつもならこういう時に煤《メイ》が手を貸してくれるのに、彼はまだ姿を現さない。

「申し訳ございません！　失礼いたします！」

草苺は庭に面した回廊へと飛び込むと、春薔薇宮内へと突っ込んだ。

白亜の石床を強く踏み叩《たた》く。

真鍮《しんちゆう》の天井飾りとともに房付きの提燈《ちようちん》が吊《つ》るされた天井。欄間《らんま》には瀟洒《しようしや》な透かし彫り。太い柱には蔓《つる》薔薇が絡み、素人《しろうと》目にもこだわって作られたと分かる典麗な内装。

けれど、空気が重く、ところどころ埃《ほこり》を被《かぶ》っていた。生活感が感じられない。人の気配が微塵《みじん》もない寂れた美麗さが建物全体を包んでいる。

だからこそ、これ幸いと草苺は貴妃の住まいを堂々と走り抜けられていた。

「男性が貴妃の宮に入っていいの⁉」

下級女官である自分を棚に上げ、草苺はまだ追い掛けてくる角星に文句を吐く。

横腹が痛い。体力的にそろそろ限界だ。

「煤に会えないまま死罪になるの⁉　せめて煤老師に最高の花結いができたって伝えるまで死ねない！　煤老師《ラオシ》！　老師ー！」

泣き言を叫び、草苺は見慣れぬ廊下を走る。

「煤老師に会いた――――⁉」

真横から、ぬっ……となにかが這《は》い出てきて悲鳴が詰まる。

草苺の視界が傾く。考える間もなく草苺は身体《からだ》をなにかに柔らかく抱き締められた。

見知らぬ部屋に連れ込まれたと理解した時には、後ろから口を塞《ふさ》がれていた。本来ならば恐怖を抱くべき突然の出来事だが、なぜか危機感を感じられない。

草苺は抵抗せず、相手の腕の中で荒くなった呼吸を整えた。

「あんのちんちくり……じゃねえ！　草苺！　どこ行きやがった！」

戸の両脇についた花頭窓から荒々しい声が入ってくる。すぐそこの廊下に角星がいる。

ギャアギャアと喚《わめ》き散らし、ややあって足音は見当違いの方向へと離れていった。

完全に、足音も気配も消える。

口を覆っていた白い手がおろされて、草苺を部屋に連れ込んだ人物が静かに離れた。

「ありが……っ！」

相手を確認するために振り返り、草苺は視界いっぱいの純白に魅入られた。

佇《たたず》んでいたのは陽炎《かげろう》の向こう側に揺蕩《たゆた》う仙人のごとく浮世離れした清らかな麗姿。

線の細い尊顔は白粉《おしろい》もまぶされていないのに透明感があり、引き摺《ず》るほどに長い白髪は月虹《げっこう》の煌《きら》めきを宿している。長い睫毛《まつげ》も新雪を積らせているかのようで。覆われた瞳だけがどこまでも緋《あか》い。

紅玉とは異なる神秘的で芳醇《ほうじゅん》な緋さは、自分の頭に生《な》る蛇苺《へびいちご》の実に似ていた。

甘く甘く、じっくりと熟れた蛇苺の緋さ。

煤が好む、もっとも美味《おい》しい時の蛇苺の緋さ。

と考えて、こんな仙郷に住んでいてもおかしくはないほどの佳人と自分を一緒にしてはいけないと草苺は己を叱責する。

「庇《かば》ってくださって、ありがとうございます」

草苺は深々と頭を下げた。

出《い》で立ちからして、位の高い方かもしれない。きめ細やかな紗《しゃ》で仕立てた披帛《ひはく》を羽織り、純白の長衫《ちょうさん》には緻密《ちみつ》な鱗《うろこ》に似た刺繍《ししゅう》が施されている。銀糸の鱗は明月《めいげつ》のような彩光を綾《あや》なしていた。

ふと顔を上げた時、立領《たてえり》で僅《わず》かに隠れている相手の喉元《のどもと》に出っ張りを見付けて草苺は相手が男性だと気付いた。しかし、顔付きや細い腰はどちらかといえば女性的。

宦官かと草苺は心の中で首を捻《ひね》る。

それにしては、宦官が身に着けるべき造花がどこにも見当たらない。

「こちらにお仕えする方ですか？　わたしは……ええと、迷ってしま、むぐ！」

取り敢えずなにか言い訳を……と、口を動かした瞬間。顔面ごと、言葉を塞がれた。

「あぶ、っぅぐ！　あばばば……！」

触り心地のいい布が草苺の顔を擦《こす》り回す。

「ぷはっ！　あ、あの……なにを……」

解放されたかと思いきや、すかさず次は右腕を掴《つか》まれた。引っ張られ、同じように触感の良い布が手を拭《ぬぐ》う。眼前の宦官は、袖《そで》で草苺の汚れた身体を拭《ふ》いてくれていた。

「だ、大丈夫ですよ！　お召し物が汚れてしまいます！」

草苺は慌てて腕を引っ込める。

宦官は柳眉《りゅうび》を顰《ひそ》め、線の細い顔に不服の色を滲《にじ》ませた。深い溜《た》め息《いき》を吐くと、するりと白い手を持ち上げる。

「あいた！」

揃《そろ》えた人差し指と中指の先で、額を小突かれた。

しかも一度ではなく何度も。

地味な衝撃は来るが、痛くはない。それどころかなぜか安心感すら抱いてしまう。

だから「ご、ごめんなさい……」と草苺は素直に謝罪を口にする。

白い宦官は今度は呆《あき》れた様子で溜め息を落とした。

再び、草苺《ツアオメイ》の傷付いた右手を細く柔らかな手付きで拾い上げる。手を裏返し、手のひらを見て、白い宦官は緋い瞳に怒りの色を含ませた。

小さな手のひらは、擦り傷を爪で広げたせいで傷口が悲惨な状態になっていた。皮は大きく剥《む》け、どす黒い残骸《ざんがい》と砂利に汚れた痛ましい有り様。

今更に痛みを感じ始めて草苺は顔を歪《ゆが》めた。次の瞬間。

「うえ?」

れろぉ……と、赤く長い舌が草苺の手のひらを撫《な》でた。

たっぷりと唾液《だえき》を絡めた熱い舌の表面が擦り切れた皮膚と剥き出しの柔肉をくすぐり、滲む血液をすくい上げる。ぢくり、と傷が疼《うず》いて指先が一瞬痙攣《けいれん》した。

尖《とが》った舌先が指の間にまで蛇のように這い上がり、ぬるついたくすぐったさと相手の吐息を間近で感じて——ようやく。

「ぎ、っ——……!」

ようやく、草苺は自分の手のひらになにをされているのか理解した。

「ぎゃぁあああ——ッ!」

すかさず掴まれていた右腕を振り解き、絶叫する。

追われているとか、隠れているとか、もはや関係ない。

人面蜘蛛よりも、角星《スボシ》よりも、誰よりも。

いまは目の前の人物に危機感を抱き、草苺は全身を総毛立たせて悲鳴をあげた。

「あああぁあっ老師！　煤老師！　変人がー！」

草苺はまがりなりにも皇帝に見初《みそ》められるべく後宮で花を磨く女官。本来ならば悲鳴こそ庇護《ひご》欲を誘う色艶《いろつや》を含んだ音色を弾《はじ》かせるべきなのだろうが、草苺は色艶どころか可愛《かわい》げすらない牛とまがう野太い濁声《だみごえ》を轟《とどろ》かせて逃げ出した。

「はあっはあ……ぜえ、はあ……はー……」

がむしゃらに走り回り、酸素が枯渇した草苺が地面に突っ伏したのは、幸運にも見慣れた枯れ井戸のそばだった。

「無理……。はあ、疲れた……」

鬱然《うつぜん》とする草苺のボロボロな姿を嘲笑《あざわら》うように辺り一面を金色の斜陽が鮮麗に照らす。

草苺は痺《しび》れる足で枯れ井戸へと、ふらふらと進んだ。井戸を背に重い腰を下ろす。

「……頭が、ついていかない」

遠くから鐘の音が聞こえてくる。夕餉《ゆうげ》の時間が近付いている合図だが、大部屋に戻る気が起きない。いまになって非現実的な衝撃の余波が心身に広がって、戸惑いと疲労が思考力を奪っていった。

「でも……」

ぼんやりと、霧掛かる頭で、思い出す。

「あの花結いは、すごく気持ち良かったなあ……」

長く伸びた井戸の影に隠れ、草苺は抱えた膝《ひざ》に額を当てた。

濃さを増していく夕闇に手招かれ、草苺は自分でも気付かぬうちに意識を落とした。

❀　❀　❀

「クソッ！　逃げ足はえーな！」

青年は苛立《いらだ》ちをぶつけるように左耳の房飾りを乱暴に弄《いじ》る。

「ちんちくりんのくせに」

悪態を吐いて荒れた庭を進んだ。目の奥が痛むほどの苛烈《かれつ》な斜陽によって黄金に染まる雑草を、八つ当たりついでに足でぞんざいに掻《か》き分ける。

ひらけた場所に出て、すぐに青年は空色の双眸《そうぼう》に二人の女性を捉《とら》えた。

木に寄り掛かって眠る紫陽花《バーシエンファ》の癒花《ジュファ》を咲かせた妃妾《ひしょう》と、寄り添う金百合《バイホ》の癒花の女性。

金百合の彼女は髪を高い位置でひとつに括《くく》っただけの慎ましい髪型だったが、咲き誇る金百合によって地味な印象はまったくない。

派手さのない髪型だからこそ、金百合の耽美《たんび》さが強調されて見えた。

口元の笑い黒子《ほくろ》は色気を放つも、顔付きは実に聡明《そうめい》。金百合の女性は、裙子《くんす》が汚れるのも構わず地面に膝をつき、慎重な手付きで紫陽花に触れていた。

彼女は青年に気付くと素早く立ち上がり、静かな所作で頭を下げた。

あまりにもかしこまった態度に、青年は耳飾りに触れながら面倒そうな溜め息を吐く。

「俺にまでそんな態度は取らなくていい。楽にしろ」

「そのようなわけにはまいりません。主上」

「いまは俺じゃねえよ」

「いいえ。どちらも主上は主上でございます」

「あー……あれだ。別々のとこで二人も皇帝がいるなんて知れたら、まずいだろ？　角星でいい」

金百合の女性は深々とお辞儀をしてから「かしこまりました。角星様」と几帳面《きちょうめん》に答えた。

堅苦しさの抜けない忠誠心の強い相手に、青年は諦《あきら》めた様子で耳飾りを弾く。

「彼女の様子はどうだ？」

青年は本題に入った。

「花結いができる奴《やつ》がいたから応急処置としてそいつに結ってもらった。ただ、相当ひどく毒蟲《タンシ》にやられたみたいでな。お前が来てくれててよかった。きちんと結い直してくれたか？」

「そのことなのですが……」

金百合の女性の眼《め》が紫陽花の妃妾に移る。

金茶の視線を追って、青年も意識を向けた。

紫陽花の癒花は応急処置として結ってもらった形のままだった。結い直すどころか、手を加えた形跡が少しも見当たらない。

「彼女の花結いをしたのは、どなたですか？」

青年が問う前に金百合の女性が神妙な面持《おもも》ちで訊《たず》ねてきた。

「どういうことだ？」

ただならぬ雰囲気に、つい青年は質問に質問で返してしまう。

彼女は静かに答えた。

「完璧《かんぺき》です。私《わたくし》めが結い直す必要はございません」

予想外の賛美に青年は目を見開く。

「確かに結い方は独特で、処置の仕方も古くはありますが、それでも完璧です。これほどの花結いができる者はそうはいませんよ。私が手直しをするほうがよくありません。それに……」

金百合の女性は弱々しく舌を止めた。やや言い辛《づら》そうに沈黙する。それでも伝えねばならないと意を決したのか、気持ちを落ち着ける深い息を吐いたあとで青年を見据え、言った。

「私では、この方を救えなかったでしょう」

衝撃的な一言に青年は絶句した。

女性は続ける。

「ここまで毒蟲に穢《けが》された癒花を落ち着かせるなど……宮廷中の花結師を集めても無理でしょう。信じられません。これほど良き腕前の花結師を見過ごしていたとは……。花結長として不徳の致すところでございます。角星様。彼女を助けたのは、どのような花結師でございましょうか？」

余程興味があるのだろう。

表情は平静を装っているものの、その弁には強い熱がこもっている。

「是非、御教授願いたいものです」

金百合の女性にそこまで言わしめる腕前に、青年は驚愕《きょうがく》を超して唖然《あぜん》とした。

混乱する頭を落ち着かせるために耳飾りに触れる。

「花結師、じゃない……」

房を指先で撫でると、青年は辛《かろ》うじて言葉を紡いだ。

「これを結ったのは花結師じゃなくて、女官だ」

今度は金百合の女性が絶句した。

だが彼女はすぐさま我に返り、なにかを察した様子で紫陽花の癒花を再確認しにかかった。

「角星様！」と、金百合の女性が声を荒らげる。

六花美人と称されるほど沈着な彼女が露骨に激しく感情を露《あらわ》にするのは珍しい。

「見てください。まさか……この蛇苺の癒花は」

青年は緊張に震える彼女の手元を覗《のぞ》き込んだ。

「これは……！」

二人の間で、空気が戦慄《わなな》いた。

# 二章　治癒の癒花

頬に何度も触れる違和感。こそばゆさに、草苺の意識はぼんやりと浮上した。

「んー……？」

まだ完全に瞼《まぶた》は開かず、夢現をふらふらと行き来する。

「煤《メイ》ぃ？　もう少し寝かせて。昨日疲れたんだよお……」

寝返りを打った草苺は、自分の下に広がる硬い触感に目を瞑《つぶ》ったまま眉根《まゆね》を顰めた。下級女官に与えられる布団は薄いが、それでもここまで硬くない。

「……んん？」薄目を開ける。

ぼやける視界に映ったのは女官たちが雑魚寝《ざこね》する大部屋の風景ではなく、朝露に濡《ぬ》れて潤う花々。湿った土の香りが鼻腔《びこう》を掠《かす》め、背中にはひんやりとした感覚。

「あー……そうだ。昨日、昨日は……！」

草苺は飛び起きた。関節のふしぶしが重怠《おもだる》い。自分で思っていた以上に疲弊していたのだろう。毎朝通う井戸のそばで、夜を明かしてしまった。

「昨日は、色々あって……蟲《ムシ》とか、花結いしたり……変人が！」

一気に記憶が蘇《よみがえ》り、わなわなと全身を震わせる。

「煤！　聞いてよ！　昨日ね！」

草苺は傍らに感じる気配へと腕を伸ばし、鷲掴《わしづか》み、ぐわっ！　と持ち上げた。

「昨日はすごく大変だったのに、どこに」

「んにゃー」

「行ってたにゃー！　…………にゃー？」

草苺の両手が掴むのはひんやりとした鱗《うろこ》の身体《からだ》ではなく。

もっちりと、ふんわりと、もふりとした魅力的な魔性の――毛玉。

蛇にはない眠気を誘う高めの体温。蛇にはないむっちりおてて。蛇にはない三角のお耳に、蛇のように長いお尻尾《しっぽ》。煤に似ているところといえば、肉球の色のみ。

「にゃー」

薄汚れた猫は、草苺の寝癖頭からこぼれている蛇苺《へびいちご》をむちむちの黒い肉球前脚で弄る。

「ええと……」

草苺は辺りに誰もいないことを確認。

「どこから来たにゃ？」

だらしのないとろけた笑顔を猫へと向けた。

「少し汚れてるね。……あっ、でも誰かの飼い猫かにゃ？」

人懐っこく頭を擦《こす》り付けてくる猫。真紅の首紐《ひも》は、草苺が身に着けるものより上等だ。

座り方を変えて猫を膝に乗せる。

チリン、と首紐の鈴が透き通った音を奏でた。

「顔の汚れ、拭《ふ》いてあげるね」

草苺《ツアオメイ》は猫の鼻横に付着する汚れを袖《そで》で拭《ぬぐ》ってやろうとして「……あれ？」

不思議なことに気付く。

自分の、右手の傷が癒えていた。

「手の傷……なんで？」

草苺は袖を捲《まく》り、手のひらをしっかりと確認する。

「治り難《にく》い傷だと思ったんだけど……」

治るのに一週間以上は掛かるだろう傷だったが、手のひらはまるで最初から怪我《けが》などしていなかったように、つるりとしていた。

左手も一瞥《いちべつ》。こちらはまだ擦り傷が残っている。ただ左の傷は浅く、痛みはない。

草苺は首を捻《ひね》る。

散々な経験のあとの、不思議な出来事。仄暗《ほのぐら》い疑懼《ぎく》が胸の内に渦巻く。

「……！」

ぐりっ、と猫が草苺の右手に頭を擦り付けた。

「っ……ご、ごめんね！」

もやりと濁った心中を誤魔化《ごまか》すように、草苺は眼前の猫へと意識を集中した。

「いま拭いてあげる」

摘《つま》んだ袖先で猫の面を拭いてやる。けれども汚れは取れない。

すぐに鼻横の汚れが模様だと気が付いた。

「ああっ！　ごめん。これ、汚れじゃなくてこういう模様だったんだ」

草苺は猫を抱き上げて顔を寄せる。

全体的に薄灰色だが、ところどころが中途半端に濃い毛色。そのせいで薄汚れて見えていた。

しかし薄汚れたふうな外見とは裏腹に、ツンとしたかんばせは気品がある。玉座で丸くなっていても違和感がなさそうだ。この猫が皇帝なら、草苺は後宮での過ごし方を頑張ったかもしれない。

「可愛《かわい》い模様だね」

向かって左の鼻頭。変哲のないただの黒いシミは猫の愛らしさを深める。

猫の黒い鼻と草苺の鼻先が触れ合った。

湿った鼻のむず痒《がゆ》さに草苺は小さく笑う。

扁桃型《アーモンド》の清澄な碧眼《へきがん》が、すいっと細まった。

「あ……」

似ている。

昨日出会った青年の瞳《ひとみ》に。

草苺は、猫に嵌《は》め込まれたふたつの青空を静かに見つめた。

「アーラ。呼ばれたのかと思ったけれど、お邪魔だったかしらネエ？」

唐突に馴染《なじ》みのある声が耳に滑り込んできた。

「ぅひあ……っ！」

反応する間もなく耳の縁を悪戯《いたずら》に舐《な》められ、こそばゆさに草苺は肩を跳ね上げた。くすぐったい耳を押さえれば、膝《ひざ》から猫が飛び降りた。

「煤ッ……⁉」

振り返ると、井戸の表面を這《は》う煤と目が合った。

「いつからそこに……」

「アンタとソイツが鼻先であーんなコトやこんなコト、チョンチョンとしてる時からヨ」

「鼻をくっつけるのは猫の挨拶《あいさつ》。変な言い方しないでよ。それより、いままでどこに行ってたの？大変だったんだから！」

「そんな叫ばなくったって聞こえてるワヨ」

ウルサイ、と一度額を叩《たた》かれる。

「ホーント、直々にお呼ばれされるくらいには大変みたいネ」

緋《あか》い瞳が面倒そうに細まり、少し離れた位置で座る猫へと移った。

「猫妖《チミヤオ》。皇帝が契約している妖《あやかし》ヨ。皇帝の手足として宮廷内を走り回ってるワ」

猫妖は皇帝が契約し、使役する妖の一種だ。男子禁制である後宮の護衛や、宮廷全体の害獣駆除に一役かっている。草苺も雑草むしりの最中に何度か目にしたことがあるが、いままで見た猫妖たちは尻尾が二又で、二足歩行をしていた。

「尻尾、二又に分かれてないよ？」

「妖力の強い猫妖は普通の猫に化けられるのヨ。あの薄汚れて見える風貌《ふうぼう》は…………アラ、ヤダ。薄汚れ将軍《ジアンジユン》じゃないのヨ！　アレは猫妖を束ねる頭《かしら》ヨ」

「あんなに可愛いのに。すごい猫なんだね」

「見た目に騙《だま》されるんじゃないワ。アンタ、将軍が呼びに来る意味分かってるの？」

今度は二、三度続けに額を小突かれる。

「お呼び出しヨ。皇帝白亘《ハクコウ》から、直々のネ」

走馬灯のごとく草苺の脳裏に昨日の出来事が駆け巡った。

瞬く間の回想が終わると、自分の首と胴が離れる妄想もしてしまう。背筋が震えた。

「ち、違うの老師《ラオシ》！　わたし、悪いことは……花結いを、人助けで……」

無駄に両手を彷徨《さまよ》わせ、しどろもどろに草苺は説明をする。煤にだけは勘違いされたくない！

と必死に昨日の事件を伝えようとし、けれども、うまく思考がまとまらずに舌が絡まった。

「落ち着きナサイ。分かってるワヨ」

煤が首に巻き付いてきて、あやすふうに頬擦りをしてくれた。

「ウチの子が悪いコトするわけないワ。ナニか理由があるんデショ？」

「メ、煤老師……」

じん、と涙腺《るいせん》が熱くなる。草苺は昨日の出来事を煤にすべて伝えた。

「なるほどネ。紫陽花《バーシエンフア》が……」

増えた蛇苺の実を処理しながら煤は話を聞いてくれた。

草苺が話し終わるとまた優しく頬を撫《な》でてくれる。

「よく頑張ったワネ。アンタはアチシの自慢の娘だワ」

「ううっ、老師……！」

感極まった草苺は、細い楳を両手で抱き締めた。

「アンタは悪くないワヨ。胸を張りナサイ」

「でも、花結師じゃないのに剪定《せんてい》までしちゃったし、やっぱり死罪になるかも……」

「そんなコト、アチシが許さないワ。大丈夫ヨ」

聡明《そうめい》で人語を解するとはいえ、所詮《しょせん》は蛇。

蛇一匹にできることなどないだろうが、草苺にとって楳の言葉は何よりも心強かった。

皇帝相手でも、楳がいればどうにかなるとすら思えてしまうほどに。

「よし」

草苺は軽くなった頭を結い直す。いつもと同じ髪型だが、いつも以上に気合いを入れて結った。

深呼吸をして、背筋を伸ばす。

朝陽に照らされる世界のなか、将軍の呼び名に相応《ふさわ》しい佇《たたず》まいの猫と真《ま》っ直《す》ぐに向き合った。

「行こう！」


案内されたのは、普段は近付くことすら許されていない宮廷の心臓部だった。

下級女官の登場に官吏たちが怪訝《けげん》な眼差しでひそひそと囁《ささや》くも、尻尾を伸ばして堂々と闊歩《かっぽ》する薄汚れ将軍のおかげで呼び止められはしなかった。

宮城の奥に進むにつれて人の数は減り、ついに二足歩行をする猫妖たちしかいなくなる。

二又尻尾を揺らして行き交うもふもふに、草苺の緊張が和らいだ絶妙な状態の――その時。

「よお」

最悪の人物と、再会した。

「その節はどーも。逃げ足はえーのな」

四季万彩の庭に築かれた渡り廊の途中。

現れたのは、極彩の風景に不釣り合いな粗野な剣を腰に携える軽装の青年。

空色の双眸《そうぼう》に草苺の引き攣《つ》った顔を映すと彼は親しみ深い笑みを浮かべるが、左手では苛立《いらだ》たしげに耳飾りの房を揉《も》んでいた。

「今度はそうはいかねえぞ」

長房を指先で弾《はじ》き、大股《おおまた》で一歩近付いた。

咄嗟《とっさ》に草苺は後退《あとずさ》りしかけたが、踵《かかと》がぬくもりに触れる。

「え？　うわっ！」

いつの間にか周りを甲冑《かっちゅう》をつけた猫妖たちに囲まれていた。心臓が激しく脈打つのは甲冑姿すら愛らしいせいか、逃げ道を塞《ふさ》がれたせいか。

「こいつらはお前より疾《はや》いからな」

猫妖に罪はないと、草苺は覚悟を決めて、ふたつの青空を見上げた。

「なぜ、角星《スボシ》さまがここにいらっしゃるのですか？」

相手の立場が不明なので敬称をつける。同じ失敗はできないと丁寧な言動を心掛けたのだが——

なぜか、豪快に噴飯された。

「ハア？　なんだよそれ。昨日はあれだけ騒いでたくせに」

「それは、昨日は色々と突然でしたので……」

「あーあー！　やめろ！　昨日みたいに普通でいい。かったるいのは苦手なんだ」

「…………本当に、いいの？」

「いまさら」

角星は鼻で笑う。

「じゃあ、角星」

「なんだよ、草苺」

「聞きたいんだけど、どうしてここにいるの？　やっぱり、わたしは……」

話しやすくなったついでに聞いてしまおうと思ったが、いざ「死罪になるの？」とは、はっきりと聞けず、言葉尻《ことばじり》が震え消える。

覚悟は決めてきたつもりだったが、簡単にはいかなかった。

けれど、問題を後回しにするわけにもいかない。大人しく死罪になるつもりはなく、どうにか隙を見つけて逃げようと企《たくら》む。だからこそ、引き出せる情報は早めに聞き出さねばならない。

——煤《メイ》と一緒なら、なにが起きても大丈夫。

草苺は唇の内側を噛《か》み締《し》めた。襟の内に隠れる煤へと手を添える。

この先なにが起きてもがむしゃらに生きる覚悟を決めたところで。

「なーんか、勘違いしてねえか？」

角星が訝《いぶか》しげに小首を捻った。

「別にお前を罰する気で呼んだんじゃないぞ」

「……そう、なの？」

「おう」

「わたしは、花結師でもないのに勝手に花結いをしちゃったよ？」

「頼んだのは俺だろ。処罰するならこんなとこじゃなくて牢《ろう》に引っ張っていく。……ったく。んな無駄なことで悩んで逃げたのかよ」

「無駄って……。立て続けに変なことが色々起きて、悩まないわけないでしょ。それに……あんな形相で追われたら」

「逃げなけりゃ追わなかった。顔は、慣れろ」

角星は草苺から視線を逸《そ》らし、むすっと片眉《まゆ》を顰《ひそ》めた。気まずそうに耳飾りの房を人差し指でクルクルと回す。

「これでも、目付き悪い自覚はあんだよ……」

きつい眼差しのまま低い声で呟《つぶや》いた角星だったが、ふと、己を見上げる猫妖と目が合う。瞬時に、彼は険しくなった眼を意識してかっ開《ぴら》いた。残念なことに眼力は増し、より強面《こわもて》になる。

「もしかして、目付き悪いの気にしてるの？」

「……ハア？　気にしてねえよ。別に目が合った仔猫妖《こねこ》に逃げられるからって自分の目付きを恨んだことはねえし？　こっちが安心させようとゆっくり瞬《まばた》きしても、目ェ瞑《つぶ》ろうとするとさらに目付き悪くなって喧嘩《けんか》売ってると勘違いされるとか……ねえから！　悲しくねえから！」

早口になる角星。せかせかする弁舌に合わせて、耳元の房を指でしつこく弄《いじ》る。

どうやら彼は感情が昂《たかぶ》ると耳飾りに触れる癖があるようだ。

猫妖たちが、すさぶ心情を察して角星の両脚に頭を擦《こす》り付け始めた。

「き、気にしてねえって言ってるだろ！　散れ！」

威嚇する猫よろしく彼は歯を剥《む》き出《だ》しに怒鳴る。シッシッ、と手を振って猫妖たちを払った。

けれども猫妖たちは角星の態度に焦る様子もなく、微笑《ほほえ》ましげに尻尾《しっぽ》を一度揺らした。

「ふっ、ふふ……」

一人で必死になっている角星の姿に堪《こら》えきれず、草苺《ツアオメイ》は小さく吹き出した。

ほぼ条件反射に近いのだろう。角星が鋭い眼光で睨《にら》み付けてきたが、もはやその眼《め》を恐ろしいとは思えない。

視線がかち合った瞬間、草苺は我慢できずに盛大な笑い声をあげた。

「笑うな！」

「あははは っ、ごめん……っ！　でも、なんか……あははは！」

笑いすぎて呼吸が苦しくなる。涙まで溢《あふ》れてきた。

どうにか落ち着こうと、草苺は掠《かす》れた深呼吸をひいひいと必死に繰り返す。

「そもそも！　妖とはいえ、相手は猫だ！　猫の目をじっと見るのは喧嘩売ってるのと同義だからな！　見るべきじゃねえんだよ！」

「うん。うん。そうだね」

「だから！　俺は間違ってねえよ！」

「誤解が解けてよかったね」

肩を震わせながら草苺は目元を拭《ぬぐ》った。

「けど、少し勿体《もったい》無いと思うな」

「ハア？　勿体無い？」

「角星の目って、澄んでてきれいな色だから」

背伸びをして、下から炯眼《けいがん》を覗《のぞ》き込む。

「蒼天《そうてん》を溶かし込んだみたいにきれい」

清澄な青さは吸い込まれそうで。

実際に草苺は吸い寄せられるように……じいっ、とふたつの蒼天を直視し続けて。

「――――っ、近い！」

「むぎゃ！」

顔面を掴《つか》まれ、若葉色の焦点は蒼天から強制的に外された。

すぐに離れた彼の手はやはり耳飾りへと持ち上がり、ワシワシと房を触る。

外方《そっぽ》を向いている彼の耳は、赤くなっていた。

「……てない……」

ぽつり、と角星が呟く。

「……慣れてないから、やめろ……」

耳から顔面まで茹《ゆ》だったように赤らめたまま、彼は呻《うめ》いた。

本当にどう反応すればいいのか分からない様子で、弱々しさすら感じさせる。

草苺は理解した。猫妖《チミヤオ》にすら恐れられる目付きだ。人間相手なら余計に勘違いされてもおかしくはない。草苺だって、最初はそうだった。

いまとなっては目付きだけで判断してしまい、申し訳ないと心から反省しているが……。

目付きだけで人柄を判断されるのは、寂しい。

草苺も瘉花《ジユファ》が蛇苺《へびいちご》というだけで嗤笑《ししよう》され、嘲弄《ちようろう》の的とされた。

角星の前に回り込み、草苺は逸らされた蒼天の双眸を覗き込む。

「好きだよ」

房を握《にぎ》り潰《つぶ》す勢いで耳飾りを弄る角星へと、草苺は笑顔で伝えた。

「すごくきれいな色だもの。わたしは好きだよ、角星の目」

出会いが出会いだったせいで角星に対してあまりいい印象がなかったが、いまは違う。

猫妖たちとのやり取りからしても彼が悪い人でないのは瞭然《りようぜん》。

角星の眉間《みけん》に険しく皺《しわ》が寄る。炯眼が鋭利さを強めたが、赤面して僅《わず》かに震える彼にどんな恐怖心を抱けるというのか。

「ありがとさん！」

また顔面を掴まれた。乱暴な照れ隠しに、草苺は爛漫《らんまん》な笑声を蒼天へと響かせる。

つられて、角星も声を出して笑った。

「さて、ここからは俺が案内する」

咳払《せきばら》いのあと、角星は渡り廊の奥を顎《あご》でさした。

「この先は皇帝に認められた一部の者と、猫たちしか入れねえ。間違っても走り回るなよ」

「追い掛けられない限りしないよ」

二人は顔を見合わせて小さく笑う。

軽くなった空気に安心した草苺は、なんとなしに角星へと疑問をぶつけた。

「ねえ、角星って何者なの？」

「俺？　俺は……ちょいと特殊な立ち位置でな。なんつーか、皇帝の直属なんだよ。その時々に合わせて動くから自由が利くわけだ」

「自由とはいえ、後宮にまで入っていいの？」

「別にそこらも詳しく話してやってもいいが……。知りすぎると、どうなってもしらねえぞ」

「これ以上どうにもなりたくないので聞こえませーん！」

草苺は大袈裟《おおげさ》な動作で両耳をしっかと塞ぐ。

角星がくつくつと肩を揺らした。

「察してるとは思うが、お前にはこれから白匣《ハクコウ》陛下に拝謁してもらいたい」

角星の雰囲気が真剣なものになる。

空気が張り詰めたのを感じ取った草苺も、自然と表情が引き締まった。

「草苺がやった昨日の花結いで少し気になることがあってな。詳しくはあとで話すが、悪いようにはしない。約束する」

「分かった」

「ただ、その前に……」

角星は草苺の顔を掴んでいた自分の右手のひらを注視。訝しげに、片眉を顰めた。

「お前……。すっげー汚れてねえか？」

「うっ！　い、言わないでよ！」

今度は草苺が耳まで赤くなる番だった。

それはいい感情によるものではなく、劣等感混じりの羞恥心《しゅうちしん》によって。真面目《まじめ》な顔付きで言われたので、余計に気恥ずかしい。

「わ、わたしは女官のなかでも下《げ》も下だから……湯浴みは五日に一度しかできないんだよ。井戸水も勝手に汲《く》んじゃいけないし……。でも、後宮には雑草に交ざって薬草も生えててね！　後宮って貿易品がそのまま入ってきたりするでしょ？　持ち込まれた異国の植物が広がって、庭園以外にも生えてたりするんだ。わたしの仕事は雑草むしり！　庭園の外に生えてしまった異国植物もむしっ

「つ、つまり、いつもはそういう薬草をすり込んだりして気を付けてるんだよ！　今回は、昨日色々あったから余裕がなくて……！」

「ほおー……。んで、つまり？」

草苺は必死に弁解した。

派手に着飾る気はないが、必要最低限の身嗜《みだしな》みは意識している。

「雑草娘娘《ザーツアオニャンニャン》なんて呼ばれてるけど、それはあくまでもこの貧相な癒花が役立たずで、雑草むしりばかり任されてるせいだからで……」

「癒花が役立たず？　お前の癒花が？」

すかさず角星が怪訝《けげん》に反応する。

ぼやいたものの、食い付かれると気まずい。草苺は深衣《しんい》の裾《すそ》を掴んだ。

「うん。あー……でもまあ、こんなに汚れてると、やっぱりわたし自身が雑草みたいだよね」

どれだけ言い訳をしようとも、酷《ひど》い格好である事実は変わらない。

他の女官は密かに湯浴みの順番を変えてもらったり、位の高い相手から香油などを譲ってもらっている。草苺は煤とともにいることを優先して、進んで他の者たちと関わろうとしなかった。

関わるのは花結いを頼まれた時だけだ。改めて考えると、自分の世界は狭かったと痛感する。

昨日の出来事はおぞましく、恐ろしく、甘美で、至福で、衝撃的だった。

一日で数年分の経験をした気分だ。

こんな気分は煤と出会った時以来で。草苺は、後宮に身を置く自分を見つめ直していた。

まだ、漠然とではあるが。

「お前は、いままで誰の癒花にも添え花をしたことがないのか？」

「こんな癒花を添え花にしたい人がいるわけないでしょ。昨日の方が初めて」

そこまで話して、昨日の紫陽花《バーシエンファ》の妃嬪《ひひん》を思い出す。彼女がどうなったのか聞こうとしたところで、
重力が変化した。足が浮く。

「ふへ？」

変化に思考が追い付かず、ぽかん、と口を半開く草苺。

至近距離にふたつの蒼天が――角星《スボシ》の顔があり、あまりの近さにぎょっと息を呑《の》む。

草苺は、角星に軽々と抱きかかえられていた。

「後宮にいる女どもの好みは分かんねえけど、あれだろう？　小洒落《こじゃれ》た格好すりゃあ多少の文句は
減るわけだ。拝謁もあるし、ちょうどいい」

「え？　え？　なに言ってるの？　何の話？」

「こっちの話」

「ああもう！　この言葉足らず！　……って、角星が汚れるよ！　降ろして！」

「暴れると怪我《けが》するぞ。皇帝への謁見前に怪我したらどうする気だ？」

皇帝への謁見。

重い言葉に、草苺は抵抗をやめる。

「あいつの着てた昔の服が残ってたよな？　時間もまだある。……よし。誰か！　ひと足先に影猫《イエマオ》どもに湯浴みの用意をするよう伝えてきてくれ！」

角星の指示を聞き、真っ白な毛並みの猫妖が渡り廊から躊躇《ちゆうちよ》なく飛び降りた。

華麗に着地した猫妖は庭を駆け抜けていく。一拍遅れて、角星が渡り廊の柵《さく》へと片足を掛けた。

「……ス、角星？」

「喋《しやべ》るな。舌噛《したか》むぞ」

「嘘《うそ》でしょ、まさか！　ここって結構な高さが！」

「問題ない」

ある！　と草苺が叫ぶ前に、角星が強く柵を蹴《け》った。重力が、一気に変化する。

彼は猫たちとともにあっという間に極彩の中庭を抜けて——それから。

「…………」

「…………」

それから。別の宮殿の一室に草苺が放られてから、どれだけの時間が経《た》ったのか？

ものの数分程度にも感じられたし、何時間にも感じられた。

そろり、と室から出た草苺は廊下で腕を組んで待っていた角星と向かい合う。向き合ったまま、二人は奇妙な沈黙を貫いていた。

「……せめて、なにか言って！　角星がやらせたんでしょう！」

痺《しび》れを切らした草苺が、紅の引かれた潤んだ唇で角星に怒鳴った。

「…………化けるな」

蒼天の目線が斜め上に逸《そ》らされて、微妙な感想を述べられる。

「化けるって……。けど、まあ」

――その通りだけど……。

自覚しているので反論はできない。

草苺《ツアオメイ》の身を包むのは、あまい花の薫りが染み付いた薔薇色《ばらいろ》の上衣下裳《じょういかしょう》。

裙子《くんす》は鮮やかな色に見合った華麗な薔薇模様。薄紅色の衫《さん》は陽気に合わせて薄繻子《しゅす》で、ここにも緻密《ちみつ》な茨《いばら》の刺繍《ししゅう》が入っている。帯は白銀。帯留の装飾は赤瑪瑙《めのう》。

全体的に豪奢《ごうしゃ》だが下品な派手さはなく、絢爛《けんらん》ながらも少女の愛らしさを引き立てていた。

どれも高そう……と、草苺は慣れない衣に自然と動きが小さくなる。

春風にさらわれそうな薄い披帛《ひはく》を潤った手で掴む。

湯浴みのあと全身に香を焚《た》かれ、たっぷりと保湿液を塗りたくられた。目を回しているうちに髪をすかれ、初めて化粧を施された。額には楚々《そそ》とした花鈿《かでん》まで描かれている。

「初めて他人に花結いされたよ」

黒髪が、さらりと肩から滑り落ちた。いつもはまとめている髪をすべておろし、蛇苺の癒花は花冠でも被《かぶ》っているふうに花結いがされている。

薄めた墨汁の色合いだった髪が入念な手入れによって艶《つや》を放つ。肌の調子も良い。

ぬるくもなく、汚れてもいない新鮮な湯に肩までしっかり浸《つ》かったおかげで気分も清々《すがすが》しい。

ここまで変わるとは自分でも驚きだ。これならば雑草は雑草でも小綺麗《こぎれい》な雑草として皇帝に謁見しても失礼ではあるまい。

髪をおろしたからか、煤《メイ》もいつも以上に隠れやすそうだ。

より近くに煤の気配を感じつつ、若葉色の目を角星へと移す。

「どーすっか。あいつ手ェ早いから……あー」

「角星？」

「かといって、拝謁で適当な格好もなあ……うーん……」

腕を組んで壁に寄りかかる角星は一人で悶々《もんもん》と呻いている。

彼の意識は自分の世界へと旅立っていて、草苺は蚊帳《かや》の外。

「すーぼーしー！」

草苺が彼の眼前で披帛を振れば、どうにか角星は遠くに行っていた焦点を現実へと戻した。

澄み渡る瞳《ひとみ》が降りてくる。

ふたつの蒼天《そうてん》に薔薇色の姿を染み渡らせるように、角星は草苺を上から下まで隅々と見直した。

「……なに？」

真剣に熟視されると素直にむず痒《がゆ》くなってしまう。もしかしたら、真面目に褒めてくれるのかもしれない。草苺は淡い期待を胸に抱いた——のだが。

「雑草程度がちょうどいいな」

「ふぎゃっ！」

披帛を奪われ顔面を拭《ぬぐ》われた。入念に、しつこいほど、化粧を拭い落とされる。

「……あまり変わらねえな」

舌打ち混じりのぼやきは、顔を揉《も》みくちゃに拭われて目を回す草苺には届かなかった。

草苺は、ぐわんぐわんと回る頭を押さえる。

「ス、角星。そうやって急に……」

訴えの途中で披帛を投げるように肩に掛けられて、また。

「急にはやめて！」

「持ち上げた」

「行動前に報告しなさいっ！」

また軽々と、唐突に抱き上げられた草苺は角星の額を指でドスドスと突っついた。

「はいはい。んじゃ、移動するから大人しくしておけよ」

どれだけ額を突《つつ》かれても角星は意に介さず、さっさと廊下を進み出す。

草苺は諦《あきら》めた。この短時間で口より先に手が出る彼の言葉足らずな性分が痛いほど身に染みてしまった。ただ、こちらばかり振り回されるのに慣れるのも癪《しゃく》なので、ちょっとした抗議として移動中はずっと彼の瞳を見続けてやろうと眼《ガン》を付ける。

「慣れない格好で動き難《にく》いだろ？」

「え？　あっ……うん。少し」

まさかの、気付かれていた。

「なら着くまで大人しくしてろ。転ばれでもしたら面倒くせえ」

彼は目付きが悪く、ぶっきらぼうなだけで根は優しい。

「ありがとう」

その性根に免じて、凝視はやめた。


「ここだ」

角星が草苺を降ろしたのは一際目立つ両開きの扉の前。

威厳を放つ瑠璃色《るりいろ》。細かな真鍮《しんちゅう》装飾具。中心には、華剣《ゲケン》皇族を示す剣と花弁の鱗《うろこ》をもつ龍《りゅう》の印。

「ここは一部の奴《やつ》らにしか知らされていない。陛下の、秘密の憩い場みたいなもんだ」

「そんな場所にわたしが入っていいの？」

「今回は、色々と特例だからな」

蒼天の視線が蛇苺《へびいちご》の癒花《ジュファ》に一瞬だけ注がれたが、その意図を草苺は読み取れなかった。

「準備はいいな？」

すぐに正面に向き直った角星に問われ、草苺は慣れない衣の裾を整える。

「ここまで来たら、逃げないよ」

「いい心掛けだ」

角星が右手をあげる。

扉の左右に控えていた猫妖《チミヤオ》たちが二足で立ち上がった。

二匹はそれぞれ真鍮装飾に括《くく》られた長い紐《ひも》を咥《くわ》えて、引っ張った。

重厚な大扉が、呆気《あっけ》なく開かれていく。

隙間から漂ってきた華やかな香り。

扉の内側に垂れ下がる花を模した天然石の飾りすだれが、シャララ……と七色に歌った。

極彩色の煌《きら》めきの向こう側におられるのは天上人。

邪悪な大蛇《オロチ》を滅し、枯れた都を潤ませた賢帝。千里眼を携えているとすら噂《うわさ》される。

——大丈夫。作法は分かってる。

草苺は感情を顔に乗せないよう表情筋を硬くし、両手を胸の前で揃《そろ》えた。

少しだけ俯《うつむ》けて、高貴な尊顔を直視しないように注意する。

ジャラリ、と角星が飾りすだれを掻《か》き分ける。足元で、反射する虹色《にじいろ》の光が揺らめいた。

それを合図に、草苺は踏み出す——はずが。

「手前《てめ》ェ！　今日は連れてくるっつったろーが！」

「っ⁉」

草苺が踏み出す直前に、角星が室の奥へと怒鳴り散らした。

「んえー……だぁって。待ちくたびれちゃってさあ」

「うっせえ！　起きろ！　ふかすな！　……ああっクソッ！　草苺！」

呼ばれるや否や。返事どころか顔を上げる前に、身体《からだ》がひょいっと持ち上げられた。

「な、なに⁉　どうしたの？」

「悪い。十分……いいや。五分だけ、待ってくれ」

眉間《みけん》に皺《しわ》を刻み、瞳孔《どうこう》が揺れるほど心を昂《たかぶ》らせた角星によって外へと放られる。

「うん……」

困惑するしかない草苺の眼前で、大扉が音を立てて閉まる。状況を呑み込めないでいると。

「草苺！」

「！　こ、今度はなに⁉」

扉が片側だけ開いて、角星が顔を覗《のぞ》かせた。

「これやる！」

「わっ……とっと！」

草苺は放り投げられたそれを、辿々《たどたど》しくもなんとか両手で捕まえる。

手の中に収まったのは、濃い桜色の、可愛《かわい》らしいまるいもの。

「なにかの、装飾品？」

「違う。食いもんだ。異国の半生菓子」

「異国菓子⁉　これが……⁉」

「ベリーマカロン・リュス。卵白や扁桃《へんとう》粉、粉砂糖を混ぜて作った生地に、数種類のベリークリームが入ってる」

「べり？　まかろん……りゅう、しゅ？　べりい、くりむう？」

「べリーってのは、あれだ。お前と同じやつが練り込まれてる」

角星《スボシ》は草苺の頭を、蛇苺を指差した。

「それ食って、待っててくれ」

隙間なく、完全に大扉が閉まる。

猫妖が欠伸《あくび》をこぼした。

草苺はそろりと扉に近付いて「……やめよう」

盗み聞きは駄目だと自分を叱る。大股《おおまた》で離れて、扉に背を向けた。

大扉よりも、もらった異国菓子に集中する。

「これが噂の異国菓子……！　べりいまかろん、なんとか！」

華劍は交易が盛んだ。先帝の時代は交易が悪い方向に利用され、民も都も廃れるばかりだったが、いまは賢帝白匣《ハクコウ》の手腕により改善された。

港は潤い、後宮にも家具から菓子類まで様々な異国品が溢《あふ》れている。下級女官の草苺には、どれも無縁の代物だったが。いまは、目の前にある。

「可愛くて宝石みたい。こんなにきれいなのに、食べものなんだ」

——食べるのが惜しいなあ。でも……。

食べ物は食べるためにある。泥も土もついてなく、腐ってもいないことに有り難みを感じながら草苺は思い切って大口を開き——やはり、一口では勿体無いと唇を半分よりもさらに小口した。

ちみっ……と啄《ついば》む。

「んんっ⁉」口の中で、花畑が広がった。

濃厚ながらも上品な甘味が鼻を抜ける。甘酸っぱい果実の風味が舌の上で溶けた。食感も不思議で、表面はサクッとしているのに中は少しベタついて味が深まっている。

「なにこれ。中のやつは、果実を潰《つぶ》して煮詰めたのかな？　こんなの食べたことない！」

感動して声が震えた。

「煤も食べる？　すごく美味《おい》しいよ！」

「アチシはアンタの食べてお腹《なか》いっぱいヨ。草苺がお食べナサイ」

「いいの？　本当に、本当にわたしだけで全部食べちゃうよ？」

「ドーゾ」

髪の奥に潜んだまま出てこない煤の優しい言葉に甘えて、草苺は一人でマカロンを味わう。

ちまちまと、サクサクと、少しずつ、大切に。

「こんなに美味しい果実とわたしの実が同じなわけないでしょ」

指に付いた甘味の名残りすら余さず舐《な》めて堪能して、草苺は頬を蕩《とろ》けさせた。

「悪い！　待たせた！」

「うわっ！」

驚いて振り返ると、戻ってきた角星が影でできた箒《ほうき》と塵《ちり》取《と》りを持って佇《たたず》んでいた。

どうやら草苺は五分かけてマカロンを平らげていたらしい。美味しくて、時間を忘れていた。

「……お前。あいつの前で、この先で、絶対にそのツラ見せんなよ」

言われて、舌が出たままだと気付く。草苺《ツアオメイ》は両手で口元を覆った。

「主上の前では変な顔しないよ！」

「そういう意味じゃ……あー、いいか。ついてこい」

「ついていくけど、角星はそのままでいいの？」

「ぁあ？　……あっ！」

角星はいそいそと箒と塵取りを影の中に戻す。彼の能力は武器以外も影から作り出せるらしい。

耳飾りを軽く撫《な》でてから角星は「行くぞ」と室の中に入っていった。

草苺は笑いを堪《こら》え、背筋を伸ばす。

「失礼いたします」

一礼をしてから、踏み込んだ。

咽《む》せ返るほどの花の香りに抱かれる。

天井を這《は》う梁《はり》や筋交いの木材から枝が伸び、梅花や桜、藤に白木蓮《はくもくれん》、梔子《くちなし》、金木犀《きんもくせい》、銀木犀《ぎんもくせい》、山茶花《さざんか》、椿《つばき》……他にも様々な、数え切れないほどの花々が天井を絶美に飾り立てていた。左右の石床には溝が掘られ、室内でありながら流水がせせらぐ。

凄絶《せいぜつ》とすら感じられる典雅さ。曼荼羅《まんだら》の世界に入り込んだ気分だ。

――なんてすごい室……。

草苺は気圧《けお》されそうになるも、ハッと角星の忠告を思い出す。

呆《ほう》け顔を晒《さら》すわけにはいかないと表情筋を引き締めて、足元にだけ集中した。

皇帝のもとには毎朝妃嬪《ひひん》たちの癒花が献上される。それらが贅沢《ぜいたく》に鏤《ちりば》められた床を進み、角星が立ち止まったのを視界の端で確認すると、草苺も足を揃える。すぐに膝《ひざ》を折った。

両手を揃えて掲げ、袖《そで》で自分の視界を隠す。天顔を許しなく拝見しないための礼儀作法だ。

筆頭女官にすら匹敵する完璧《かんぺき》な跪拝《きはい》礼に、傍らで角星が少し驚いた気配を感じた。

「満開満開。大満開。ここに蛇苺の草苺。晴朗なる皇帝陛下にお目に掛かります」

草苺に姓はない。そう珍しいことではなく、姓のない女は己に咲く癒花を名乗るのが礼儀だ。

努めて冷静に、緊張で戦慄《わなな》きそうな身体に力を込めて、賢帝に拝謁する。

このあと「花をあげよ」とお声をいただけるはずだ。いただいてから、一礼をして立ち上がる。

草苺は次の作法を思い浮かべて、心の準備をした。

「そんなにかしこまらなくていいよお」

奏でられた玉音は、ゆったりと、まったりと、猫の欠伸のように間伸びしたもの。

「ちっさぁいお花あげて。お顔見たーい」

予想とは違った声掛けだが、草苺は静かに一礼をし、腰を持ち上げた。

「御尊顔を拝し奉り、一輪の癒花として恐悦至極に存じ――」

「だーから、そんなのいいよお。ちゃんとお花あげて」

「仰せのままに……」

適当な声掛けに従い、草苺は若葉色の瞳《ひとみ》をおずおずともたげる。

極彩色の光に、一瞬、目の奥が痛んだ。

正面には四季の花を彩った四枚の色硝子《がらす》が嵌《は》め込まれる善美な窓。その手前には黒檀《こくたん》の長椅子が置かれ、目隠しをした男が横になって悠々とくつろいでいる。

「雑草　娘娘《ザーツアオニヤンニヤン》というからどんな姑娘《コムスメ》かと思ったら……。なぁんだ」

背後から射し込む四季の陽光が、男の長い癖毛に神秘的な虹色の艶《つや》を作り出す。

ぶぐぶぐ……と花弁の交ざった水の入る水煙管《みずきせる》を吸い、男は薄い唇から煙を吐き出した。

虹色の光を浴びて瞬く煙は、華氣《ファリ》に似ていた。

「かぁいらしい小花《お嬢さん》じゃないかあ。ねえ、スウ？」

男は布に覆われた目を草苺の隣で直立する角星へと向ける。

「俺に振るな」

「余《よ》たちって、色々と同じだろお？」

「黙ってろ」

角星に睨《にら》まれても笑うだけの男は、ただならぬ存在感はあるも、いかんせんだらしがない。

瑠璃色の礼装は胸元がはだけ、大帯や紳は解かれて床にまでこぼれ落ち、蔽膝《へいしつ》や佩飾《はいしょく》に至ってはもう床に直接落ちている。羽織りもズレており、ぷらぷらと揺れる足先は裸足《はだし》で——

そこまで確認して、草苺は彼が袴《はかま》をはいていないと察した。

まとう衣が多く、気の緩んだ体勢でいるためすぐには分からなかったが、分かってしまえば直視などしていられない。

「……！」

ぴゃっ、と草苺は顔を背けてしまった。

「草苺？　どうした？」

「その……あの……」

角星が声を掛けてくれたが、草苺は喉《のど》を詰まらせる。

どう伝えるべきか、当惑した。

偉大なる皇帝の務めは多い。国の未来のために繁栄させるのも御役目のうちだとは理解している。

縁遠い下っ端女官ではあるが、後宮で過ごす女の一人として、草苺も決して無知ではない。

無知ではないが、日夜雑草むしりに浸ってその手の話題から離れていた草苺は、顔が燃えるように熱くなってしまった。

「角星……。わたしが呼ばれた理由って……昨日の、花結いの件だよね？」

「そうだ」

「そう、だよね……うん。よかった……」

胸の前で手を合わせ、気持ちを落ち着かせるために深く息を吐く。

草苺のただならぬ様子を悟った角星が、皇帝へと意識を移した。

「……ぁあ？」

一瞬にして、鋭い眼光に殺気にすら近い圧が灯《とも》る。彼の影が激情に反応して揺らぐ。

「悪い、草苺。後ろ向いて、少しだけ耳を塞《ふさ》いでてくれ」

「…………はい」

顔を火照《ほて》らせたまま、草苺は言われた通りにする。

「こんの下半身■■■――ッ！」

角星が人前で口にしてはならない罵詈《ばり》を叫んだのは、振動する空気から肌で感じ取れた。

背後が騒がしくなる。ふと、床に伸びた柱の影から、わらわらと猫が這い出てきた。

それらは草苺の支度をしてくれた影猫《イエマオ》。

猫妖《チミヤオ》とはまた異なり影でできた存在で、尻尾《しっぽ》は一本。必ず黒い毛並みの猫だ。影の猫たちは武官肌である猫妖とは真逆で、頭を使う作業や雑用などが得意らしい。

影猫たちは四足で、草苺の背後へと走り抜けていった。

きっと、だらしのない男の身支度をするためだろう。

数匹が耳を塞ぐ草苺の前にやってきて、頭と尻尾を申し訳なさそうに下げる。影猫たちは自分の影から取り出した真新しい敷物を広げ、それぞれが長い尻尾を第三の腕のように駆使して茶の準備を始めた。

背後が落ち着いたのを気配で読んだ草苺は膝を折り、そろりと耳から手を離した。

「違うんだよ、スウ。今日って暑いくらいでしょお？　水浴びしてただけだってえ……信じてえ」

「日頃の行いから信じられないんだよ！」

「自分のお花を愛《め》でてなにが悪いのお？」

「そ、れは……悪くは、ねえけど……」

「でっしょお？　お花は一番美しく咲いてる時に愛でてあげないと」

「時と場合は考えろ！」

手を離すのが早かったと草苺が後悔した時、同じように気まずい様子で影猫が手を引いてきた。

「あっ、小苺《シャオメイ》。飲茶《ヤムチャ》して待っててねえ」

気の抜ける喋《しゃべ》り方をする、あのだらしのない男が賢帝と敬われる英雄なのかと懐疑心が募るが、現実は早めに受け入れたほうがいいと草苺は自分を納得させる。

「ニャッニャッ！」

「あ、ありがとう……」

背後は無視してほしいと言わんばかりに一匹の影猫から、ずいっ！　と差し出されたのは芳醇《ほうじゅん》な香りの茉莉花茶《モーリーホアチャ》。

蓮《はす》の実と玫瑰花《メイクイフア》を混ぜ込んだ春の薬膳《やくぜん》茶で、後宮の上級妃嬪たちが好んで飲むものだ。人気すぎて、上級妃嬪しか飲めない高級品。

「わっ、いい香り……！　茉莉花茶、だよね？　もらっていいの？」

「ニャッ！」

「こんなの初めて飲むよ。嬉《うれ》しい」

茶菓子もある、と他の影猫たちも次から次へと影より大皿を引っ張り出す。

菊を模《かたど》った酥《パイ》菓子の菊花酥《キッカス》や揚げ菓子の麻花《マーファー》、蓮の実の餡《あん》入り桃型蒸し饅頭《まんじゅう》の桃包《タオパオ》、白玉に胡麻《ごま》をまぶして揚げた芝麻球《チーマーチュウ》などなど……贅沢な点心が眼前に並び出す。また、先程のマカロンや名も知らぬ異国菓子まで用意された。

「すごい。マカロンって、色んな色があるんだね」

あの極上な甘味を思い出し、若葉色の視線が色鮮やかなマカロンに向かう。

瞳を輝かせる草苺へと影猫がマカロン皿を差し出してくれた。

「締まらなくて悪いな」

背後から腕が伸びてきて、ベリーマカロンだけをみっつも一気に摘《つま》む。

「こっちから呼び出したのに……」

げんなりと戻ってきた角星《スボシ》が、みっつのベリーマカロンを贅沢に一口で頬張り、咀嚼《そしゃく》した。

「おかげで緊張はなくなったよ」

「こんなのはよくない緊張の解き方だろ。ったく」

「あはは……そうだね。ちょっと、ううん。かなり驚いたかな」

「だよな。本当に悪かった」

「角星が謝らないでよ」

「あいつがあんなふうなのは、俺の責任でもある」

角星は草苺の隣にあぐらをかくと、不機嫌そうに耳飾りを弄《いじ》り始めた。

彼は随分と皇帝と距離が近い。先程のやり取りなど兄弟に思えるほど。二人がただの主《あるじ》と臣下ではないのは明らかだ。そう考えると、角星が皇帝直属という特別な立場なのも頷《うなず》けた。

「あいつは頭はいいが性格に難がありすぎてな。おかげでいつもいつも俺を、いや！　周りを引《ひ》っ搔《か》き回しやがって……！」

「大変そうだね、角星」

草苺《ツアオメイ》は茉莉花茶を味わいつつ、彼を労《ねぎら》った。

「余だって大変だよ、小苺。角星は小言が多くて媽媽《母親》みたぁい」

「え？　わっ！」

「玫瑰花、美味《おい》しいよねえ。余も好きぃ」

左後ろから指甲套《しこうとう》を小指に嵌めた別の手が伸びてきて、草苺の茶器を奪っていく。

瑠璃色《るりいろ》の天子御礼服で身なりを整えた華劍《ゲケン》の皇帝こと白匣《ハクコウ》が、気軽すぎる距離感で草苺の左隣に座った。彼は草苺から奪った茶器に勝手に口を付ける。

「んんー、好喝《おいしい》！」

驚いたが、草苺はすぐに毒味役にされたと察する。

でなければ、皇帝がこんなに行儀の悪いことをするはずがない。

「これねえ、薔薇《ばら》の砂糖漬けを入れても美味しいんだよお」

穏やかな微笑《ほほえ》みを唇に携えた白匣は、影猫が掲げた硝子瓶から砂糖漬けにされた小振りの薔薇を指で摘み上げた。さらり、と茶器に落とす。

茶器を満たす黄昏《たそがれ》の底で、あまやかな薔薇がゆらゆらと咲いた。

「きれいでしょお？」

「はい。きれいで、す……っ！」

つぅい……と。砂糖でざらつく指先で、草苺は上唇を撫でられた。

あまさを感じる前に、顔が赤らむ前に、角星に肩を引っ張られる。

草苺の肩を掴《つか》んだまま、肩越しに角星が強烈な眼力で白匣をじとりと睨むも、彼は涼しげ。

「苺《いちご》みたいに甘そうで。ついねえ」

毛繕いでもするふうに、白匣は指につく砂糖を舐《な》めた。

赤い舌先が湿った砂糖を口腔《こうこう》へしまい込んだのを目にした途端、なぞられた触感が一気に唇に蘇《よみがえ》り、あまい感覚を処理できず草苺は俯《うつむ》いた。

「余はねえ。もっとも薔薇が美しいと思っているんだあ。誰よりも気高く、誰よりも慈悲深く、誰よりも可憐《かれん》で愛らしく、健気《けなげ》だ。あんなにも美しく咲き誇れるのは、薔薇以外いないよ」

表情も、口調も、態度も、気配も——あまりにもそのままで。

だから白匣が何の話をしているのか、草苺はすぐに理解できなかった。

「小苺は？」

理解したのは、顔を上げたせいで砂糖の欠片《かけら》が口に滑り落ちてきたあと。

「小苺は、薔薇は好きかなあ？」

猫が日向《ひなた》ぼっこをしている穏やかさを漂わせて、焼けた針を飲ますような質問をしてくる。

薔薇は貴妃薔華《ソウカ》の象徴。

白匣は貴妃薔華の話をしている。

病に臥《ふ》せる後宮の悪妃の話を、病に臥せる己の寵妃《ちょうひ》の話をしている。

不意を突かれ、答えられずにいる草苺の唇から、砂糖の粒がこぼれた。

「あのどこまでも気高い青薔薇を、余は誇りにも思っている」

薔薇の揺蕩《たゆた》う茉莉花茶を白匣は一気に呷《あお》る。

「また、美しく咲くのが見たいんだよねえ」

空《から》になった茶器が敷物に置かれるのと、角星が声を荒らげたのは同時だった。

「黄紗《キイシャ》!?」

険しい焦燥を含んだ声に意識を弾《はじ》かれた草苺は、角星の視線が向かった先へと目を移す。

支柱の死角からおぼつかない足取りで姿を現したのは、知らない女性。

理知的な美貌《びぼう》は品が良く、歳《とし》は二十後半ほどだろう。厚い唇に咲く笑い黒子《ほくろ》がなんとも印象深い。

身長は高く、女性的な色気をまとった肉付きで、草苺にはないふくよかな果実が実っている。

上品な黄丹色の衣で身を着飾る、角星に黄紗と呼ばれた女性の頭には。

「ッ——！」

草苺は言葉を失う。

彼女の頭に咲く金百合《バイホ》の癒花《ジュファ》は、黒ずんでいた。

禍々《まがまが》しさを放つ不気味な黒ずみがなんなのか、草苺は一目で理解する。

「あれは、毒蟲《タンシ》の時の……？」

「見ただけで分かるんだあ。すごいねえ」

くわあ……と、白匣は欠伸《あくび》まじりに感心した。

「君の花結いが見たくてね。君を呼んだんだよ」

相変わらず猫が日向で脱力している穏やかな空気感のまま。

目隠しの奥に隠された瞳《ひとみ》の真意は読めない。温和な三日月を描く唇からも、なにも読めない。

「彼女の花結いをしてよお」

「どういうことだ！」

先に白亜へと強い反応を示したのは角星。

「花結いをさせるのは、すでに毒蟲に穢《けが》された者のはずだろう！　黄紗は」

「黄紗本人の希望だよ。この子の腕前を直《じか》に体験したいと」

「そのために自ら進んで毒蟲に穢されたと？　なぜ止めなかった！」

「止めたよお。お花が汚れるところなんて皇帝として見たくないだろう？　余《よ》も、お前も」

己の目隠しをなぞったあと白亜の手は角星の目線の高さまで、彼の双眸《そうぼう》を隠すふうに掲げられた。

「けれど彼女は芯《しん》の強い花だ。余では手折れなかったよ」

「もし治せなかったらどうするつもりだ」

「スウはこの子を信用していないということかなあ？」

大袈裟《おおげさ》に首を傾《かし》げた白亜。角星は、ぐっと奥歯を噛《か》み締《し》めた。

「彼女は自分の癒花の力を知ったうえで隠しているのかもしれない。なら、先日と同じように逃げられない状態を作るほうがいい」

「こいつは、草苺はそんな奴《やつ》じゃない」

「では、余計に信じておやりよ」

自分が話題の中心になっているのは分かるが、二人が何の話をしているのかは理解できない。

癒花の力は、穢れや瘴気を祓《はら》い浄《きよ》める神聖な浄化能力。確かに草苺の癒花は他の癒花よりも華氣《ファリ》の量は多いが、別に浄化の力まで強いわけではない。強いて言うなら、人一倍健康なくらい。それだけ。

隠すもなにもない。

「小苺――いいや、蛇苺《へびいちご》の草苺」

白匣の笑みが深まり、本能的にビクリと草苺の身体《からだ》に力がこもった。

千里眼を持つと噂《うわさ》される賢帝の微笑みは、本当に心の中まで見透かされている気がした。

背筋に嫌な汗が流れる。

「君なら毒蟲に穢された癒花を治せるよね？」

「それは……どういうことでしょうか？」

「はてさて。隠しているのか？　本当に気付いていないのか？　……まーあ、いいかあ。花結いをしてもらえば分かることだしねえ」

白匣は戸惑う草苺からにこやかなかんばせを外した。ゆるりと姿勢を崩して、影猫が用意した綿入りの大きな背掛け枕に体重を預ける。

白匣が腕を伸ばせば、すぐに影猫が水煙管《みずきせる》を持ってきた。

「今回はその小さなおててを傷付けてはいけないよお。添え花だけで結ってごらん。大丈夫、彼女は紫陽花《バーシエンファ》のように変貌《へんぼう》はしない。ただ、君が結ってくれないとどんどん花は汚れるだろうがねえ」

あまい煙が草苺の癒花へとかけられる。

煙の濃さに草苺は小さく咳《せ》き込んだ。

「花が汚れる辛《つら》さは同じ花ならよく分かるよねえ」

ぶぐっ……と、一際大きな泡が水煙管の中で上がる。

水煙管の硝子壺《がらすつぼ》に反射して映る女性が、音を立てて倒れ込んだ。

「ああ。彼女もさすがに限界かあ」

呑気《のんき》に白匣《の》は水煙管をふかす。

状況は呑み込めないが、耐え切れずに草苺は苦しげな女性へと駆け出した。

「大丈夫ですか！」

草苺は黄紗のふらついている身体を起こすのを手伝う。

異常に汗をかいているのに、彼女の身体は雪のように冷たい。ゆっくりと持ち上がった金茶色の瞳は、やや焦点がふらついている。

「……ええ……」

返事は、青白い唇は、小刻みに震えていた。大丈夫なわけがない。

「なんで、こんな……昨日から、どうして？」

昨日から現実が、平穏が、崩れ続けている。

詳しい説明もないままに。草苺を置いて、世界だけが進んでいる。

草苺に関係がないのなら、それでもいい。知らないほうがいいことも世にはある。

しかし明らかにこちらにも関係がある口振りで語り、そのくせ、詳しくは教えてくれない。それはあまりにも、あまりにも、腹立たしかった。

「――主上！」

草苺は眉《まゆ》を吊《つ》り上げて、白匣へと強い火の灯《とも》った眼《め》をさす。

「わたくしがこの方の花結いをしましたら、詳しくお話ししていただけるのですね？」

「そうだねえ。けど、すべて聞いてしまっていいのかなあ？　後戻りできなくなるかもよ？」

「構いません」

草苺は即答した。

自ら知らないでいることと、意図的に知らされないことはまったく違う。

後者は利用される。

利用された。

草苺は、経験者だ。

後宮では利用されたくないとわざと情報を遮断することで他者と距離を取っていた。知らないふりをするほうが、草苺にとっては過ごしやすかった。読み書きも計算もできない、少し手先が器用なだけの雑草《ザーツァオ》娘娘《ニャンニャン》として、雑草むしりをこなしながら、煤《メイ》と一緒にいられるだけでよかった。

少なからず、いままではそうだった。

今後は、そうはいかない。

草苺は、覚悟を決めた。

「むしろわたしが逃げようとしたら『ここまで知っておきながら』と、逆に知りすぎたことを理由に咎《とが》めるおつもりだったのでは？　しかも、ここは一部の者しか知らない秘密裏の憩い場とお聞きしました。陛下の大事な場所を、下級女官が知っているのはよくないでしょう？」

「……驚いたあ。存外度胸のある雑草だ」

「雑草だからです」

草苺は披帛《ひはく》を慣れた手つきで操り、長い袖《そで》をまとめる。

「雑草はどこでだって生えるんです。油断していると、大切なお庭も雑草に食われますよ？」

胸の内では感情を沸騰させるも表面上は落ち着いて、微笑みすら作ってみせた。

「へ？」と白匣が力ない声を煙ともに洩《も》らす。

初めて、底知れぬ賢帝が人間らしさを垣間見せた。

草苺は口を半開きにする白匣に一礼をして、さっさと顔を逸《そ》らす。

背後から全身を猫じゃらしでくすぐられているような、正直引くほどの豪快な哄笑《こうしょう》が響いてきたが、草苺は無視して金百合へと注意を落とした。

――？　この方、どこかで会ったことある？

ふと彼女にぼんやりと覚えがある気がするも、いまは呑気に記憶を探っている場合ではない。

草苺はすぐに頭を切り替えた。

「失礼いたします。癒花に触らせていただきますね」

黄紗の癖のない長髪はおろされており、癒花の状態が確認しやすい。

黒ずんだ茎を指で摘《つま》む。表面は腐っているが、芯があった。

癒花は女の命。癒花がそうであるように、この女性は凛《りん》と気高く、心根が強いのだろう。

「力強くて、美しい癒花ですね」

自然と言葉が口をつく。

「草苺《ツアオメイ》と申します。僭越《せんえつ》ながら、わたしが花結いをさせていただきます。よろしくお願いします」

「金百合の、黄紗です。お願い致します」

「はい。必ず、整えます」

凛然たる百合は、癒花のなかでも一目置かれる存在だ。

金百合を結えるなど大変貴重な経験。しかも今回は皇帝のお墨付き。緊張も困惑も吹っ切れた草苺は堂々と金百合に触れ、細部まで調べていく。

「黒ずみはあるけど、毒蟲はいない。華氣も漏れ出てない。紫陽花よりは大丈夫だ。よかった」

彼女の癒花は数が少なく、合計で六輪の癒花が後頭部の高い位置に群生している。

癒花の数が少ない場合、添え花をして整えるのは基礎中の基礎。けれども今回もただの花結いではなく、ただ添え花をすればいい話ではない。

まずは、毒蟲に汚された癒花をどうにかしなくては。

「これなら、剪定《せんてい》すれば問題ない。けど茎に芯の残っているこの状態だと、あの時みたいに手で剪定するわけにはいかない。花断鋏《はなたちばさみ》がないと……」

「草苺。使え」

考えあぐねている草苺へ、真横から角星《スボシ》が花断鋏を差し出した。

「これ、本物の花断鋏？」

片手で扱える銀鋏は植木鋏と似ているが、持ち手のところに花の彫り込みがされている。随分と古い型の、年季が入った代物だが、手入れはされており刃は煌々《こうこう》としていた。

「いいの？」

「ないと話にならないだろ」

花断鋏は癒花に影響を与えずに剪定できる特別な鋏であり、花結師の証《あかし》でもある。これを手にできるのは、花結師だけ。

「……ありがとう」

少し迷ったが、これがなければどうにもならないので素直に受け取った。

花断鋏は小さな姿なのに、重い。

重みに向き合い、草苺は刃を動かした。

「失礼します」

茎の状態だけでなく葉と花も確認。剪定する必要があるのは、一輪だけだと判断した。

茎まで黒ずんでいる一輪を、髪を掻《か》き分《わ》けて頭皮の近くで切る。自分でも驚くほど、すぐに切れた。心穏やかに、僅《わず》かな細波《さざなみ》もたたずに、冷静に手が動く。

黒ずんだ葉を切っていると、奥につぼみを見つけた。

真新しいつぼみだが、黄色の花弁は黒く染まっている。放っておけば茎まで侵食されるだろう。

——これは、切らなきゃ駄目だ。

草苺はすぐに花断鋏をつぼみへと向ける。

刃が触れる前に、つぼみが震えた。

「……なに？」

どす黒いつぼみの陰から、なにかが這《は》い出してきた。

渇いた血の色をした、蜂に似た、蟲《ムシ》だった。

「蜂……？」

確かめるふうにポツリと呟《つぶや》いて——頭の芯まで、総毛立った。

「違う！　まさか、これ……！」

本能が、警告する。

「——逃げろ草苺ッ！」

切羽詰まった角星の声に反応できないまま。

草苺は、眼前の蟲と、目が合った。

「これも毒蟲《タンシ》⁉」

おぞましい正体を理解し、身体ごと花断鋏を握る腕を引っ込める。が、一足早く毒蟲が右手の甲を掠《かす》った。たったそれだけなのに、焼けた刃を押し付けられたような強烈な激痛に襲われた。

「うあっ……！」

痛みに痙攣《けいれん》した手から花断鋏が落ち、歪んだ視界の端に影から剣を呼び出す角星が映る。

しかし、彼よりも、誰よりも早く。

蜂に似た毒蟲がブンッと低い羽音とともに草苺へと襲い掛かり――――グシュッ！

と、嫌な咀嚼《そしやく》音が爆《は》ぜた。

「――煤⁉」

間髪いれずに草苺の襟首から飛び出した煤が、毒蟲へと噛《か》み付いた。

大きく飛躍して離れた位置へと落下した煤は長躯《ちようく》を揺らして頭を持ち上げると、まだ口腔《こうこう》で蠢《うごめ》く毒蟲を咀嚼する。

丸呑《まるの》みせず、攻撃の意思を持って毒蟲に何度も牙を刺してから、丸ごと嚥下《えんか》した。

緊張が一気に解けて、草苺の頬に自然と笑みが溢《あふ》れた。

「煤老師《ラオシ》。ありが――っ……！」

草苺は煤に駆け寄ろうとしたが、角星が前へと出て、壁になる。

あろうことか、彼は殺意の滲《にじ》む刃先を煤へと向けた。

「毒蟲は蟲以外の姿にもなる。下がってろ」

彼が勘違いをしているとすぐさま気付いた。

「待って！　煤は違うの！」

草苺は煤を庇《かば》い、角星の前に飛び出す。

「煤はわたしの大切な家族で、毒蟲なんかじゃない！」

「家族？　蛇だぞ？」

「煤は煤だよ。わたしの尊敬する老師で、わたしの爸爸《父様》！　いまだって、わたしを毒蟲から助けてくれた。そうでしょ、煤老師？」

煤へと向き直ると膝《ひざ》をついて腕を伸ばす。毒蟲が掠った右手の甲を労《いたわ》るように舐《な》められた。

「ありがとう」

細い身体《からだ》が草苺の腕を這い上がる。肩まで来ると優しく頬擦りをされた。

「うん。わたしは大丈夫。煤老師のおかげだよ」

身を案じてくれる煤に草苺は頬擦りを返す。

「……確かに、お前によく懐いてるな」

「角星。そういう言い方しないで。煤に失礼でしょ」

「蛇に失礼もなにも……」

「角星！」

「あー、悪い悪い」

角星はどこか納得のいかない態度で、だが剣は影へと戻してくれた。

「怪我《けが》はないか？」

「少し掠った程度だよ」

「掠った？　毒蟲がか⁉」

「ぶえっ！」

両頬を潰《つぶ》す勢いで掴《つか》まれた。草苺の喉《のど》から潰れた蛙に似た濁声《だみごえ》が出る。

「大丈夫なのか⁉」

言葉とは裏腹に彼は動作が雑で。心配するならもう少し優しくしてほしい。

「っ、角星……ち、力、強いから――っ！」

文句を言おうと草苺は視線を持ち上げ、息を呑む。

真剣な顔付き。吐息がかかる距離で迫られて、澄み切った瞳《ひとみ》の純粋さに心臓が固まった。

骨ばった大きな手が頰を包み、指先が耳に触れる。煤とはまったく違う彼の高い体温をありありと感じた。

「どこをやられた？　顔に傷が残るのはまずいだろ！」

毒蟲が草苺の顔に向かってきていたのを目撃した彼は顔を傷付けられたと勘違いしている様子。

隅々まで確認しようと彼の手が動き、意図せずその指先が草苺の小さな耳の縁をなぞった。

「っ……」

首の後ろに経験のない柔らかな痺《しび》れが走り、草苺が肩を竦《すく》めた瞬間。

「イ――ったあ！」

角星の右手の甲に、煤が頭突きを喰らわせた。

「くはねえけど……。こんの凶暴蛇！　急になにすんだ！」

角星が怒鳴り、煤が牙を剥《む》いて威嚇し返す。

「……い、いまのは角星が悪い」

草苺は触れられた耳を押さえ、辛《かろ》うじてそれだけぼやいた。

「ハア？　俺は心配して」

「か、顔じゃなくて手だから！」

草苺は傷跡どころか赤くなってもいない右手を角星へ、ずいっ！　と見せ付ける。

「痛かったけどなんともないよ。心配してくれてありがとう」

さっと顔を逸らし、高鳴った心臓の音を聞かれないよう草苺は足早に黄紗《キイシャ》のもとへと戻った。

だから背後で愕然《がくぜん》と目を見開いた角星の様子はもちろん、白匣《ハクコウ》がなにかを確信した含み笑いを口端に浮かべたのは、草苺には一切見えなかった。

「平気ですか？」

草苺は頭髪を押さえている黄紗へと声を掛ける。

「はい。私は。……貴女《あなた》こそ。まさか毒蟲がついていたなんて……」

「なんともありません。少しチクッとしただけです」

草苺は安心させるために黄紗へときれいな手の甲を見せる。

「あっ、この蛇も毒蟲ではないのでご安心ください。わたしの大切な家族です」

ついでに、首元にいる煤《メイ》を紹介した。

「毒蟲に襲われて、チクッと？　それだけ……？」

「えっ？　はい」

黄紗は煤を一瞥《いちべつ》すらせず、草苺の手だけを凝視し続けた。

「驚きましたけど。別になんともありません。わたしよりあなたの癒花《ジュファ》のほうが心配です。花結いの続きをさせていただきますね」

毒蟲の姿はおぞましいが、害を受けなければなんともない。

花断鋏を拾い上げ、草苺は黄紗の背後に回ると再び花結いをしにかかった。

今度は慎重に花の陰まで気を配る。毒蟲はいない。

「もう大丈夫そう。なら、添え花を……」

草苺は自分の癒花へと花断鋏を添えようとして、ブチッと慣れた感覚が走る。

「煤。切ってくれたの？　ありがとう」

花断鋏を懐にしまって、両手を頭上へと伸ばす。

自分で切るよりも安心感があり、草苺は剪定は煤に任せることにした。

「金百合《バイホ》の美しさを活《い》かして。髪型は……ううん。そこは気にする必要はない」

黄紗の髪を高い位置でひとつに束ね、蛇苺《へびいちご》の蔓《つる》でまとめた。束ねた位置に金百合を集める。

彼女の姿は凛《りん》としていて美しい。長髪を雑におろし、癒花が傷付き、弱々しくふらついていながらも彼女の存在感は濁ってはいなかった。

髪型を、気にする必要はない。

それに、草苺は花結いをしに来た。

髪結いと花結いは違う。

「できました」

草苺は宣言する。

らと紅がさす。

「どうでしょうか？」

問い掛ければ、黄紗は全身を虚脱させて深く息を吐いた。不健康そうに青白かった頬に、うっす
「ええ。大変、心地よい花結いです」

「よかった」

「ただひとつ、聞いてもいい？　どうしてただ束ねただけなの？　妃嬪《ひひん》たちに同じ花結いをしたら地味だと嫌がられますよ」

確かに地味な髪型で、派手な花結いが好きな後宮の妃嬪たちには不評だろう。

「だって、十分にお美しいですから」

それでも、目の前の彼女にはこれが一番似合うと思った。

「金百合の癒花はそれだけで存在感があります。同様に貴女さまも凛《りん》としていて、そこにいらっしゃるだけで目を惹《ひ》くお方だと思いました。だから髪型を派手にする必要はないと思い、わたしの蛇苺で髪をひとつに結い、金百合を飾りました」

実際にやってみて、改めて思う。

凛と美しい彼女には小細工などいらず、この花結いで十分だったと。

「そう」

「……お気に召さなかったでしょうか？」

自信があっただけに、黄紗の鈍い反応に草苺《ツァオメイ》は表情を曇らせる。

やはり地味な花結いでは認められないのだろうか？

「二人とも。そっちで可愛《かわい》く囀《さえず》ってないで、こちらへおいで」

白匣に手招かれると黄紗は黙って踵《きびす》を返してしまった。後を追い、草苺も賢帝の前で足を揃える。

「そうだなあ。まずは……」

白匣はだらけていた姿勢を持ち上げた。草苺が膝を折る前に彼の手が伸びてきて、すい……と、その指先が繊細な刺繍《ししゅう》を撫《な》でるかのように、滑らかな所作で草苺の裙子《くんす》を摘《つま》み寄せた。

「まず先に、謝罪させてほしい」

裙子に、白匣が口付けた。

「余《よ》は花結いの腕を見たかっただけだ。君を危険に晒《さら》すつもりはなかった。毒蟲が残っていたのはこちらの不手際だ。誠に申し訳ない」

「しゅ、主上！　おやめくだ――」

「おい」

一変した白匣の堅実な雰囲気に戸惑っていると、横から怒気をまとう腕が伸びてきた。怒気を滲《にじ》ませた角星《スボシ》が、皇帝の胸ぐらを容赦なく掴み上げる。

「二度はねえぞ」

「分かっているよ。兄弟」

声を潜められた二人だけのやり取りは、戸惑う草苺の耳にまで届かない。

角星は彼を突き飛ばすように手を放すと耳飾りを触りながら草苺のすぐ後ろであぐらをかいた。

――ど、どうしよう……。

草苺が立ち尽くしていると袖《そで》を引かれる。

顔だけで振り返れば角星に座れと視線で促された。

草苺はそろりと黄紗を一瞥。彼女は遠からず近からずの適度な位置に直立していた。

品のある彼女が立っているのに、女官とは名ばかりで下女と差して変わらぬ自分が座るなど失礼だろうと躊躇《ちゅうちょ》するが、角星が袖を放してくれない。白匣への言動といい、角星の態度はあまりにも堂々と、そして自由すぎていて、どちらが皇帝か疑わしいほどだ。

「失礼、します……」

おずおずと草苺が腰を下ろすと角星の手は満足げに離れていく。

「さぁてと。約束通り、お話ししようかあ」

己の影から飛び出した影猫《イエマオ》に衣服を直してもらいつつ、白匣は水煙管《みずきせる》をふかした。

彼の雰囲気は再び日向《ひなた》ぼっこをしている猫に似た、ふわりとしたものに戻っている。

「毒蟲《タンシ》はねえ。呪術なんだあ」

呑気《のんき》な口調で、恐ろしい事実を煙混じりに吐き出された。

「毒蟲は癒花を喰らう卑しい禁呪。呪の塊。触れるだけでも呪いを受け、寄生されればたとえ毒蟲を散らしたとしても瘴気《しょうき》で傷んだ癒花は二度と治らない。瘴気を浄《きよ》める癒花の力が、毒蟲には敵わないんだ。毒蟲に穢《けが》された癒花は、誰の血を与えても、どんな癒花を添えても、最高位の花結師がどれだけ手を尽くしても、どうにもならなかったんだよ。そうだよねえ、黄紗？」

「はい。どれだけ手を尽くしても、辛うじて癒花から漏れ出る華氣《ファリ》を抑えられるだけでした。傷んだ癒花そのものは、治せません」

草苺は咄嗟《とっさ》に黄紗の金百合を見やる。

蛇苺が添えられた金百合は、凛と咲き誇っていた。

「先日、毒蟲に穢された癒花が初めて回復したよ。紫陽花《バーシエンファ》の癒花だ。覚えがあるよねえ？」

「は、はい……」

「いま花結いをしてもらった黄紗の金百合も……。治り始めているねえ？」

「……そう、見えます」

震えそうになる唇で、草苺は目に映るままに答えた。

「ねえ、黄紗。君自身は、小苺《シャオメイ》の癒花をどう感じる？」

「間違いございません。私《わたくし》めが身をもって経験し、確信いたしました」

皆の視線が一斉に草苺へと、正確には草苺の頭の癒花——蛇苺の癒花へと注がれる。

「彼女の癒花には、毒蟲に穢された癒花を治す力がございます」

静かな声で、しかし強い確証をもって黄紗は告げた。

「しかも、君は毒蟲に直接触れたのになんともない」

白匣の隠された視線が草苺の右手へと落ちる。

草苺はつい右手を左手で覆い隠した。

「どうやら君の癒花には、他の癒花にはない特別な治癒能力があるようだ」

「わ、たしは……」

両手を握り締めて、声を絞り出す。

「わたしの癒花に、そんな力があるとは信じられません……」

こんな、雑草の癒花に……。

「けど、事実だよお」

草苺の消え入りそうなか細い呟《つぶや》きすら、白匣は聞き逃さない。

「後宮にはいま毒蟲が蔓延《まんえん》している。薔華《ソウカ》貴妃が臥《ふ》せているのは知っているね？　あの子も、毒蟲によって癒花を穢され、寝込んでいる。あの子は余にとって特別だ。必ず、助けたい。そのためならなんにでも縋《すが》ろう。そう、なんにでもね」

なんにでも――つまり、雑草にでも。

「蛇苺の草苺。君には薔華貴妃の花結いをしてもらいたい」

己の薔薇《ばら》を助けるために、賢帝は雑草にすら縋った。

皇帝の切実さに、皇帝の真剣さに、雑草娘《ザーツアオニャンニャン》は眩暈《めまい》を覚えた。

「わたしの花結いは独学です。真似事《まねごと》のようなもの。そんなわたしが、貴妃の花結いなど……」

「それについては問題ありません」

黄紗が毅然《きぜん》と草苺の言い訳を断ち切る。

「些《いささ》か気になるところはありますが、それはこれから学べばいいこと。むしろ、独学でここまでできることに驚きます。花結師として、十二分に通じる腕前でしょう」

「開花省《かいかしょう》長官たる黄紗が言うなら間違いないねえ」

「開花省？　……まさか！　開花省長官――金《キン》黄紗花結長《はなゆいちょう》⁉」

草苺は驚愕《きょうがく》した。

見覚えがあると思っていたが、あって当たり前だ。

「史上最年少で花試《かし》に首席合格し、いまは花結師の属する開花省を束ねる……あの……」

「ええ。私を知っていたのですね」

黄紗は懐から花断鋏《はなたちばさみ》を取り出すと帯に吊《つ》るした。

花結師は、佩玉《はいぎょく》の代わりに花断鋏を大帯にかける慣わしだ。

「知っていて当たり前です！　お亡くなりになられた蒼薇《ソウビ》皇太后の花結いもご経験されたという、花結師の憧《あこが》れたる花結長ですから！」

「当時の私はただの補佐です。皇太后の花結いは、当時の花結長がなさっておりましたよ」

「そ、そそそれでもです！　えっ？　つまり、まさか……！　わ、わたしは、わたしは金花結長の花結いをさせていただいて……っ！」

花結師を目指す者なら誰もが憧れる彼女の花結いをした事実に、草苺は頬を桜色に染めた。感情が入り乱れて体温が上がり、火照《ほて》った頬を両手で押さえる。

白亜が「蛇苺になったねえ」とくつくつと喉奥《のど》で笑う。

いつの間にかマカロンを頬張っている角星には「落ち着け」と突っ込まれた。

「あれ？　でも……」

草苺は先程行った花結いで黄紗の反応が鈍かったことを思い出す。

――さっきのあの感じ、よくない雰囲気だったんじゃ……⁉

今度は血の気が引いた。

腕前は認めてもらえたが、花結いの型を認めてもらえたかどうかは別だ。

花結長に直接「花結いの型はどうですか？」と気軽に聞くわけにもいかず、けれども気になってしまって、はわはわと目を回す。

一人で慌てふためく草苺の心情を察した黄紗《キイシャ》が、穏やかに唇を開いた。

「私は、いつもこの花結いの型です」

黄紗が束ねられた髪を手の甲でさらりと撫でる。

「この結い方が、私の癒花《ジユファ》が一等美しく魅せられると自負しておりますもの」

「そうだねえ。余もその花結い姿の黄紗が一番美しいと思うよお」

「それに、なにより。彼女は癒花が傷んだ相手を自然と労《いたわ》ることができます。癒花そのものにも敬意を持って触れているのが手付きから感じられました。それは、技術以上に花結師にもっとも必要とされることです」

「あっ、ありがとうございます！　わたしには、勿体《もったい》無いお言葉です……！」

憧れの相手から賛美され、気恥ずかしさと嬉《うれ》しさの板挟みにあう。

「貴女《あなた》になら、貴妃の花結いも任せられるでしょう」

後宮の花結師よりも……。と、黄紗は複雑な面持ちで長い睫毛《まつげ》を伏せた。

どこか仄暗《ほのぐら》くなった彼女の言葉に、草苺は現実へと引き戻される。

「最初に角星から報告が上がった時、君の血と癒花、どちらにその力があるか分からなくてねえ。こうして実践してもらったんだよ。癒花のほうでよかったあ！　苺《いちご》みたいに小さな君じゃあ、血だったらすーぐに干からびちゃうよお」

「おい。わざと怖がらせるな」

笑顔で不穏なことを口走る白匣《ハクコウ》をすかさず角星が咎《とが》めた。

「君の癒花を、毒蟲に穢された余の花たちを取り戻すために使わせてもらいたい。しばらく、そばに置かせてもらうよ。監視に、おっと……。護衛には、角星をつけよう」

わざとらしい白匣の言い直しに角星が苛立《いらだ》った。耳飾りを強く弾《はじ》いた音が聞こえる。

「ただきれいに咲くだけのおしゃべりなお花も可愛いけれど、余は価値のある雑草も愛《いと》しいよお。しかも毒蟲を食える蛇の景物《おまけ》付きだなんてえ。運がいい」

白匣が音もなく立ち上がった。

「気持ちの整理も必要だろう？　返答はあとで構わない」

嬉々《きき》と吊り上がった己の口元を、彼は指甲套《しこうとう》でゆったりとなぞる。

「期待しているよお」

にはっ、と。

白匣は猫を思わせる尖《とが》った添歯《そいば》を見せて、笑った。

# 三章　後宮の花結師たち

皇帝白亜との謁見から早三日。本格的に桜が咲き始めたこの頃。

雲ひとつない蒼穹《そうきゅう》の下。猫妖《チミヤオ》専用屯所のすぐ横に作られた猫妖専用鍛錬場で、草苺《ツアオメイ》はもふもふたちによるもふもふとは思えない訓練を見学していた。

「小苺。まーた来るよお」

欠伸《あくび》混じりののんびりとした忠告に、草苺は教本から顔を上げる。

それは、真横に吹っ飛んできた。事故防止用に積まれた藁《わら》を通り抜け、鍛錬場の分厚い壁を振動させるほどの衝撃。

「スウはよく飽きないねえ。小苺、だいじょーぶう？」

「うん。編星《アミボシ》が乗せてくれてるから」

「でも、かぁいいお顔に藁がついちゃったあ」

太い尻尾《しっぽ》が近寄ってきて、草苺の前髪を払ってくれた。柔らかな毛先が少しくすぐったい。

「ありがとう。編星」

衝撃で弾けた藁の残骸《ざんがい》を尻尾の先で器用に払い落としてくれた影猫に礼を述べる。草苺が腰掛けているのは馬より一周り大きく、豹《ひょう》よりもしなる体躯《たいく》を有した巨大な影猫。

「どういたしましてぇ。小苺」

滄海《そうかい》を連想させる深い瞳《ひとみ》を細めて、影猫《イエマオ》の長《おさ》──編星は喉を鳴らした。

「だから草苺だよ。何度も言ってるよね？」

「小苺は小苺だよお」

「もうっ、飼い主に似てるんだから。あんな捻《ひね》くれ者に似ちゃ駄目だよ？」

「捻くれ者じゃないよお」

草苺は編星の鼻先を撫《な》でてやる。一層喉の音が強まり、編星の巨体そのものまで揺れ始めた。尻尾をピンと立てる心地よさそうな姿に、草苺も口角を緩める。

「でも、まさか薄汚れ将軍《ジアンジュン》が本当に禁軍の大将軍を拝命しているなんて。しかも現役大将軍でありながら太傅《たいふ》でもあらせられるのでしょう？　宮廷四曜公《よんようこう》のお一人、いえ……お一匹？　と、とにかく！　そんなにすごい猫だなんて」

「そうだよお。薄汚れ将軍は強いんだからあ。影猫全員でかかっても勝てないよお。まあ、影猫はそもそも戦闘向きじゃないけどお……」

四曜公とは帝を帝としてより良い方向へと教え導く尊い役職──天子の師である。

皇帝の次位たる四曜公の権威は凄《すさ》まじく、元来表立って実務に携わることはないのだが、薄汚れ将軍こと四曜公太傅は、皇帝を護《まも》る禁軍の長として日夜武官たちをしごいている猫妖だった。

先帝の時代には、まず許されなかっただろう。

五年前──先の堕帝紫円《シエン》の蛮行により宮廷は荒れに荒れ、邪欲《じゃよく》の末に古《いにしえ》の大蛇《オロチ》を復活させた。

白匣は、二度と同じ過ちを繰り返してはならないといままでにない新たな政策を練り出していた。四曜公太傅が現役大将軍たるのも、それが理由。

「しかも、四曜公太傅は五年前の大蛇復活の際に主上とともに立ち向かった方なんだよね？　そんなにすごい猫なら、誰も文句は言えないね」

「文句を言ってもあの方は実力で黙らせるよお。実際に、ほら。黙らせられてるでしょお？」

「うん」

滄海の瞳につられ、草苺の若葉色の目線が崩れた藁山へと向かう。

「――っるせえ！　まだ黙っちゃいねえよ！」

藁の中から、藁まみれの角星《スボシ》が飛び出してきた。

「今日こそ勝って、赤点取り消させてやる！」

意図的に派手に藁を撒《ま》き散《ち》らして出てきた角星は、藁に紛れながら影でできた小刀を投擲《とうてき》。鋭利なそれらは毛繕いをしていた薄汚れ将軍へと的確に向かった。が、寸前ですべて叩《たた》き落《お》とされる。

草苺にはどうやって小刀が防がれたのか分からない。

分かったことは、本日十三回目の模擬戦の勝者も、薄汚れ将軍だということ。

「これで、角星の十三敗目だね」

草苺が教本を閉じたと同時に、薄汚れ将軍が消えた。

次の瞬間には「……ぁえ？」と素《す》っ頓狂《とんきょう》な声をこぼした角星の顔面に――

「ぶえっ……！」

薄汚れ将軍の前脚が、めり込んだ。

角星が再び、今度は先程よりも派手に藁を散らして壁まで吹っ飛んだ。

身体《からだ》を捻り、華麗に着地した薄汚れ将軍が「出直してこい」と言わんばかりに鈴を鳴らした。

四足歩行のまま、尻尾も一本。見た目はただの薄汚れたふうに見える毛並みの猫。だがしかし、四曜公太傅・禁軍大将軍の名は伊達《だて》ではない。

「もふもふなのに……格好いい。抱っこしたい」

「薄汚れ将軍になら、僕は抱かれたいよお」

草苺と編星は長い尻尾を立てて優雅に去る薄汚れ将軍の背中を、うっとりと見送った。

二人の背後で藁まみれの角星がのろりと立ち上がる。

「…………また、一本も取れなかった……」

彼の頬には真新しい派手な引《ひ》っ掻《か》き傷が刻まれていた。血の滲《にじ》む頬を悔しげに手の甲で拭《ぬぐ》う。

「お疲れさま、角星」

「にはははっ！　いーい加減諦《あきら》めればあ？」

「アミもやられてこい！」

「ぼくは関係ないよお」

「お前もいまは草苺の護衛だろ！　ちったあ鍛えてこい万年赤点！」

「ええ？　ぼくはスウみたいな脳筋じゃ――ひいっ！」

編星の耳がペタンと下がり、全身の毛が逆立つ。尻尾も爆発していた。

いつの間にか気配なく戻ってきていた薄汚れ将軍が草苺の隣——つまりは、編星の巨体の上に、ちょこんと座っていた。

「編星の番だね」

気を利かせて草苺はガタガタと震える編星の背からおりる。

「えっえっ、待って！　ぼくは小苺《シャオメイ》の護衛を……」

「角星が戻ってきたから」

「け、けど！　ぼくの上に乗ってたほうがいいよ！　触り心地もフワフワだよお！」

編星が滄海の双眼を本当に海のように潤ませたが、草苺は彼に手を振った。

「がんばってね。編星」

「ただでさえ鍛錬から逃げ回ってんだ。さっさとしごかれてこい」

「ぼくは、ぼくはかぁいい小猫《ねこちゃん》なのにいぃ……」

哀愁漂う背中に薄汚れ将軍を乗せた編星は、やる気ない足取りで鍛錬場の中央へと進んでいく。

賢帝と呼ばれる飼い主に似て掴《つか》みどころがなく、どこか人を見透かす目付きの編星だが、彼も薄汚れ将軍には逆らえないらしい。

「いつもあんなふうに大人しいなら、大きいだけの可愛《かわい》い猫に見えるんだけどね」

憂いを帯びた編星の後ろ姿に、草苺は教本で口元を隠して笑った。

「あああーっ！　くっそ勝てねえなあ！」

角星が藁のついた癖毛を掻きむしり、腹立たしげに寝転がる。

彼は容赦のない稽古《けいこ》により全身がボロボロ。顔にまで引っ掻き傷がついている。

「平気？　頬の傷、結構すごいけど……」

「これでも今日は軽い方。舐《な》めときゃ治る」

「駄目だよ。あとでちゃんと処置してもらいなね」

「へいへい」

投げやりに傷だらけの手を振る角星。

草苺は肩を落として溜《た》め息《いき》を吐くと、自分の腕を枕にして寝ている彼の右隣に腰を下ろした。

「少しは息抜きになったか？」

座った途端、訊《たず》ねられる。

「うん。ありがとう。……気付いてたんだ」

「気付いてたというよりも、普通に考えたらそうだろ？　突然、自分の癒花《ジユフア》が他と違うとか言われて、呪いだのなんだの話を聞かされた挙げ句に貴妃の花結いを直々に頼まれたら、どれだけ肝が据わってようが悩まねえほうが無理な話だ。しかも、軟禁状態だしな……」

あれから草苺は女官部屋に戻れず、広い宮を与えられた。蛇苺《へびいちご》の癒花に宿る治癒能力については内々にされているため、女官代理の影猫たちが身の回りの世話をしてくれている。

朝一に影猫へ蛇苺の実を渡し、他の時間は花結いの勉強に勤しむ。文字の読み書きや、計算ができることに驚かれはしたものの、それならば話は早いと教材を山のように譲ってもらった。

夜には短い時間ながらも筆頭花結師である黄紗《キイシヤ》から直々に学ばせてもらえる贅沢《ぜいたく》な機会までもう

けられた。

実質軟禁状態ではあるが、草苺はとても充実していた。

充実しているからこそ。

学べば学ぶほど、本当に自分が貴妃の花結いをしていいのか悩んでしまった。

「閉じこもって勉強ばかりしてても退屈だろ」

「そうだね」

稽古を見せてやると連れ出された時は正直戸惑ったが、それは宮に引きこもって教本の山と睨《にら》み合う草苺を心配しての行動で。不器用な角星の気遣いに、草苺の心は確かに軽くなった。

「あー……その、あれだ。お前の悩みはお前のもんだからお前にしか解決できねえけど、解決するための手助けくらいは、俺にもできそうだし?」

両腕を後頭部に添え、天を仰いだ状態で、角星はぶっきらぼうに告げる。

直訳すれば、悩んでいるなら話を聞くと言いたいのだろう。

「癒花が特別だからって、それだけの理由で貴妃の花結いをしてもいいのかなあって……」

草苺は教本ごと膝《ひざ》を抱える。

「それだけの理由なら、お前の癒花をもらって終わってる。毒蟲《タンシ》に穢《けが》された癒花は、草苺の癒花のおかげでちゃんと治ってきてるからな」

「よかった。毎朝煤《メイ》に不貞腐《ふてくさ》れられながらも渡してる甲斐《かい》があるよ」

「あのクソへ——じゃなくて、煤は?」

「………お留守番」

実際は今朝から姿が見えないのだが、正直に伝えるわけにはいかない。

煤の話題がこれ以上続かないように草苺《ツアオメイ》は教本を適当にめくって誤魔化《ごまか》した。

「お前、読み書きができるんだろ？　計算も」

「うん。一通りは」

「花結いはどこで教わったんだ？　お前、実は名家の姫とかじゃ……」

「そんなわけないでしょ。わたし、孤児なんだ」

「孤児？　孤児がどうして後宮に？　まさか、人攫《さら》いに売られて給金間引かれてるんじゃねえだろうな⁉　そういうのは、いまは取り締まってて――」

「違う違う！　お給金は全部もらってるよ！　わたしを拾ってくれた人が後宮に縁があったんだ。その人、自分が亡くなった後にわたしが路頭に迷わないよう、後宮に紹介してくれたの」

今更隠す必要もないので素直に過去を語った。

「気付いた時には一人で、そこから煤に出会って、色々あって旅の花結師に拾われたんだ。この人が後宮に縁があって、亡くなる寸前に後宮への紹介状をくれたんだよ」

紹介状のおかげで就職はできたが、後宮内でその花結師の身元が分かったわけでも、関係者に会えたわけでもないため、むしろそこからのほうが苦労したが。

「その人と一緒に旅をしてた時に色々と手伝ってね。ただ、詳しく教わったわけではないんだよね。見て、覚える感じ。だからいま黄紗花結長にきちんと花結いの作法を教わって、驚いてる」

草苺は自分の右手を持ち上げた。

「後宮での花結いは、血を使うことは滅多にないんだね」

始まりの日。紫陽花《バーシエンファ》の癒花に血を与えた花結い方法は、けして間違いではない。

それでも、後宮では血を与える花結い方法は、癒花だけでなく宿主自身も弱っている場合のみの手段。衣食住がしっかりとした後宮内で血を与えるやり方は、逆に癒花に力を与えすぎてしまい、妃嬪《ひひん》たちの癒花の均衡を崩す可能性があるそうだ。

そこを危惧《きぐ》して、後宮では医師と花結長から許可が出た時のみ血液を利用する。それ以外は、他者の癒花を添えて整えていた。

後宮には、後宮だからこその花結いの規則があった。

「わたし、後宮のことなにも知らないんだよね。……ううん。わざと知らないふりをしてた。わたしはただ煤と一緒にいられればよくて、時々女官たちの花結いをできればよくて……。花結師には憧《あこが》れてたけど、結局わたしは憧れよりも平穏を選んで、後宮のことをなにもかも知らんふりした。そんなわたしが、貴妃の花結いなんて……」

無責任だと思う……。と、草苺は舌の上で懊悩《おうのう》を転がす。

苦虫よりも苦く、ここ数日呑《の》み込めずにいた重い悩み。

それを、角星は――

「ハア?」の、一音で潰《つぶ》した。

彼が言葉足らずなのは理解しているが、それでも、これはない。

「そっちから話を聞く姿勢を示したんでしょう！」

「──っだだだ！　悪かった！　つい、ついな！」

「ついで本当に口が悪い！」

右耳を引っ張れば、角星が大袈裟《おおげさ》なほど身を捩《よじ》る。このくらい薄汚れ将軍《ジアンジユン》の鍛錬に比べれば蚊に刺される程度だろうに。

その証拠に、向こうからは過激な轟音《ごうおん》と、編星《アミボシ》の悲鳴が桜吹雪《さくらふぶき》に乗って響いてくる。

「それ、なにも問題ないだろ……っ！」

「だって狡《ずる》いでしょ？　いままで後宮事情から散々逃げてたくせに、いまさら……」

「それがお前の処世術だっただけじゃねえか」

「……処世術？」

意外な返答に、草苺は手を放した。

痛みに眉《まゆ》を顰《ひそ》める角星は引っ張られた耳をさする。腹筋に力を入れて、上体を起こした。

「そっ。後宮には常に陰謀が蠢《うごめ》いてる。華やかなのは表面だけだ。派閥や、それ以外のこと……。情報は時に命より重い。知ったと言うだけで巻き込まれる。お前は、自分と大切な奴《やつ》を守るためにそれらとの接触を意図的に絶ってた。つーか、どこに行ってもなんらかの噂《うわさ》が漂う後宮で、知らんふりを貫き通すほうがすごくないか？　普通はどっかでボロが出たり、ひけらかしたくなるだろ？　読み書きも、計算も、花結いもできる。それなのに普通の女官、いや、雑草娘《ザーツアオニヤンニヤン》であり続けるなんて。よっぽど器用な立ち回りをしてなきゃ無理だろ」

ニッ、と歯を見せる角星《スボシ》。

「ただ逃げてて、できるもんじゃねえよ」

不器用で乱暴で、口より先に手が出る彼はいつだって気持ちをそのまま吐き出す。

すなわち、角星は嘘《うそ》が下手《へた》だ。

舌先から嘘を形取る前に、影から刃《やいば》を手に取る。

「無責任じゃねえよ。お前は、守る大変さと責任の重さを知ってるんだ。安心しろ」

皮の厚い彼の手は、刃を握り慣れている。

「自分の守り方を知ってる奴は自分以外の奴も守れる。お前の手は、ちゃんと花結師らしい」

角星は草苺の頭に落ちた桜の花弁を払った。

「俺は、それが下手だから斬りかかることしかできねえけど」

自嘲《じちょう》気味に笑う角星。

だが桜を払ってくれた彼の手付きは、紛れもなく癒花を傷付けないよう優しいものだった。

だからこそ、誰よりも彼の言葉は草苺に浸透した。

迂闊《うかつ》にも目の端が熱くなる。教本を額を当て、草苺は滲む視界を隠した。

「…………角星の手も、ちゃんと守れてるよ」

少なからずこの瞬間、草苺の心は守られた。

「なら守るのがうまい者同士、お前が守りきれなそうなものは俺が守ってやるよ。その代わり、俺が無理な時は頼んでいいか？」

草苺はゆっくりと顔をあげる。

答える前に、角星の腹が鳴った。

それはそれは、盛大に。

「………」

「………」

「………」

「……うぐぐっ」

「う、嬉《うれ》しかったよ！　ありがとう角星！　元気出た！」

最後の最後で腹の虫に壊された空気感。

角星は奥歯を嚙《か》み締《し》め、思い切り、叩《たた》く勢いで自分の顔面を手で覆った。

バチン！　と痛々しい音が鳴る。

「本当に、本当にね！　嬉しかったから！　わたしも今後は視野を広げていくよ！」

「もういい！　全部忘れろ！」

「うわっ！　や、八つ当たりしないでよ！　きゃーっ癒花も乱れるじゃない！」

大きな手でわしゃわしゃと髪を掻《か》き乱され、草苺は頭を教本で隠そうとしたが。

「あ……」

「っ！　やだ。ねえ、い、いま嫌な感覚が……！」

「悪い。とれた。蛇苺の実」

呆然《ぼうぜん》と中途半端な位置で止まっている角星の右手。

中指と薬指の間には、蛇苺の実がついた茎が一本挟まっていた。

「最悪！　とれたじゃないわよー！　なんてことするの⁉」

「わ、わざとじゃねえよ！」

「当たり前でしょ！　……ああっ信じられない。癒花は神からの賜物。勝手に切るのは神に対しての不敬なの！　癒花を花結師以外に切られたって知られたら……ただでさえ後宮では癒花は女の命なのに！　他の人の癒花だったら今頃もっと大変な、責任問題になってるわよ！」

「他の奴の癒花なんて迂闊に触れねえよ！　あんなキラッキラした花を触ってなにかあったらどーすんだ！」

「雑草で悪かったわねえ！」

暴言に草苺の拳《こぶし》が唸《うな》ったが、角星に左手だけで受け止められる。

それでも拳はおろさず、鬱憤《うっぷん》を乗せて……ぐぐぐっ！　と角星の手のひらに拳を捩《ね》じ込んだ。

「実が千切れたくらいでピーピーうるせえな！　要は誰にも知られなけりゃいいんだろ！」

怒鳴るやいなや、角星は一口で、茎や葉ごと、蛇苺を食らった。

たった二度の咀嚼《そしゃく》。

喉《のど》が動き、すべて、本当に丸ごと、跡形もなく食べられた。

「……ぁん？　蛇苺って味しなくてスカッスカだよな？　これ、甘くないか？」

角星は頭上に疑問符を浮かべると、後味を確認するためにモゴモゴと口腔《こうこう》を舌で探り出す。

彼が無神経な男だと分かっていたつもりだが、それでも、草苺は絶句した。

真剣に味覚を探る角星を前に、はくはくと唇を戦慄《わなな》かせるだけ。

バサリ、と教本が震える手から落ちてしまった。

その音を聞き、角星の意識が草苺へと移る。

「草苺？　どうし――――あっ！」

顔面から湯気を出しそうな草苺に、角星もようやくことの重大さに気付いた様子。

「実も含めて、お前の癒花《ジュファ》か……？」

角星が恐る恐る呟《つぶや》く。

草苺は黙って頷《うなず》いた。

二人はお互いに、どちらともなく沸騰したような顔を逸《そ》らし、一歩距離を取る。

たっぷりと十秒の沈黙。

「もおー！　本当にあんたはー！」

耐え切れず草苺はしゃがみ込み、頭を抱えた。

「少しは考えてから動きなさいよおー！」

「癒花って花だろ？　実ってなると癒花って感じがなくて……無意識で。すまん。腹も減ってたし。他意はなくてだな……あっ、蛇苺《へびいちご》にしてはマカロンみたいに美味《うま》かったぞ！」

「言葉選びも下手なんだから黙ってて！」

「はい！　すみません！」

「あぁああーっもうっ！　おばか！」

癒花は美の象徴。女の命。女、そのもの。

それを食らうなど、無神経を通り越した蛮行だ。

蛇である煤《メイ》に食べられることと、異性である角星に食べられるのではまったく感覚が異なる。

「分かってるわよ。実の生《な》る癒花なんて普通はないものね。それでも、わたしの癒花は実も含めて癒花なわけで……。それを、た、食べ、っ食べる、なんて……」

俯《うつむ》いた草苺は、茹《ゆ》で上《あ》がりそうな自分の頭をそろそろと撫《な》でる。

彼に他意はなくとも「はい。そうですか」と安易に許せる行為ではない。

一発。いいや、二発は殴らねば気が済まない。

草苺が拳を握り直した瞬間「草苺！」角星に強く腕を引かれて立たされた。

「ちょうどいいわ！　角星、あんた殴らせ――」

「俺の顔！」

「は？　……か、お？」

ずいっ！　と顔を近付けられたのだが、顔を殴るのはさすがに……と草苺は拳を解く。

そもそも、顔を殴れと自分から主張してくる相手を殴るのは「……気持ち悪い」

心の中で言うつもりが、ぽろりと口に出てしまった。

角星が雷に打たれたように目を剥《む》く。

「き、気持ち悪い⁉」

「あっ、違う違う！　角星の顔には慣れたよ！　そうじゃな、く、て……え？」

ふと、角星の顔に違和感を覚える。

「……頬の傷が、ない？」

彼の頬についていたはずの、鋭利な爪痕《つめあと》。

薄汚れ将軍につけられた傷が、きれいになくなっていた。

「だよな。痛みがない」

角星は自分の頬を強くさする。

「なんで？　いつの間に？」

「見ろ。他もだ」

袖《そで》を大きく捲《まく》って彼は己の腕を晒《さら》した。

筋肉で引き締まった腕は、汚れてはいるものの傷はない。

「特別な、治癒の癒花……」

蛇苺の癒花を凝視して、角星がポツリと言葉を落とす。

二人は顔を見合わせた。

確認しなくてはならない。

恥ずかしいとは言っていられなくなった。

「アミ！　戻ってこい！」

薄汚れ将軍に乗り掛かられ、腹を齧《かじ》られて泣き叫んでいる仰向けの編星を角星が呼び戻す。

その間に草苺《ツアオメイ》は帯から花断鋏《はなたちばさみ》を外し、蛇苺を一粒切り取った。

「スウゥー！」

薄汚れ将軍が飛び降りた途端、編星はミイミイと仔猫《こねこ》のような泣き声をあげて全速力で戻ってくる。毛の乱れた巨体が角星に飛び付いた。角星は倒れそうになるも踏み止《とど》まる。

「もおっと早く呼び戻してよお！　薄汚れ将軍ったら本気で噛んだあ！」

「あの方が本気で噛んだら手前《てめ》ェのもっちり腹なんざすぐ破裂する」

「血ぃ出た！　ぼくの玉体に傷付いたあ！」

泣き言をぼやき、角星の顔面に頭をグリグリと擦《こす》り付ける編星。

そんな編星へと、草苺は蛇苺の実を摘《つま》む手を力強く伸ばした。

「編星！　これ食べて！　わたしの癒花──蛇苺の実！」

「んにゃあぁぁーっ⁉」

編星の尻尾《しっぽ》がブワッ！　と爆発する。

「小苺《シャオメイ》⁉　な、ななななにを突然そんな熱烈な……！　癒花を食べる⁉　そ、そんなの夫婦間でもしないよお！　た、確かにぼくはどんな花も愛《め》でるよ？　けど、癒花そのものを食べるなんて……さ、さすがのぼくも恥ずかしいにゃあ。だって、癒花って君自身のようなものだよお？　それを食べてだなんて。……んにゃあ。そんなにぼくとひとつになりたいの？　うにゃにゃあぁん！　大胆だねえ！　……けれど、そうだねえ。小苺、ううん。草苺。君の気持ちを無下にしてはならない。君の癒花を、君を、ぼくの血肉としてぼくとひとつに──」

「気色悪いことほざいてねえで、とっとと食え！」

「ふにゃあああ！　むごっ、ぅぐむむっ……！」

角星は草苺から実を奪うと、編星《アミボシ》の口の中に腕ごと蛇苺を突っ込んだ。

「ちゃんと食ったな！」

蛇苺を嚥下《えんか》した編星をすかさず角星が押し倒す。草苺も編星のふくよかな腹部に飛び掛かった。

二人掛かりで黒い毛を掻き分けて、傷を確認する。

「にゃあぁん！　ぼくが魅惑のモフモフだからってなにをする気なのお⁉」

やめてえ！　と叫ぶものの編星は抵抗しない。逆に、ゴロゴロぷごぷご、と鼻息が荒くなった。

「あった！　角星、ここのところ！」

喉を鳴らす編星の脇腹に、咬《か》み傷を見付けた。

体毛を湿らせるほどの痛々しい傷が、血が、草苺と角星の目の前で、消えた。

「……あれ？　ぼくの可愛《かわい》い肉球、傷付いてたのに？」

前脚の毛繕いをしていた編星が動きを止める。

「身体《からだ》も、なんか痛くない？　なあに？　なにしたのお？」

「アミ。俺の顔見ろ」

「あっれえ？　スウって顔に怪我《けが》してなかったあ？」

舌を出したまま首を捻《ひね》る編星へと、草苺はぎこちなく伝えた。

「わたしの癒花を食べたら……」

「俺の傷が治った。確認でお前にも食べさせた。結果は、この通りだ」

編星の瞳孔《どうこう》が細まる。一度尻尾を左右に揺らすと、無言で身体をくねらせて起き上がった。

「二人とも。さっさと乗ってくれるう？　黄紗《キイシャ》に報告に行くよお」

「……そうなるよね」

「黙ってるわけにはいかないからな」

「ほおら！　早く早くう！」

急《せ》かされて、草苺は渋々と黒い背に乗った。


花結師たちが属する開花省《かいかしょう》は人工池の上に立っている。

「えええぇっ黄紗いないのお？　ぼく探してくるねえ」

正門に繋《つな》がる大橋を守る猫妖《チミヤオ》に黄紗の不在を聞いた編星は二人をその場に降ろすと水面を軽やかに駆け、対岸の桜並木の向こうへと飛んでいってしまった。

「黄紗花結長はお忙しい方だものね」

「それこそ毒蟲《タンシ》に穢《けが》された癒花を診て回ってるんだろ。お前の、治癒の癒花については一部の花結師にしか伝えてない」

「そうだったんだ」

「混乱や悪用を避けるためにも、情報を取り扱う花結師は黄紗が慎重に選んだんだ。ハアーッ……

そうしておいて本当に、本当にっ！　よかった！」

「ご、ごめん。ありがとう」

「まさか傷付いた癒花だけじゃなく、傷まで治すとはな。どこまで治せるのか調べねえと」

「……お手数かけます」

二人は人工池を眺めながら橋を渡る。

煌《きら》めく水面には蓮《はす》が咲き、時折り鯉が跳ねた。

「ん？」

「ぁあ？　なんだ？」

橋を渡り切った直後、二人の鼓膜を刺激したのはくぐもった喧騒《けんそう》。

「どうしたのかな？」

ざわめきは木製の扉の向こう、開花省の中から聞こえてくる。

草苺は扉に耳を当てた。複数の女性の金切り声と、なにかが割れる音。

「角星、ちょっと待ってて。わたし見てくるね」

「一人で平気か？」

「ここは花結師が属する開花省だよ？　危ないことはないよ」

開花省は四省のひとつ――花結いに関しての機関。属せるのは女性のみ。

花結師は、女が官吏になれる唯一の職だった。

百年ほど空席ではあるが、四曜公太輪《よんようこうたいりん》も花結師から選抜される。

花結師は宦官《かんがん》同様、外廷と内廷を自由に行き来できる特別な立場のため、彼女らの属する開花省は外廷と内廷の境目である水路の真ん中の、人工池内に立っていた。

開花省の殿舎こそ、公的機関たる外廷と癒花を重要視する内廷こと後宮の境そのものと言ってもいいだろう。

「それに開花省の一部は後宮と繋がってるし。角星が特別な立場とはいえ、男性が堂々と入るのもよくないでしょ？　少し見てくるだけ」

草苺は気軽に扉へと手を掛けて「なにかあれば」

その手を角星に掴《つか》まれる。

「なにかあれば、すぐに呼べよ」

「？　うん」

妙に真剣な眼《め》の角星に草苺は内心で首を捻るも大人しく頷いた。

手は放してくれたが、彼はどことなく落ち着きがなくなる。

「行ってくるね」

腕を組む角星を横目に、草苺は開花省へと身を浸した。

そこは小さくも婉麗《えんれい》な吹き抜けの中庭で、四方のうち三方を格子壁に囲われている。

「……あっ、これがそのままなのは失礼だよね」

蝶《ちょう》が舞う中庭へと進む前に、草苺は花断鋏を帯から外す。

教本は鍛錬場にいた猫妖に預けたが、花断鋏は身に付けたままだった。

貴妃の花結いを皇帝から願われているのは内々の話。国の定めた花試《かし》に合格していない下級女官が花断鋏を吊《つ》るしているなど、正規の花結師からしたら気持ちの良いことではない。

花断鋏を懐へとしまうと、草苺は声の出所を探る。

「あっちかな？」

喧々とした人声は格子壁に空いた円形の洞門から溢《あふ》れていた。小走りに中庭を横切り、洞門から室を覗《のぞ》き込んだ。

朗笑が、響き渡る。

至る所に花が飾られた室には、五人の女が――花結師たちがいた。

添え花によって派手さを増した癒花《ジュファ》。下級妃嬪《ひひん》よりもずっと良い身なり。濃い化粧の花結師たちは、それぞれが甲高い笑い声を紅をたっぷりと塗りたくった唇から響かせている。

「…………」

不快感に襲われて、草苺は片眉《まゆ》を顰《ひそ》める。

草苺はこの嫌な嗤《わら》い方をよく知っていた。

雑草むしりの日々でよく聞いていた、よく投げ付けられていた嗤い方。

悪意のこもった嘲笑《ちょうしょう》。

嫌悪感から踵《きびす》を返したくなったが、草苺は彼女たちの隙間からあるものを見てしまい、逆に大股《おおまた》で前へと踏み出してしまった。

「どうしたんですか⁉」

草苺の動揺を隠せない声に、花結師たちが一瞬肩をびくつかせた。上等な衣を見て妃嬪が現れたと思ったのか、一斉に強張《こわば》った視線が降り掛かってくるが、彼女らは草苺の雑草頭を目にすると緊張を解《ほぐ》し、露骨に態度を一変させた。

草苺はそんな花結師たちの間を縫い、倒れていた女性に近付いた。

派手な花結師が囲んでいたのはまた別の、三人の花結師。意識はあるものの、三人は青い顔に大粒の脂汗を浮かせて、ぐったりと床にへたり込んでいる。

「大丈夫ですか？　いったいなにが……」

草苺は呻《うめ》く一人の花結師の肩を支える。

毒蟲にやられたのかと気を張ったが、これはそうではない。

「なんて癒花の数……」

彼女の癒花にはざっと見ても五種類以上の花が添えられていた。他の二人も同様で。

――添え花が多くて華氣《ファリ》が乱れてるんだ！

草苺は、すぐに状態を察する。

添え花とは癒花が傷んだり、弱っていたりする際に行う処置だ。健康な癒花に過剰な添え花をすれば、大量の華氣にあてられて逆に体調を崩す。

「この方たち、添え花のしすぎで体調を崩していますよね？　この方たちの剪定《せんてい》を……」

このままでは他者の癒花の力に負けて、本人の癒花まで傷んでしまう。

早く剪定をするべきだと伝えようとして、奇妙な引っ掛かりを覚えた。

ここにいる者は皆、花試に合格し開花省に属した後宮の花結師たちだ。草苺に助言されずとも、過剰な添え花の危険性は知っているはず。

「いいのよ。自業自得だもの」

他の花結師と違い、頬に靨鈿《ようでん》をあしらった花結師が前に出てくる。草苺の乱入に困惑気味だった他の四人が途端に強気になり、首を縦に振って同意した。

どうやらこの花結師が事の中心人物らしい。

「自業自得？　どういうことでしょうか？」

「関係ないでしょう。どこの誰か知らないけど、突然入ってきてなんの……えっ、嘘《うそ》！」

きつい口調の花結師の視線が草苺の癒花へと移る。彼女は口を押さえて、噴飯した。

「その癒花！　知ってるわ！　雑草むしりしかできない雑草頭の女官！　無駄に身なりだけはいいから誰かと思ったら……やだあ！　これじゃあ本当に雑草娘娘《ザーツアオニャンニャン》じゃない！」

靨鈿の花結師の嗤笑《ししょう》に合わせ、周りの花結師も口角を持ち上げて肩を揺らす。

雑草娘娘の名は、花結師にまで広まっていた。

「いいわ、雑草娘娘。教えてさしあげる」

草苺を露骨に見下し蔑《さげす》む花結師は、意地悪く口端を歪《ゆが》めた。

「いま後宮には癒花を傷付けるこわーい呪術が蔓延《まんえん》してるわ。こいつら、花結師のくせに呪術を恐れて自分で添え花をしたのよ。添え花をすると呪術から逃れられるって噂《うわさ》を聞いてね。それでこのざま。変な噂に踊らされて、笑っちゃうわ」

ああでも……と、嫌な微笑《ほほえ》みのまま、彼女は草苺《ツアオメイ》の顔を覗き込む。

「癒花を傷付ける呪術は実際にあるのよ。気を付けてね？」

草苺を怯《おび》えさせようとしているのか、彼女は怖い話を語るふうに声音を変えた。

周りの花結師たちが悪意に便乗して「雑草なのに？」「気を付けるところどこ？」と楽しげに囁《ささや》き合う。すると、醫鈿の花結師も「そうよねえ！」と草苺を嘲《あざけ》る。

花結師ゆえに毒蟲の存在は認知している様子だが、草苺の癒花については知らないようだ。

騒ぎを聞きつけた他の花結師たちが、室の外にちらちらと集まり始める。

このままではどうしようもないと、草苺は外の花結師に倒れている人たちの剪定を頼もうとして
――声を出せずに、終わった。

外から聞こえてきたのは仲間の心配ではなく歓喜。

競争相手が減った、と喜ぶ囁き声。

「これで薔華《ソウカ》貴妃の花結いをするのはきっと私ね」

醫鈿の花結師が妙に通る、強い声で言い放った。

それは草苺ではなく外にいる花結師たちに向けての牽制《けんせい》。

彼女は高圧的に腕を組み、外にいる花結師たちを睨《にら》んだ。

「悪妃であろうともあの方は不凋花娘《ヨンヘンニャンニャン》の再来と言われる貴重な二輪咲き。自分の癒花の管理すらできない人たちに、貴妃の癒花を触らせるわけにはいかないわ。花結師として、いいえ！　女として恥ずかしい！　これじゃあ丸刈りにするしかないわね」

過剰な添え花に苦しむ花結師たちへ、醫鈿の花結師は軽蔑《けいべつ》の視線を注ぐ。

取り巻きの四人だけでなく室外の花結師たちも「あれじゃあね……」と絡まる癒花の多さにクスクスと楽しそうに囁いた。

草苺の脳裏に、あの日の黄紗の言葉が思い浮かぶ。


——貴女になら、貴妃の花結いも任せられるでしょう。

——後宮の花結師よりも……。


安心感と不甲斐《ふがい》なさが練り混ざった複雑な面持ち。

黄紗の浮かべた表情の意味が、いまならよく分かる。

草苺自身、ふつふつと湧き上がってきてしまう。貴妃の癒花を治すことに、否《いな》、地位と名声を手に入れることに夢中で、花結師としての心持ちを忘れている彼女らに。

ふつふつと、激情が湧く。

怒りと悔しさと情けなさと——悲しさ。

「なによその顔」

草苺は、自分がいまどんな顔になっているのか判断できなかった。

少なからず、醫鈿の花結師が顰《しか》めっ面《つら》になって舌を打つほどの表情ではあるらしい。

「文句あるなら、あんたがどうにかすれば？」

「はい。そうします」

「雑草娘なんかに花結いの苦労は到底分からないで――――は？」

草苺の即答に、小馬鹿にした態度を取っていた靨鈿の花結師が固まる。

草苺はもう彼女を、他の花結師たちを見ずに過剰な添え花へと顔を向けていた。

「本当に雑草頭なのね。花断鋏《はなたちばさみ》もなしに癒花を切るのは極刑よ？　花結師を馬鹿にしないで！　癒花は簡単にむしれる雑草じゃないんだからね！」

開花省《かいかしょう》のなかで下級女官が花結師の癒花をむしるのを見て見ぬ振りをすれば自分も罪に問われると焦ったのか、彼女は声を荒らげる。

「ご心配には及びません。開花省にご迷惑をお掛けしませんから」

ざわつく花結師たちを意に介さず、草苺は懐から花断鋏を取り出した。

「花断鋏なら、あります」

ざわめきが激しくなる。花結師たちが草苺の手元の花断鋏へと一斉に注目し、明白に困惑した。

「ど、どこから盗んだのよ！　この泥棒草！」

靨鈿の花結師が、鬼の形相で花断鋏を奪おうとする。伸ばされた指先が花断鋏に届く前に、天井から、なにかが、彼女の腕に落ちてきた。

「――ッキャアァ！　蛇！」靨鈿の花結師は取り乱し、蛇の乗った腕をこれでもかと振り回す。

黒蛇は草苺の足元へと振り落とされるも、たいした衝撃にはなっていない様子で。

彼は、ゆるりと頭をもたげた。

「ありがとう、煤《メイ》。少しの間お願い」

邪魔されたくないの。

そう頼めば、煤はするりと身をくねらせる。彼は花結師へと牙《きば》を剥《む》いた。

ひっ！　と花結師たちが恐怖に足を竦《すく》ませる。

「わ、分かったわ！　癒花を呪っているのはあんたね！　癒花が雑草頭だからって、他の癒花を妬《ねた》んでるんだわ！　蛇を操るなんて……大蛇《オロチ》に魅入られてるのよ！　おぞましい！」

醫鈿の花結師が負けじと喚《わめ》くが、草苺はそれらをすべて無視して添え花へと集中する。

「蔓薔薇《つるばら》がすべての癒花に引っ掛かってる。……髪まで巻き込んで」

特に酷《ひど》いのは蔓薔薇だった。これのせいで複数の癒花が複雑に絡まり合い、どれが本人の癒花か見当がつかない。髪まで巻き込んでしまっていて、迂闊《うかつ》に癒花を解《ほど》こうとすると蔓薔薇の棘《とげ》で頭皮を傷付けかねない。

「すみません。髪ごと切らせてもらいます」

草苺が伝えると顔色の悪い花結師は諦《あきら》めた目で頷《うなず》いた。

気怠《けだる》げで、喋《しゃべ》る余裕もない様子だ。瞼《まぶた》は重怠そうにほぼ落ちている。早くしないと華氣にあてられて昏倒《こんとう》してしまう。

草苺は黄紗《キイシャ》に教わった学びを思い出し、花断鋏を入れた。

「ちょっと！　そいつの癒花がどれか分かって鋏を入れてるの⁉」

醫鈿の花結師が眉を吊り上げて唾《つば》を飛ばす。

ギャアギャアとしつこい喚きに、草苺がうるさいと感じたその時、悲鳴の種類が変わった。

きっと煤が牽制してくれたのだろう。

「……あ、っ……」

喧騒《けんそう》のなかで、か細い喘《あえ》ぎを拾う。

紫色の唇を、はくっと震わせた花結師に草苺は微笑んだ。

「あなたの癒花は分かっています。番紅花《ファンホンファ》ですよね」

草苺が黄紗から学んだのは、癒花の結い方だけではない。癒花に循環する華氣の見極め方も叩《たた》き込《こ》まれた。それはもう、思い出す度に歯の根がガチガチと噛《か》み合わなくなるほど。徹底的に。

「ご安心ください。ちゃんと、視《み》て切れます」

添え花に含まれる他者の華氣によって輝きを弱めてしまった薄い黄色の華氣を、草苺は凝らした目で追う。弱々しくも、その華氣は番紅花から顔色の悪い花結師本人にしっかりと繋《つな》がっていた。

「貴女《あなた》の華氣は薄い黄色ですね。紫の番紅花と似合っていて、とてもきれいです」

癒花に循環する華氣には、色がある。

華氣の色は個々で異なり、癒花の色と華氣の色が必ずしも同色とは限らない。

本来の花結いとは華氣の色や量を見極めて剪定や添え花を行う。そうすることにより華氣が増し、癒花そのものの浄化力も増す。無論、その逆も然《しか》り。

花結いとは見栄えを見て花を結うのではなく、内側の力——華氣を視て、花を結う。

華氣は生命力そのもの。

命の煌《きら》めきを宿す花を結う。

それこそが、花結師の本来の仕事。

それこそが、草苺の憧《あこが》れていた本来の花結師の在り方。

「添え花によって過剰に与えられている華氣を、すべて断ち切ります！」

使命感にも近い感情に突き動かされる。

草苺は添え花によって増えすぎた華氣を、素早く的確に剪定《せんてい》していった。

ひたすらに、夢中で、助かってほしいとの一心で、剪定をする。

一人目を終わらせ、すぐに二人目に。息も吐《つ》かず、三人目。

「……ふう。一先ずこれで余分な華氣の影響は受けない」

大量の添え花が髪ごと床に散乱する。

その頃には添え花に苦しむ三人はある程度の落ち着きを取り戻し、周辺の花結師たちも黙って、草苺の剪定の精密さに見惚《みと》れていた。

「やっぱり、あの人は剪定だけじゃ駄目か……」

草苺は最初に剪定をした番紅花の花結師を再確認し、眉《まゆ》を顰《ひそ》めた。

彼女は一番最初に剪定をしたのに、他の二人よりも癒花《ジュファ》に華氣が溜《た》まったまま。

「こうなったら、あれをやるしかない」

草苺は帯に花断鋏を掛けると、額に浮かぶ汗を袖《そで》で拭《ぬぐ》った。

室内を見渡して、目的に合うものを探す。

「あった！」

この室は癒花の保存室のようで、たくさんの癒花に囲まれているだけでなく、壁自体が薬簞笥《だんす》となっている。引き出しに書かれた文字を読み、そこへと走った。

「あの人の華氣《ファリ》は黄色だけど、癒花は番紅花だから……これと、これ！」

ふたつの引き出しを開けて、収まっているものを左右の手でそれぞれ一掴《ひとつか》み。手の中で混ぜながら、草苺はすぐに番紅花だけを頭に咲かせている花結師のもとへ戻った。

「失礼します。もしも気分が悪くなったりしたら、すぐに教えてください」

弱々しい番紅花の花弁に混ぜ合わせた粉を振り掛けた。

「紅宝粉末《ホンバオシフエン》と翡翠粉末《フエイツイフエン》です」

透明感のある赤と緑の宝石粉末が、萎《しお》れた番紅花を飾り立てる。

周りの花結師たちが「え？　あれじゃ逆効果じゃないの？」と複雑な表情で囁き合った。

それを聞き、草苺の剪定に見入っていたあの醫錮の花結師が、ハッと我に返る。

「宝石粉末は癒花に栄養を与えるのよ。添え花で華氣が溜まってる癒花に余計に栄養を与えるなんて酷すぎるわ！」

草苺の花結いに気圧《けお》されながらも、決してそれを認めたくない彼女はがなった。

一方的な言い分を恐れず、草苺は冷静に説明をする。

「だから、この方の癒花と相性の悪い宝石粉末をかけました」

宝石粉末は癒花の花弁にまぶして光沢を出す飾り粉として使われるが、本来の用途は栄養剤だ。

だが、深くいえばその役割は栄養剤だけではない。

「剪定はしましたが、彼女の癒花そのものにはまだ華氣が溜まっています。それを排出するために、あえて相性の悪い二種類の宝石粉末をかけて、癒花から華氣が出やすいようにしました。確かに宝石粉末は癒花の栄養剤ですが、それだけではありません。宝石粉末は相性の悪い癒花にかければ癒花を弱らせる除草剤にもなります」

草苺の説明に、花結師たちがどよめく。彼女たちが知らなくて当たり前だ。

このやり方は後宮では使われない、民間の花結師がやる荒療治にも近い方法だった。

草苺が旅の花結師に連れられていた頃は、先帝の悪政によって民は満足な食事を摂《と》れなかった。痩《や》せこけた女――特に妊婦はそれこそ雑草すら抜き取って癒花に添え、少しでも英気を養おうと躍起になっていた。

けれども、余裕のない手当たり次第の添え花によって逆に体調不良を起こす者が続出。その際に相性の悪い宝石粉末を除草剤代わりに使用するこの方法を目の当たりにした。

これは草苺を拾ってくれた老齢の、盲目の花結師が使っていた独自の方法。

年功者の知恵。

教本にも、花試《かし》の問題にも、載ってはいない。

当時、宝石粉末は希少なため、貝殻や獣の牙、虫の抜け殻など、使えるものをすべて掻《か》き集め、目の見えない花結師に代わって小さな手で必死にすり潰《つぶ》し、粉末調合をするのは草苺の仕事だった。

おかげで、この技術だけは秤《はかり》がなくとも目視と感覚だけで量を的確に調整できるほど鍛えられた。

後宮に入ってからは、披露する機会は二度とないと思っていたが……。

「これで蓄積した華氣が抜けやすくなると思います。明日の朝には洗い流してくださいね」

草苺《ツアオメイ》は番紅花の花結師の短い髪を手櫛《てぐし》で梳《す》く。

仕方がないとはいえ、絡まった癒花とともにまとめられないほど短く切ってしまった髪に宝石粉末を絡め、少しでも見目を輝かせようと気遣った。

「でたらめよ！　そんなの聞いたことないわ！」

異を唱えたのは、やはり罌鈿《ようでん》の花結師。

「この方法は後宮では使われていません。けど、庶民の間では使われています」

「庶民が宝石粉末を手に入れられるわけないでしょ！」

「宝石粉末だけでなく、貝粉末などでもこれはできて……」

「そんなの信じられないわよ！」

絶対に認めない、認めたくないと罌鈿の花結師は拳《こぶし》を握って息巻く。

「癒花だけじゃなく髪まで切って！　こんなに短く切るなんて惨めだわ！　ああっ、花断鋏だってよく見たらなんて襤褸《ぼろ》！　癒花以外を切っていたに違いないわ！　あんたたちもそう思うでしょ！　こんなことをされて、花結師として屈辱的でしょう⁉」

彼女は周りの花結師たちに同調を求めるが――

「いい加減になさい！」

険しくも気高い叱咤《しった》が、室中に響いた。

全員が振り返る。

凛《りん》と咲き誇った金百合《バイホ》が、室の前に佇《たたず》んでいた。

「金花結長《キン》!?」誰かが唖然《あぜん》と彼女の名をこぼす。

黄紗を認識した全員が、一斉に膝《ひざ》をついた。

「先程から見ていれば、この有り様はなんですか？　恥を知りなさい」

黄紗は一直線に草苺のほうへと近付いてきた。

「金花結長！　あの下級女官を追い出して、いいえ！　捕えましょう！」

黄紗が鬙鈿の花結師の隣を通り過ぎる時、すかさず彼女が訴える。彼女の顔は実に勝ち誇ったものだった。

しかし、黄紗は静かな声で「なぜ？」と一言だけ彼女へ投げ掛けた。

「な、なぜって……。この下級女官はあろうことか花結師の真似事《まねごと》をして瘉花を傷付けました！

これは花結師に対する冒涜《ぼうとく》です！」

「冒涜、ですか……」

冷徹ともとれる眼差しで、黄紗は髪の短くなった花結師を見やる。

金茶色の瞳《ひとみ》が光を強め、宝石粉末がまぶされた番紅花を品定めする。

たった三日だが、草苺は黄紗の恐ろしさを、否《いな》、花結いに対しての情熱を痛感した。彼女の指導は強烈で、血反吐《ちへど》を吐きながら出された課題をこなす劇的な三日間だった。

草苺は緊張に心臓を締め付けられた。

花結師たちも張り詰めた表情で。緊張感が、膨れ上がる。

「まず、貴女は勘違いをしています」

ふ、と黄紗が息を吐いた。

「彼女は――草苺は、私の弟子です」

当たり前のように発せられた一言に、花結師たちが驚愕《きようがく》する。

しかし一番驚いていたのは草苺だった。弟子になったなど、初耳だ。

「そんな……嘘《うそ》、嘘ですよね？　どうしてそこまで、こんな雑草娘《ザーツアオニヤンニヤン》を庇《かば》うんですか！」

「本当のことです。その証拠に、私は彼女に私の花断鋏《はなたちばさみ》を譲りました」

皆が草苺の帯に繋がる花断鋏へと注目した。

花結師には師が弟子に己の花断鋏を譲る風習がある。

花断鋏は使えば使うほど瘉花に馴染《なじ》み、剪定をしても瘉花に違和感を与えないと伝えられていた。

そのため、長く受け継がれる花断鋏ほど価値が高い。

「あの花断鋏は私が先代の花結長から譲り受けたもの。それを譲る価値が、彼女にはあります」

狼狽《うろた》える醫錮の花結師へと黄紗は眉ひとつ動かさずに断言する。

「草苺」

黄紗の白い手が草苺の両頬を静かに包んだ。

顔をゆるく持ち上げられ、有無を言わせずに視線を重ねられる。

「なぜ、勝手に花結いをしたのですか？」

真《ま》っ直《す》ぐに射抜いてくる眼《まなこ》。

それに対して草苺は臆《おく》さず、むしろ胸を張って答えた。

「この方々の癒花は過剰な添え花で苦しんでいました。剪定する時間が遅れるほど、添え花の力を受けて本人の癒花が傷んでしまいます。そうなったら、治るまで時間が掛かります。だから剪定をしました。髪は、癒花に絡まってしまっていたので仕方がなく……」

「開花省《かいかしょう》に属さぬ身で剪定をして、罰せられるとは思わなかったのですか？」

「……それを、考えるより先に、手が動きました。すみません」

草苺がやったことは、後宮の規則に反する。

でも――

「でも、後悔はしていません」

だって、あれ以上は見てはいられなかった。

痛々しい癒花も。

花結師たちの姿も。

「そうですか」

黄紗《キイシャ》は微笑《ほほえ》んだ。

心から、嬉《うれ》しそうに。

「皮肉や嫌味に囚《とら》われず、損得を考えず、まず優先すべきことを正しく判断できましたね。これは、花結師には必要な能力です」

黄紗は草苺の頬を優しくひと撫《な》でして手を離す。

「なにより、自分にできることを考えて、諦《あきら》めずによく一人で最後までやりきりました」

どうやら頬に粉末が少しついていたようだ。

「癒花は花龍白天神君《カリユウハクテンシンクン》からの賜物。神が与えたもうた癒花は、どれもが平等です。貴妃の癒花も、花結師の癒花も、女官の癒花も……どんな種類だろうと、必ず清らかな浄化の力を持っています。だから花結師はいつだって平等に花を結わねばなりません。花結師は、神と人を結い繋ぐ中立の立場でなくてはなりません。そこに私情を挟むなど、以《もっ》ての外！」

黄紗は背筋を伸ばし、激昂《げきこう》を滲《にじ》ませる瞳で花結師たちをじっくりと見渡した。

何人かが気まずさに耐え切れず、目を逸《そ》らす。

「草苺は立派な花結師です。ここの誰よりも」

逃げずに彼女の花結いを見なさい。

黄紗の鋭い剣幕に、花結師たちは身を縮こませて黙した。

「その通りだ」

張り詰めた沈黙に、毅然《きぜん》とした低い声が割り込んでくる。

「髪はまた伸びる。だが、深く傷付いた癒花を再び咲かすことは難しい。長い間、つぼみのまま苦しむかもしれない……。余《よ》の花を守ってくれたこと、礼を言おう」

長い癖毛を猫の尻尾《しっぽ》のように揺らして室に入ってきたのは、編星《アミボシ》を連れた白匣《ハクコウ》。

彼は目隠しをしていながらも堂々とした足取りで、その存在感を受けて場の空気が一変する。

まさかの人物の登場に、花結師たちは声には出さずとも混乱を深めた。

例の五人など小刻みに肩を震わせて、いまにも卒倒しそうだ。

「草苺を貴妃の花結師候補として選んだ余の目に狂いはなかったな」

よりによって、なぜいまここでその話題を出すのかと草苺は身を竦《すく》めたが、ふと気が付く。

白匣は草苺を庇ったのだ。草苺は後宮の正式な花結師ではない。それでも後宮の主《あるじ》たる皇帝自らが草苺を花結師と呼び、認めたことで、勝手に花結いをした草苺の罪をなくした。

皇帝に花結師と認められ、貴妃の花結師候補として選ばれている草苺を咎《とが》められる者は——

この場に、いない。

「黄紗。彼女らを休ませてやれ」

白匣が顎《あご》でつい、と短髪になった花結師三人をさした。

「はい、主上。誰か、手を貸してあげなさい」

「他の者も。下がれ」

国を建て直した賢帝と、四曜公太輪《よんようこうたいりん》候補の花結長に逆らえる者はいない。

醫鈿の花結師は顔を隠すように礼をすると、目を伏せたまま真っ先に踵《きびす》を返した。取り巻きたちも足早に逃げていく。

数人の花結師が顔を見合わせたあと、短髪になった花結師たちに手を貸した。

「……ありがとう」ふらふらと腰を浮かせた番紅花《ファンホンファ》の花結師が草苺へ言った。

彼女の頬を、一筋の雫《しずく》が伝う。

「間に合ってよかったです。早くよくなるといいですね」

番紅花の花結師だけでなく、他の二人も草苺に礼を口にしてから室を出ていった。

すっかり、静かになる。

「ったく、お前は……」

人気《ひとけ》の薄れた空気に白匣の嘆息が響き、草苺はビクッ！　と肩を跳ねさせた。突っ立ったままの草苺は慌てて膝をつき、頭を下げて姿勢だけでも取り繕う。

「なにかあれば呼べって言っただろうが」

「え？」

不機嫌なぼやきに、思わず草苺は視線をあげてしまった。

目隠しのせいで表情は読み難《にく》いが、白匣は不満げに口端を引き絞って、左耳を、左耳の少し下を触った。指先が空を切り、すぐに誤魔化すように長い横髪を耳に掛ける。

「小苺《シャオメイ》！　すごーい！　宝石粉末をあんなふうに使うなんて初めて見たよお！」

「わっ、ア、編……ぶはっ！」

突然、視界が真っ黒になった。

編星が草苺の顔面にふわふわの頭部を擦《こす》り付けてきた。

うるるる……！　と爆音で喉《のど》を鳴らすご機嫌の彼に、何度も頭を擦り付けられる。

「編星っ……そんなにっ……うわっ」

痛くはないが、草苺は毛皮の海に溺《おぼ》れた。

「やっぱり貴妃の花結いは小苺にまかせたいなあ！　癒花《ジュファ》だけじゃなくて花結いの仕方まで特殊で、面白いねえ！　いやあ、きれいなだけで根腐れしやすい花よりも、これくらい根性ある雑草のほうがきっとあの子も喜んで――んにゃあああああっ！」

「メ、煤《メイ》⁉　なにしてるの！」

「んにぃい――！　尻尾やめてえ！　カミカミしにゃいでえ！　いくらぼくの尻尾が黒蛇のように魅力的だからってえ！」

「煤！　そんなの噛《か》んだら駄目だよ！」

「そ、そんなの⁉　ぼくの魅惑のお尻尾をそんなの⁉　不敬だよ小苺！」

編星の尻尾に噛み付いていた煤は……ペッ！　と口を離すと草苺のもとに這《は》ってきた。

煤を拾い上げると草苺は首に巻き付いてきた黒い身体《からだ》を撫でる。ひんやりとした体温に触れると、心が落ち着いた。

冷静になった頭で、決意を固める。

迷いは少しも、宝石粉末の一欠片《かけら》分すらもなくなっていた。

「主上。先日のお話ですが」

切り出せば、察した白匣が床で転がる編星を下がらせる。

大人しく編星はお座りをし、黄紗は微笑を浮かべた。

「蛇苺《へびいちご》の草苺。喜んで薔華《ソウカ》貴妃の花結いをさせていただきます」

# 四章　不凋花娘娘《ヨンヘンニャンニャン》

夜気に湿った伸び放題の雑草が、満月にとろり……と照らされる。

月光だけでも十分に明るいが角星《スボシ》が提燈《ちょうちん》で草苺《ツアオメイ》の手元を照らしてくれた。

「足りないものはないか？」

「うん。準備は全部できてる。大丈夫だよ」

草苺は花結い道具が入った花具箱《かぐばこ》をしっかりと胸に抱えた。

中には宝石粉末や蛇苺の癒花の他に、この三日で溜《た》めた草苺の血液が入っている。

「最後の確認をするぞ」

薔薇貴妃の臥《ふ》せる春薔薇《ばら》宮は、初めて来た時と変わらず寂しげな空気に包まれていた。

夜のしじまだけが隅々にまで広がり、虫の鳴き声すらしない。

「薔薇貴妃の癒花には、いまだ毒蟲《タンシ》がついている。理由は、彼女についた毒蟲の数があまりにも多すぎるためだ」

広廂《ひろびさし》の間に、角星の声だけが深く反響する。

「毒蟲は喰《く》った癒花の断面から華氣《ファリ》を異常に放出させる。毒蟲を駆除すると大量の華氣が溢《あふ》れて、薔薇貴妃は命を落としかねない」

「だから、角星と編星が毒蟲を倒してすぐに私の血で癒花の傷口を塞《ふさ》いで、華氣の放出を止めればいいんだね」

「そうだ。そこからの花結いは、すべて任せる。頼んだ」

「うん」

頷《うなず》けば、肩に引っ掛かる煤が草苺の顔を覗《のぞ》き込んできた。

「やるよ。煤」

自分に言い聞かせるように煤へと言い、草苺は気を引き締め直す。

と、角星がなんとも微妙そうに耳飾りを弄《いじ》った。

「……なあ、草苺。そいつを頼りにするのは分かるが、もう少しこっちも信用してくれないか?」

「突然どうしたの?　してるよ」

「嘘だな」

これから協力して貴妃を助けようという時に、なぜそんなことを言うのか。

「昼間、なんですぐに俺を呼ばなかった?」

「昼間?　……ああ、開花省でのこと?」

「なにかあればすぐに呼べって言っただろ。なのに一人で突っ走りやがって……。そいつだけじゃなくて、もう少し他の奴《やつ》も頼れ」

「た、頼ってるつもりだよ?　あの時は、一刻を争う状態だったから呼びに行く余裕がなくて」

草苺はもごもごと言い訳を舌に乗せる。煤以外の相手に頼るのが苦手なのは、自覚していた。

「後宮で頼れる奴がそいつしかいなかったのは分かってる。それでも、自分で視野を広げようと誓ったなら、他人に頼る癖もつけろ。誰かに頼ることは悪いことじゃねえよ」

「…………はい……」

「言っただろ？　お前が守りきれないものは俺が守ってやるって。そこには、お前自身も入ってるんだからな？」

軽く握った拳《こぶし》で、コツンと額を小突かれる。

「誰かを守るために自分を犠牲にするなよ」

草苺はそろりと煤を横見した。日頃は角星といがみ合っている煤も、この時ばかりは「その通りヨ」と刺々《とげとげ》しい視線で草苺を突《つつ》いてきた。

草苺は、うっ……と苦虫を噛むしかない。「自分は雑草だから」と、いい意味でも悪い意味でも無茶をして、頼るのが遅いと煤に怒られる。雑草は丈夫だからと強がって、結局は自分を卑下していたのかもしれない。

「……気を付けます」

草苺は素直に反省した。

「そういえば……」

反省の最中、開花省での出来事を思い起こした草苺は、ひとつの疑念にぶつかる。

「あの時の主上、少し様子が変だったな」

ぽつり、と呟《つぶや》いた。

今度は角星のほうが、うぐっ！　と動揺を滲ませるも、自分の中に生まれた引っ掛かりに向かい合う草苺は、彼のぎこちなさに気付かず、言葉を続ける。

「主上にしては真面目《まじめ》というか。あの猫みたいにだらーんとした感じがなくなってたんだよね」

「……一応皇帝だぞ。人前では、それなりの態度でいるだろ」

「そうだろうけど、そういうのじゃなくて。不敬だけど、違う人みたいな感じがしたの」

姿形は主上だが、もっと深い大切なところ。根本の部分。

心根が、違う気がした。

「いつもあんな感じならいいのに」

飄々《ひょうひょう》として腹の奥底でなにを考えているのか分からないよりも、ずっといい。

「あの時の主上は、安心したなあ」

「……そうか。次はお前からちゃんと、もっと早くに呼べよ」

「何度も言わないでよ。分かってるって。今度はちゃんと角星を頼らせてもらうよ」

「どうも信じらんねえんだよな」

「守るのがうまい者同士、守りきれない時は頼ります！　わたしが無理な時は角星が、角星が無理な時はわたしが。約束覚えてるよ」

「ちゃんと分かってんじゃねえか。なら……んっ」

「え？　なにそれ」

「極東の島国だと約束する時にこうすんだよ。小指出せ」

「こう？」

草苺が小指を出すと、素早くそこに角星が小指を絡める。

当たり前だが、角星の小指は草苺よりもずっと長くて骨張っていた。力を入れられると想像よりも力強く、草苺は少しだけ驚いてしまった。

驚愕《きょうがく》で動きを止めた一瞬の隙に、

「嘘吐《うそつ》きは針千本飲ます。指切った」

凄《すさ》まじく恐ろしい歌とともに、小指を放された。

「針を飲ますってなに!?」

「この契りは約束を破った相手に針を千本飲ませることができる。針飲みたくなかったら呼べよ」

「そんなにこわいの!?　先に言ってよ！」

「言ったら約束したか？」

「するわけないでしょ！」

「ほーう。それはつまり、最初から約束を守るつもりはなかったと？」

「あっ、そそそうじゃなくて……約束は守るけど！」

「ならいいじゃねえか。ちゃーんと守れば飲まなくていい」

勝ち誇ったように口端を持ち上げる角星に、草苺は頬を膨らませた。

じとっ……と恨めしげに角星を睨《にら》み、明確な悪意を持って呟く。

「もっじゃり真っ黒苔《こけ》頭」

「ちんちくりん」

二人は火花を散らして睨み合い、すぐにお互いに吹き出した。笑い声が夜風に混ざる。

「ちょおーっとお！　ぼくが頑張って結界張ってるのに、二人は楽しそうなのひどくなあい？」

ぬっと、夜闇に浮かび上がったふたつの丸い海。

夜よりも濃い巨大な影が、不満とともに屋根から庭へと降りてきた。

「お帰り、編星《アミボシ》」

「結界を張ってるのはアミじゃなくて黄紗《キイシャ》と将軍たちだろ」

「ぼくだって癒花を運んだりお手伝いしましたあ！」

編星は兎《うさぎ》よりも軽やかに飛び、広廂の間に滑り込んできた。

「黄紗も薄汚れ将軍《ジアンジュン》たちも配置についたよお。これで毒蟲は春薔薇宮の外には出られない」

貴妃の癒花に寄生する毒蟲は強力。一匹でも逃してはならないと、黄紗と薄汚れ将軍を筆頭に複数匹の猫妖《チミヤオ》によって春薔薇宮の周りに結界を張ることにした。

「薄汚れ将軍たちは猫妖だから妖術《ようじゅつ》が使えるのは分かってたけど……。まさか、黄紗花結長が呪術師だったなんて」

「元々金《キン》家は古くから宮廷呪術師として仕えていた一族だったんだ」

「黄紗は長女だけどお、女だから家督は継げないってことで花結師の道に進んだんだあ」

「結果として、呪術師にならなくてよかったがな」

「そうだねえ」

二人は黄紗と古い付き合いらしく懐かしむが、口振りはどこか重い。

宮廷呪術師といえば、先帝紫円《シエン》の暴走で多くが命を落とした。

病に喰《く》われ、不老不死を求めて呪術に縋《すが》った先帝は宮廷中の呪術師を暴力と恐怖により閉じ込め、人間性を消失させるほどの凄絶《せいぜつ》な苦行を課し、亡骸《なきがら》すら呪具として再利用した。

宮廷呪術師が空っぽになると、先帝の魔の手は外の呪術師にまで及ぶほどで。

もしも黄紗が宮廷呪術師として働いていたのなら……彼女も、きっと。

「そーんなわけで、黄紗は結界に集中してるからこっちには来れないよお？　小苺《シャオメイ》、一人で花結いできるう？」

滄海《そうかい》の双眸《そうぼう》に意地悪な弧を作り、編星は尻尾《しっぽ》の先で草苺を突っついた。

「緊張しそうならぼくの全身を思う存分モッフモフしてもいいよお？　小苺だけ特別ねえ」

柔らかな尻尾は魅力的だが、草苺は落ち着いて首を横に振った。

「結構です。ここに来る前に薄汚れ将軍のお腹を触らせてもらったから」

「にゃにゃ⁉　いつの間に！」

「実は俺も」

「なにそれえぇー！　なあんで薄汚れ将軍ってぼくにだけ厳しいのお⁉」

「お前の毛繕いの仕方が気に食わないって言ってたぞ。零点以下だと」

「うっそでしょお⁉」

「なんか分かるかも。編星って、しつこそうだもんね……」

草苺《ツアオメイ》の肩で煠《メイ》も強く頷く。

「実際にそうだな」

「やあん！　きれい好きと言ってえー！」

重苦しかった空気が爆《は》ぜて、三人から適度に緊張が抜けた。

草苺は花具箱をしっかと持ち直す。

「貴妃の癒花《ジユフア》はわたしが治してみせる。絶対に」

若葉色の瞳《ひとみ》は清々《すがすが》しいほどに迷いがなく、透き通り。

それでいて、強い火が灯《とも》っていた。


「……これが、瘴気《しようき》？」

薔華《ソウカ》貴妃の寝所の前まで案内された草苺は表情を険しくした。

事前に説明を受けていたとはいえ、実際に身に受けるとやはり少しだけ気圧《けお》される。

「すごく、嫌な感じがする」

天井からぶら下がる、底に色硝子《がらす》の嵌《は》め込まれた提燈《ちようちん》によって廊下には極彩色の光が咲いているが、美麗な明るさとは裏腹に雰囲気は重暗い。

嫌な気配にじっとりと舐《な》められ、一呼吸ごとに肺腑《はいふ》がもたれそうになった。

濁った気配は戸の向こう――貴妃の寝所から漂ってきていた。

「毒蟲《タンシ》が集まりすぎると大気すら腐らせる。普通の人間ならとっくに倒れてるだろうが……身体《からだ》に異変は？」

「肌寒くて嫌な感じはするけど、それだけ。角星《スボシ》と編星は？　平気なの？」

「ぼくらは五年前にこれよりキッツーイの経験してるからねえ。多少の耐性はあるんだあ」

「それって、もしかして大蛇《オロチ》復活の時？」

「そーそー」

「二人とも大蛇を倒した主上のそばにいるんだもんね。関係してて当たり前か」

「それにしたって今回は楽だよお。小苺の癒花のおかげかなあ？」

「確実にそうだろうな。俺も楽だ」

「元々癒花には浄化能力があるけど、それは場を清めるだけで、人体には作用しないんだよねえ。いまこの場は浄化されてない。なのに、ぼくらは影響をそこまで受けてない。小苺の癒花は直接人に作用するみたーい。いやあ、想像以上だよお」

「つまり、ここに来る前に蛇苺《へびいちご》の実を食べたから瘴気に強くなったってこと？」

「ぼくはそうだと思うよお。スウはどう思う？」

「アミと同意見だ」

同意し、角星はグッと固い拳を作る。開くと影から呼び出された剣が骨張った手に握られていた。

両刃剣を軽く右手の中で回し、角星は感覚を確かめる。

「瘴気の中にいるにしては身体が軽い。確かに五年前に比べれば瘴気は薄いが、それでも瘴気の中にいれば多少は鈍くなる。実際に、前にここに来た時はそうだったろ？」

「うんうん。前は尻尾がピリピリしたよお」

ゆぅら……と、編星の尻尾が一本から三又に分かれた。前脚から太く鋭利な爪を出し、準備運動と言わんばかりに床を踏み鳴らす。

「今回はそれがないねえ。これも効果の一種かなあ？　すごいねえ」

「ああ。これなら暴れやすい」

蒼天《そうてん》の炯眼《けいがん》が、刃《やいば》以上に鋭利さと獰猛《どうもう》さを強めた。耳飾りが、不敵に揺れ笑う。

編星も獲物を見付けた貪欲《どんよく》な野獣のように舌舐《したな》めずりをする。

「ぼくらのかぁいいかぁいい子を泣かした報いは受けてもらわなきゃねえ」

「ソウに手ェ出しやがって……ぶっ潰《つぶ》す！」

相当な鬱憤《うっぷん》が溜《た》まっている様子。隠す気のない殺気に、草苺のほうが怯《ひる》んだが、それでも。

聞き逃さなかった。

ソウ――とは、薔華のことだろうか？

編星の「ぼくらの」との口振りも気になる。角星が白匣《ハクコウ》と親しい間柄なのは知っている。編星も白匣に使役される影猫《イエマオ》だと分かっている。だからこそ皇帝の寵妃《ちょうひ》たる貴妃とも接点はあるだろうが、どうもその距離間は特別近く聞こえた。

「草苺」

どんな関係なのかと考えを巡らせる暇はなく。角星に呼ばれて、草苺は現実に引き戻される。

「いくら毒蟲が効かないとはいえ、万が一がある。ちゃんと下がってろよ」

「うん。……二人も、気を付けてね」

花具箱《かぐばこ》を落とさぬよう強く抱き締めて、草苺は数歩下がった。キュッと唇を引き結ぶ。

大丈夫だと視線で伝えれば、角星と編星が顔を見合わせて頷《うなず》き合う。

寝所の戸が角星の強烈な蹴《け》りによって開けられた。

戸が吹き飛ぶと、廊へと溢《あふ》れ出す。これまでとは比べものにならない、濃密で、邪悪な瘴気が。

辺りを照らす極彩の光がどんよりと翳《かげ》るほど。本能的に草苺は後退《あとずさ》りかけたが、脚が止まる。

「―――っ！」

彼らの背中越しに見た室内は、悪夢に支配されていた。

天井を這《は》うのは蟲喰《ムシく》いで黒ずみ、歪《いびつ》な形状と化した藤。

床には枯れ腐った青薔薇《ばら》が大量に、大量に、罪人の首のごとく転がる。

室の中心に置かれた椅子に座るのは、骨が浮き出るほど痩せ細《ほそ》った小さな少女。虚空を座視する瞳に生気はなく、土気色の皮膚は乾燥しており、乾いた唇には深い皺《しわ》が刻まれていた。

貴妃の年齢は笄年《十五歳》ほどと聞いていたが、そうは見えぬ変わりよう。

痩《こ》けた彼女の頭には、複数の癒花がふさやかに咲いているが、どれも黒く腐っていた。

黒々とした腐花の海で、毛虫が泳いでいる。

「………」

異様で不気味な光景に、言葉が奪われた。

たっぷりの添え花は、毒蟲に侵されて華氣《ファリ》を失う貴妃を救うため与えられたものだろう。だが、この行為は言い換えれば毒蟲に栄養を与えているのと同じ。

きっとそれは、目の前の彼らとて分かっているはずだ。

分かっていても、そうしなければ貴妃の命を繋《つな》げられなかった。

「……うっ」

息ができなくなる。胸が痛い。

草苺は震える膝《ひざ》に力を込めて、洟《はな》を啜《すす》って、溢《こぼ》れそうになる涙を堪《こら》えた。

泣いている場合では、ない。

草苺は咲き乱れる悪夢を断ち切らねばならないのだから。

強い眼光で、前を見据えた。

「アミ！　一匹も討ち漏らすんじゃねえぞ！」

陰鬱《いんうつ》とした瘴気に臆《おく》さず、角星が前に出て剣を振るう。瘴気に紛れて飛び掛かってきた飛蝗《ばった》に似た毒蟲が影の刃に両断され、霧となって散った。

蒼天の眼《め》が一瞬だけ草苺を確認して、それから奥へと踏み込んだ。

「デカいのがいる！　俺が叩《たた》く！」

「ずっるーい！　ぼくもぶっ飛ばしたいのにっ……とお！」

文句を吐くも、編星は巨体で出入り口を塞《ふさ》ぐ。牙《きば》や爪だけでなく、数の増えた尻尾も駆使して襲いくる毒蟲を散らしていった。

壮絶な光景だが、草苺は目を逸《そ》らさない。貴妃の癒花は、かなり悲惨な有り様だ。

一秒でも早く駆け付けられるよう、事の終わりを奥歯を噛《か》み締《し》めて見届ける。

「手前《て》ェ《め》が親玉か⁉」

予定よりもずっと早く、その時は来た。

「とっとと散れッ害蟲！」

怒気に染まった雄叫《おたけ》び。

影剣が、百足《むかで》の毒蟲の長太い巨躯《きょく》を猛然と真っ二つに裂いた。

毒蟲は複数の脚を戦慄《わなな》かせて足掻《あが》いたが、すぐに弾《はじ》けて散った。

禍々《まがまが》しい毒蟲の残滓《ざんし》が消えきる前に、衝動的に、草苺は寝所へと飛び込んでいた。

「ソウを助けてやってくれ！」

角星の隣を横切った時、彼が叫ぶように言った。

また貴妃をあだ名で呼んだ彼の表情には、色々な感情が犇《ひし》き合《め》っている。

とても複雑な、まるでいまにも泣き出しそうな、草苺が初めて見る顔だった。

「任せて」

草苺はふわりと微笑《ほほえ》んで、しかし毅然《きぜん》と伝えた。

角星から強張《こわば》りが消える。

彼の、彼らの信頼に応えるために、草苺は花断鋏《はなたちばさみ》を手に取った。

「思ったより添え花が多い。先に剪定《せんてい》！」

薔華の癒花を確認しつつ花具箱をそばの小さな卓に置き、素早く行動に移る。

「貴妃は二輪咲き……種類は、青薔薇と藤。それ以外は全部いらない！」

癒花は一人に一種類の花しか咲かないが、稀《まれ》に二種類の癒花が咲く場合がある。

それは本当に珍しく、二輪咲きの癒花は浄化能力が桁外《けたはず》れに秀でていた。

尊敬と畏怖《いふ》を込め、二輪咲きの乙女《おとめ》は神から寵愛《ちょうあい》を受けた愛《いと》し子——不凋花娘娘《ヨンヘンニャンニャン》と呼ばれる。

薔華の我儘《わがまま》が許されるのも彼女が貴重な二輪咲きで後宮一の浄化能力を有し、尚且《なお》つ、うち一輪が亡き皇太后と同じ青薔薇だからだと噂《うわさ》されている。

皇帝との謁見を済ませたいま。草苺は、白匣が薔華に入れ込む理由は別にある気もしていた。

白匣だけではない。綿星《アミボシ》の口振りや、角星の表情。それらから鑑みても、薔華が必要とされている理由は癒花だけではない気がした。

もしかしたら、貴妃は本当は優しい人なのかもしれない。

もしくは、どんな男も虜《とりこ》にする魔性か？

どちらだとしても、関係ない。

彼女の癒花は傷んでいて、
彼女が咲き誇るのを待つ人がいて、
草苺はいま、花結師としてここに立っている。

「一刻も早く薔華貴妃の癒花を見つけなきゃ！」

ドロドロに腐った黒い癒花は、花断鋏を使わずに手で引き抜く。

通常の癒花は、花断鋏を使わずに剪定しても人体に影響を及ぼすほど華氣を放出する事態は起きない。普通の鋏でも、手で千切っても——切れた一瞬だけ華氣は爆ぜるが、すぐにおさまる。

華氣を強制的に、無意味に大量放出させ続けるのが毒蟲だ。

小さな蟲喰い跡からも、僅《わず》かな黒ずみからも、異常なほど膨大な華氣を継続的に外へと放つ。

それは大量出血と同じ。止血せねば死に至る。なのに、いままでは止血ができず垂れ流しの状態で懇々と輸血を続けるしかなかった。草苺なら、止血ができる。

華氣の放出を止めて、同時に華氣の補給もできる。

「藤の癒花が添え花のせいで過剰に成長してる……。でも、結局は枝も毒蟲に食べられてて。これじゃあ、薔華貴妃の玉体に負担をかけるだけだ」

添え花に交ざって小さな頭を締め付けている藤の枝に、草苺は顔を顰《しか》めた。

状態の悪さに様々な感情が渦巻くが、手は動かし続ける。中身のない軽い藤の枝は花断鋏で簡単に切り落とせた。絡まる添え花ごと藤を排除していく。

剪定そのものは難なくこなせるが、問題は量と重さ。癒花は水を吸ったように、じっとりと重くなっていた。

床に残骸《ざんがい》が落ち、びぢゃり、と湿った音を立てる。

重力によって潰れ爆ぜた癒花の残骸から瘴気が吹き出した。

足元から高濃度の瘴気が這ってくる。

「くっ……！」

草苺《ツアオメイ》は微《かす》かに怯んだが、すかさず肩から煤《メイ》が飛び降りて瘴気《しょうき》の溢れ出す癒花《ジュファ》を喰った。

腐った癒花の残骸を、長い腹の内に片付けてくれる。

「ありがとう、煤老師《ラオシ》」

大粒の汗が流れ、肩で息をして、それでも草苺は手を休めず、腐敗した癒花を切除する。

添え花を引き抜き続けて――――やっと。

「見えた！　もう一輪の、青薔薇の癒花！」

腐敗した添え花の奥底で、ぐったりとする青薔薇を発見した。

「思った通り。藤よりも青薔薇のほうが華氣の放出が多い……！」

草苺の両手は、ねばつく花汁で黒く染まり汚れていたが、気にせず懐に手を突っ込んだ。

「まずは、これで」

仕込んでいた小瓶を取り出す。真っ赤な液体が入った瓶の木蓋《ぶた》を親指で弾いた。

自分の血を、純白の華氣が滲《にじ》み出《だ》す青薔薇へとぶちまける。

「ここに血を与えて。……こっちの薔薇は、剪定しなきゃ」

草苺は休まずに剪定を続け、また新しい小瓶を取り出しては血を与える。

輝きが薄れている、か細い華氣の状態を注視し、弱々しい青薔薇を迅速に助けていった。

呼吸をするのも忘れるほど、集中する。

「これで全部。華氣は……うん。どこからも漏れてない」

山ほどの剪定を終え、血によって華氣の放出を防いだ次は、癒花の回復に取り掛かる。

添え花をすべて剪定してしまった以上、早く蛇苺を添えてやらねばいくら二輪咲きとはいえ弱った癒花では貴妃の命は支えられない。

しかし、その前にもまだやることがあった。

「薔薇系の癒花は砂糖水を好む。これも後宮ではやらない荒技だけど……救える可能性が少しでも高くなるなら、使えるものは全部使う！」

草苺は花具箱から別の硝子《がらす》瓶を引っ張り出した。

虚《うつ》ろな薔華《ソウカ》の頭部を軽く後ろに倒し、額に手を添えて飛沫《ひまつ》が顔に掛からないよう注意をしながら、たっぷりの砂糖水を彼女の頭全体にかける。

毒々しく腐敗した癒花の残骸を砂糖水で洗い流していった。

「まさか癒花ごとに好む水質があったなんてねぇ。本当に、小苺《シャオメイ》は後宮の花結師にはない面白い知識をよぉく持ってるよお。これなら、ソウもきっと……」

「ああ」

邪魔にならない位置で見守る編星と角星《スボシ》が草苺の知識に感嘆する。

癒花が種類ごとに好む水質が違うというのも旅をしていた頃に見て覚えた知識だ。

薔薇系の癒花は水よりも砂糖水のほうが多く吸収し、潤いを強める。水で洗い流すよりも遥《はる》かに貴妃の癒花にいいため、草苺はこの方法を選んだ。

後宮の花結師がいたら、髪がベタつくと悲鳴をあげただろうが、ここは草苺の独擅場《どくせんじょう》。

どれだけ状態が悲惨でも。

どれだけ体力を消耗しても。

どれだけ時間に追われても。

焦燥感には掻《か》き立てられず、心持ちは春の蒼天《そうてん》よりも穏やかだった。

「わたしは、わたしの花結いをすればいい」

砂糖水の滴る短髪。

咲くのは、たった二輪の青薔薇《ばら》。

だが大輪の青薔薇は弱っていても威厳ある存在感を放っていた。左右の耳の少し上に咲く青薔薇のそばから垂れる藤も同様で、一房ながらもその大きさは目を惹《ひ》く。

嗚呼《ああ》。この二輪の花が本来の姿を取り戻したら、どれほど圧巻だろうか。


——見たい。

——この癒花たちが咲き誇るのを、見てみたい。


草苺は強く思った。

それは個人的な願いというよりも、花結師としての想《おも》いだった。

「最後に、これをすれば……」

花具箱から宝石粉末を塗《まぶ》して治癒力を一際増大させている蛇苺《へびいちご》の癒花を引っ張り出す。

花結いは、結いの型によって癒花の効力を高める。しかし、髪ごと剪定してしまった貴妃は頸《うなじ》が露出するまでの短髪になっていた。これでは癒花にも髪にも花を絡めることができないが、状況を見越していた草苺は、前もって蛇苺で花冠を作っていた。

「この添え花で治るはず！」

蛇苺の花冠を貴妃の小さな頭に被《かぶ》せる。そこから蛇苺の蔓《つる》を解《ほど》き、青薔薇と藤まで垂れ下げた。足りない分は足していき、垂れ下がった蛇苺が後ろ髪の代わりに薔華の背中にかかる。

ピクッ、と。

肘掛《ひじか》けに乗る薔華の土気色の指先が、反応した。

「目覚めたか⁉」

「ソウー！　ぼくが分かるぅ⁉」

角星と編星も彼女の様子に気が付いて表情を明るくする。

草苺は深く息を吐き、顎下《あご》に溜《た》まる玉の汗を袖《そで》で拭《ぬぐ》った。

終わった。と告げようとして――怪訝《けげん》に、片眉《まゆ》を顰《ひそ》めた。

――なにかが、おかしい……。

「小苺？　どうしたの？　終わったんだよねえ？」

編星がソワソワと声を掛けてくる。

草苺は肯定の言葉を呑み込んで、眼光を細めた。

貴妃の癒花へと、意識を深く、深く、刺す。

「……添え花をしてるのに、癒花が回復しない？」

蛇苺の癒花がどれほどの治癒力を持っているのかは、三日の間に黄紗《キイシャ》と確認した。

治せる範囲、速度、他にも色々。結果として、蛇苺は他の癒花に瞬間的に作用してくれると判明。実が大きく、添える数が多ければ多いほど効果は増強される。ゆえに薔華貴妃に添える蛇苺は実がふくよかで量の多い部分を選んで溜めてきた。

癒花は本人から切り離されたあとは蓄積された華氣《ファリ》を徐々に外へと放ち、場を清める。

それが癒花の役目。

神から授かった浄化能力。

蛇苺は切り離されたあとも実の中に華氣を溜め続けてしまい、放出する量はあまりに微少。ほぼないと言ってもいいのだが、特定条件下でのみ溜めた華氣を爆発的に放出させた。

その条件こそが――――添え花。

黄紗曰《いわ》く、予想ではあるが草苺の癒花は実の中に莫大《ばくだい》な量の華氣が凝縮されたために内部で力の暴走が起こり、治癒能力へと変化したのではないかと。

ただし、そう特異な状況になるほど華氣の量が多いというのは二輪咲きでなければ考えられないらしいが……ともかく。

事実として、草苺の癒花は二輪咲きに匹敵する力を持つ。

薔華貴妃の癒花は他の者の比でないほど悲惨な姿だが、草苺の癒花なら治せる。

なのに、いっこうに蒼《あお》い花弁は潤いを取り戻さない。

「おかしい。華氣はもう漏れてないのに、どうして?」

血まで使っているのに。

「わたしの癒花じゃ二輪咲きの貴妃の癒花を補えない……？」

自分の癒花では貴妃の二輪咲きの癒花を回復させる力が足りないのかと草苺は不安を覚えるも、すぐに愚考を振り払った。

「ううん。黄紗花結長はわたしの癒花なら十分に二輪咲きも補えると仰《おつしや》っていた。なにか、原因があるはず」

黄紗を信じて、草苺は落ち着いて原因を探る。

「これ……華氣が一ヶ所に集まってる？　わたしのまで！」

凝然と注意すれば、華氣の煌《きら》めきは一ヶ所に向かっていた。

貴妃だけの弱々しい華氣の時は気付けなかったが、蛇苺から溢《あふ》れ出る元気な赤い華氣までもが総じてそこに向かえば否《いや》でも分かる。

「まだ終わってない！」

顔を強張《こわば》らせ、草苺は華氣の終着点へと腕を伸ばした。

右耳の上辺りにある青薔薇の奥。

花の頭を……そろり、ともたげる。

大振りの花弁に隠れていた茎の部分に、新たなつぼみがついていた。

ぎゅうっと引き締まったつぼみは――――黒かった。

「剪定《せんてい》残し？　毒蟲《タンシ》に傷められてるのに、どうして放出じゃなくて他から華氣を吸ってるの？」

華氣はつぼみへと向かっている。

黄紗の時みたいに毒蟲が潜んでいるのかと探るが、いない。

ただ華氣を吸い取る黒々としたつぼみが、そこに、いた。

「間違いなくこれが原因だ。剪定しないと」

草苺は花断鋏《はなたちばさみ》を手に取る。

刃をつぼみのすぐ下に当てて――

「ソレは駄目ヨッ！」

下から轟《とどろ》いた裂帛《れっぱく》に草苺は動きを止めるも、遅かった。

ぱちん、と花断鋏が閉じる。

切られたつぼみは落ちるよりも早く花開き、癒花が、羽ばたいた。


癒花に擬態をしていた毒蟲が、羽ばたいた。


蝶《ちょう》のような、蛾《が》のような、苛烈《かれつ》な禍々《まがまが》しさを放つ翅《はね》の毒蟲。

一匹のそれを皮切りに、どこに潜んでいたのか、大量の毛虫がゥゾゾゾゾ……と噴き出した。

「っ！　こんなに……どこから⁉」

癒花を穢《けが》す呪いの毛虫は湧き水のように溢れ、波紋のように満ち、餓鬼のように蛇苺へと夢中でむしゃぶりつく。

「――……やめて！」

貴妃の命を繋《つな》ぐ蛇苺を貪《むさぼ》る強欲な毒蟲に、草苺は悲鳴を上げて腕を伸ばす。

「オイッ！」

だが、すぐに横から腕を掴《つか》まれて引っ張られた。強制的に貴妃から距離を取らされる。

「放して角星！　あのままじゃ貴妃の癒花が！」

「分かってる！　落ち着け！　一度立て直してから……」

「ま、待ってよスウ！　ここまできたのに！　あと少しでしょ⁉　小苺は毒蟲に強いんだし」

「こいつの癒花は別だ！　ここで草苺の癒花までやられたら、それこそ終わりだぞ！」

角星の判断は正しい。草苺自身は毒蟲の穢れに毒されないが、癒花は毒蟲に喰《く》われてしまう。そうなれば添え花をすることは極めて困難となり、結果的に貴妃は助けられないだろう。

「毒蟲を倒さねえと花結いは無理だ！」

毒蟲の出現により、また一気に室内に凶暴な瘴気が充満し始めた。

すべてを呑《の》み込まんとする瘴気の濃さ。

「う、っげほ……っ！」

草苺の喉《のど》から勝手に尖《とが》った咳《せき》が出た。鳥肌が立ち、呼吸が苦しくなる。

「わ、分かった……。小苺！　一旦《いったん》外に出て！　ぼくらが毒蟲を片付けるから」

「けほっ……で、でも！」

編星《アミボシ》に促され、草苺は室の外と薔華を交互に見やる。

「もう、本当にギリギリなの……。これ以上は、少しだって華氣を持っていかれるわけにはいかないのに……」

薔華《ソウカ》に添えている蛇苺はもう半分以上が食い荒らされ、毛虫の引っ付く実が、落ちた。

ぐしゃり……！　と潰《つぶ》れた実が、崩れた実が、弾《はじ》けた実が、赤黒い果汁が。

草苺《ツアオメイ》の脳裏で、貴妃の姿と、重なって――――それに。

草苺を外に出そうとする二人だって、いいや。

二人のほうがずっと、ずっと。

あまりにも、辛《つら》い顔をしている。

「毒蟲を倒すのを待ってる余裕なんて――ない！」

角星を押し飛ばし、草苺は駆けた。

厭《いと》わずに頭から蛇苺を束で引き千切った。

いまはより華氣の量が多い蛇苺に夢中だが、貴妃の瘉花《ジュファ》に一匹でも毒蟲が触れたら、その時は。

もう、確実に。

薔華貴妃の命の花は、もたない。

「せめて、もう一束だけでも添えないと！」

こうなったのは自分の確認不足。

草苺は躊躇《ちゅうちょ》なく、貴妃の瘉花を守るために、毒蟲の群れに腕を伸ばした。

「本当に、アンタは世話のかかる子ネ」

ふう……と、呆《あき》れた、けれど、どこか嬉《うれ》しそうな溜《た》め息《いき》が落とされる。

あろうことか薔華の襟元から煤《メイ》が顔を出した。

「できれば一生隠しておきたかったのだけど、仕方ないワ。でもまあ、いまのアンタなら頼れる相手もいるし、どうにかできそうネ。期待してるワヨ」


アチシの愛娘《まなむすめ》。


トン、と。

額を、小突かれる。

いつものように。しかし、いつもより優しく。

そしていつもと違って額が強く熱を持ち、全身が心地よさに包まれた。

草苺の頭に、花が咲く。


真っ赤な、な、薔薇が――


蛇苺の隙間から、大輪の赤薔薇が、溢れ咲く。

同時に草苺の指先が、貴妃の弱った青薔薇に触れた。

「……⁉」

なにもかもが、瞬く間の出来事で。

草苺本人さえも理解が追い付かず、目の前の現実から置いていかれた。

二輪咲いた草苺の指が触れた刹那《せつな》。誘われるように、青薔薇《ばら》と藤が、爛漫《らんまん》と開花した。

弱々しかった貴妃の癒花が新たに一斉に芽吹く。

そして、あれだけ衰弱して骨と皮だけだった薔華貴妃本人が、可憐《かれん》な姿を取り戻した。

渇いた土色の肌は絹の玉肌へと潤み、頬には愛《う》い薔薇色が淡く咲く。小さな唇は、果汁の滴る熟した柘榴《ざくろ》。短くなってしまった髪も、一瞬にして細い背筋を撫《な》でるように伸びた。

夜を呼ぶ大鴉《おおがらす》の羽を連想させる艶《つや》やかかな御髪《みぐし》には、大振りの青薔薇と豊満な藤。

神の愛《いと》し子に相応《ふさわ》しい美しさと神々しさに、草苺は息を呑んだ。

太くて長い黒睫毛《まつげ》が、うっすらと持ち上がる。

甘露に濡《ぬ》れた宵闇の瞳《ひとみ》と、若葉の瞳が交わった。

「……よかっ、っ……」

薔華貴妃が目覚めたと入れ替わりに、草苺の意識は真っ黒に途切れた。

最後に見たのは、両手を広げて草苺を庇《かば》う少女の、悪妃とは程遠い狼狽《うろた》えた表情と。

「——草苺！」

角星《スボシ》の、喉が裂けんばかりの呼び声。

……。

…………。

……真っ黒な、場所だった。

暗いのではない。

前も後ろも、上も下も、すべてが真っ黒で…………心ごと凍りそうな、冷たい場所。

「──ごめんなさい！」

謝罪をしているのは黒の中でうずくまる、女性。

身なりの良い、身分の高そうな、青い薔薇を咲かせた女性。

底冷えした黒の世界で、彼女だけがはっきりと見える。

「──もうおやめください！」

今度は切羽詰まった震え声。

黒の中で、なにかに向かって必死に訴えている女性の後ろ姿。

青薔薇が先程よりも減っていた。

「──せめて、この子たちだけは……」

次は嗚咽《おえつ》をこぼしてなにかを抱き締める。

青薔薇が一部枯れている彼女が背中を震わせて抱いていたのは、二人の幼子。

瓜二《うりふた》つの顔の、癖毛の幼子たち。

蒼天《そうてん》の瞳と、滄海《そうかい》の瞳を持つ双子。

一人は仔猫《こねこ》のような泣き声をあげて女性に縋《すが》り付き、もう一人は唇を噛み締め感情を堪《こら》えている。

ふと、蒼天の幼子と視線がかち合って――二瞬目、迅雷が落ちた。

そう錯覚するほどの、絶叫だった。

「――■■■■！」

紅涙を絞る彼女の身なりは襤褸《ぼろ》と変わらぬ有り様で、痩《や》せ痩《こ》け、爪は伸び、髪は乱れ、青薔薇はどす黒く染まっていた。

彼女が必死に腕を伸ばす先では双子とはまた別の、宵闇の瞳の女の子が泣いていた。

女の子には、なぜか癒花が咲いていない。不意に女の子がなにかに恐怖して身を竦《すく》ませる。見えないなにかに乱暴に引っ張られた女の子は絶望に泣き叫んで、女性に小さな手を伸ばす。

二人の指は触れること叶《かな》わず、女の子は闇に消えた。

「――息子に手を出さないで！」

女性が涙に濡れる顔を骨の指で覆う。

癒花が、ドロリと溶けた。薔薇なのか分からないほどに、おどろおどろしく蕩《とろ》け歪《ゆが》んだ癒花の上で毛虫が蠢《うごめ》き、亡霊じみた彼女の周りを赤黒い翅の蟲《ムシ》が鬼火のように飛び回る。

薔薇貴妃の青薔薇についていた毒蟲《タンシ》だ。

「あの、貴女《あなた》は……！」

踏み出した草苺の足元で、ジャラと不穏な音がした。

勝手に若葉色の視線が落ちる。足元には黒々とした花が鏤《ちりば》められ、花を踏む自分の裸足《はだし》は骨が浮き出て、枯れ枝と変わらぬ足首には枷《かせ》が嵌《は》められていた。

「えっ？」

襤褸の衣。肉のついてない小枝の指。肩から滑り落ちてきたのは毛虫のついたガサガサの髪。

頬骨の浮く顔を上げ、視界に映ったのは冷酷な岩肌に囲まれた斎庭《ゆにわ》。

油に塗《まみ》れた癒花が蝋燭《ろうそく》代わりに燃やされて、パチパチと悲鳴を爆《は》ぜさせる。

それを嗤《わら》うように、辺り一面を毒蟲が楽しげに羽ばたいていた。

「ひっ……！」

この世の悪意を凝縮した絶望の光景。

喉から潰れた悲鳴が洩《も》れて、後退《あとずさ》る。

感覚が、ずれた。

足元が、崩れた。

落ちる。

「──早く行きなさい」

寸前、振り返った女性は痩けた青白い顔に満開の微笑《ほほえ》みを咲かせた。

蒼天の眼《め》に弧を描き、猫のように尖った添歯《そいば》を見せて笑う、母性溢《あふ》れる青薔薇の女性。

──母様ッ！

悲痛な泣き声に押し飛ばされて、草苺は枯れ井戸を、落ちていく。

底に敷き詰められた蛇苺《へびいちご》の残骸《ざんがい》にぶつかり、水面から浮上する感覚に抱かれて、目を覚ました。

「…………」

霞《かす》む視界。ぼやける天蓋《てんがい》は、草苺に与えられた寝台のもの。

鶯《うぐいす》やメジロの歌が、陽光の射し込む丸窓から響いてくる。

「……ゆ、め？」

呆然《ぼうぜん》と呟《つぶや》いた自分の声は掠《かす》れていた。

「アラ。起きたのネ。ご機嫌いかが？」

「……煤、老師《ラオシ》……？」

ひんやりとした煤の体温が頬に触れる。心地よさに、一度開いた瞼《まぶた》が蕩け落ちてしまった。

「ええ、安心ナサイ。アンタの老師ヨ」

「……んーん……」

無意識に煤に甘え、草苺は冷たい肌に頬擦りをした。どことなく触り心地が違うが、それを気にするほど草苺の思考はまだはっきりしていない。

覚醒《かくせい》しきらない怠《だる》い頭で、落ち着く煤の声と体温を浴びる。

「丸二日眠ってたのヨ。まあ、仕方がないワネ。長らく封じてた二輪目を突然起こしちゃったんだモノ。疲れもするワ」

「に、りんめえ……？」

「アンタの、二輪目の赤薔薇の癒花《ジュファ》ヨ」

さわっと髪の中に潜り込んでくる冷たい触感。気遣わしげな動きに癒花を撫でられる。

「アチシが封じてたのヨ。薔華《ソウカ》の癒花を治すために封印を解いたから、いままで抑えられていた分の華氣《ファリ》が一気に弾《はじ》けて、それに身体《からだ》がついていかなかったのネ。負担を掛けてゴメンナサイネ」

「ソウ、カ……貴妃……薔華貴妃!?」

若葉色の瞳孔《どうこう》が、かっ開《ぴら》く。

「煤！　薔華貴妃は無事で――ぶはっ!?」

草苺《ツアオメイ》は飛び起きて、ぼふっ！　と勢い良く顔面がなにかにぶつかった。

せっかく目覚めた焦点が、盛大にふらつく。

「慌てなくても薔華は無事ヨ」

目を擦《こす》る草苺の頭上から、煤の声が降ってきた。どうも距離感がおかしい。

「危ないワネェ、この子は。急に起きるんじゃないワヨ」

腰に腕を回されて身体を支えられる。白い手が俯《うつむ》く草苺の顎《あご》をするりと一撫でし、そのまま細長い指を顎先に添えられた。

意図せず、若葉色の目線を上に向けさせられる。

そこには知らない人物が、否《いな》。

思い出したくもない、あの――仙人のごとく浮世離れした純白の艶姿《あですがた》があった。

「大丈夫だった?」

緋《あか》い双眼が近付いてきて、草苺は口端を引き攣《つ》らせる。

「い――――やああああっ！」

張り裂けんばかりの拒絶を迸《ほとばし》らせ、草苺は流麗な顔面を躊躇なく押し返した。

「変人！　変態！　変質者ぁあああ――――！」

いくら見目が美麗であろうとも、相手は傷を舐《な》める変人。草苺は全力で暴れた。

「ウぐ！　ッア、アンタ……話を！」

「煤《メイ》！　煤老師は⁉　いやあーっ角星ィ――――！」

「どうした草苺！」

戸が激しく開け放たれ、角星が室に飛び込んでくる。

「角星！」

ぱっと草苺は表情を明るくして、白い変人を渾身《こんしん》の力で押し飛ばした。

架子床《かししょう》の端に腰掛けていた白い変人が仰《の》け反《ぞ》り、腕が離れた隙に逃げ出す。草苺は角星の後ろに素早く隠れた。

青磁碗《わん》を片手に持つ角星は草苺と白い変人を交互に確認したあと、長い溜《た》め息《いき》を吐《つ》いた。

「ソウのとこにいねえと思ったら、ここにいやがったんですね。花龍白天神君《カリユウハクテンシンクン》」

「可愛《かわい》い娘が心配だったのヨ」

「……花龍、白天……？　それって、神様の名前だよね？　なに言ってるの角星？」

「あの方は人じゃない。そうだな。お前にはこう言ったほうが分かりやすいか」

角星は青磁碗に入れていた陶製の匙《さじ》で薬膳湯《やくぜんとう》をすくうと、それを草苺の口に突っ込んだ。

「煤老師」

「むぐっ……⁉」

生姜《しょうが》の香る薬膳湯を吹き出しそうになり、草苺は咄嗟《とっさ》に口を押さえた。

美味な薬膳湯を嚥下《えんか》してから、感情を爆発させる。

「ふ、ふざけないで！　煤老師はあんな変人じゃなくて蛇だよ？　それに、いまの言い方だと、まるで煤老師が神様みたいな」

「そうヨ。アチシ、神様だもの」

架子床に座り直し、あっけらかんと手を振る白い変人の唇から馴染《なじ》みのある声音が響いた。

「騙《だま》してたワケじゃないのヨ？　いまのアチシは神としての力はほぼなくなってるワ。だから、日頃は節約のために蛇の姿でいるのヨ」

「……ほ、本当に、煤老師？」

「アラ、疑っても別にいいワヨ？」

「この意地悪な言い方は、間違いなく煤だ」

「判断基準どこなのヨ。ド突くワヨ」

白い指先が草苺の額を狙い、草苺はさっと額を手で覆い隠す。

緋い双眸《そうぼう》を細めて煤がケラケラと肩を揺らした。

「本当に煤老師なら、あの時！　初めてその姿を見た時、なんで……あ、あんな変なことを……」

草苺はゴニョゴニョと言《い》い淀《よど》む。

「変なコト？」と煤が首を捻《ひね》るので、伝わるようにはっきりと言語化した。

「なんで急にわたしの傷口舐めたの……！」

「傷口を舐めたァ⁉」

反応したのは煤ではなく角星《スボシ》。彼は反射的に言葉が出てしまったようで。二人の会話に乱入してしまった己の口をハッと塞《ふさ》ぐ。

「なんでって、治療ヨ」

煤はあっけらかんと答えた。唾液《だえき》の絡んだ赤い舌を、べェ……と見せ付けてくる。

「アチシの体液は特別なの。あそこまで酷《ひど》い怪我《けが》をして、洗い流しもせずに放置しとくなんて。丈夫だからって、怪我をほっとくなっていつも言ってるでショウ！　小さな傷もこわいのヨ！　傷跡が残ったらどうするつもりだったのヨ⁉」

きつい口調で叱られて、草苺は首を竦ませる。小突かれていないのに額に衝撃が走った。

「……ごめんなさい。煤老師」

草苺は大人しく謝った。

「いやいや。治療とはいえ、その姿で傷を舐めるのはないだろ」

青磁碗を卓に置いた角星が、有り得ねえ……と頬を引き攣らせる。

「砂利とか巻き込んでて本当に酷かったのヨ？　角星が追いかけたせいで、この子ったら余計に慌てちゃって」

「その件は心から謝ります。それでも、人の姿で突然傷を舐めるのは……ない。草苺が正体を分かってなかったのなら尚更《なおさら》」

「アラ、そうなの？　人間の距離感って、いつまで経《た》っても難しいワネ」

距離感とかの問題じゃねえよ。と角星は険しくした眼差しで語るも、口にはしない。

尖《とが》らせた唇の下に指先を当て、うぅん……と不思議そうに唸《うな》る煤にいま説明しても、話が無駄に長くなるだけだと判断したらしい。それは賢明な判断だった。

「すぐにきれいに傷が治ってた。あれは、煤のおかげだったんだね」

「アンタは昔から生傷が絶えないんだから」

「そうだね。昔から、煤はわたしを心配してくれてた……」

口調も、怒り方も、間違いない。姿は違えど、相手は紛《まが》うことなく煤だと確信する。

「説明しなきゃならないコトはたくさんあるケド。まずは」

煤は架子床から腰を浮かせた。

「薔華は助かったワヨ。アンタの花結いと癒花によってネ」

「そうだ！　わたしの癒花……薔薇《ばら》が咲いて。どうして？　煤がしてくれたの？」

「違うワ。ナニもしてない。ソレも正真正銘間違いなく、草苺の癒花ヨ。アンタは本来は二輪咲きなのヨ」

「二輪咲き……？　わたしが？」

寝ぼけていた時に、そんな内容を聞いた気がした。

適当に相槌《あいづち》を打っていて、半分以上が右から左に抜けていたが。

「あれ？　でもいまは……蛇苺だけ、だよね？」

「また封じたワ。まだアンタの身体が二輪咲きに慣れなくて、二輪咲かせてると身体に負担がかかるのヨ。少しずつ慣らしていきマショウ」

「分かった」

煤の言葉に、草苺は今度はきちんと起きている頭で相槌を打つ。

「あの時、長らく封じていた二輪目を開花させたコトで爆発的に力が溢れすぎちゃったの。けど、そのおかげで薔華は治ったワ。先に花結いをしていたから、薔華の癒花はアンタから放たれた力を必要な分だけ無理なく受け取れた」

「事実だ」

角星が煤の説明を肯定する。

「華氣を受けすぎることもなくソウは回復した。ソウが万全になったことですぐにあの場の毒蟲《タンシ》も完全に浄化できた。あいつの花結いをしてくれて、助けてくれてありがとな。草苺」

彼の笑顔は満足げで、幸せそうで、草苺まで自然と頬がゆるんだ。

「わたし、ちゃんと薔華貴妃の花結いができたんだ……」

実感が、安心感が湧き上がってくる。

ほっ……と、草苺が気を緩めたのを煤も察したのだろう。彼は微笑んで、白い両手を広げた。

「よく頑張ったワネ」

草苺は、ぐっ……と唇を噛《か》み締《し》める。考えるよりも先に、足が床を蹴《け》った。

煤の胸に、草苺は思い切り飛び付いた。

「さすがはアチシの、自慢の娘だワ」

薔華貴妃が助かったと聞き、張り詰めていた緊張の糸が切れる。

不安はなかった。戸惑いも、怯《おび》えも、こわくもなかった。

腹を括《くく》り、誇りを持って本気で花結いに挑んだ。

だからこそ、終わったいま、感情が溢《あふ》れ出して熱い涙が止まらなくなった。

「ヨシヨシ」

煤は大粒の涙を流す草苺を抱き上げて、やさしくやさしく背中を撫《な》でてくれた。

落ち着くまで、ずっと。ずっと。

「……あっれえ？　小苺《シヤオメイ》は随分と甘えん坊なんだねえ」

ようやく涙が静まった頃。

ゆるんだ鼻をぐずぐずと鳴らす草苺の耳朶《じだ》を、小さな笑い声がくすぐった。

「編星《アミボシ》。アチシの子に意地悪言わないでくれるかしら？」

「見たままを口にしただけですよお」

「アンタだって泣き虫じゃないのヨ。寂しがり屋で兄弟がいないとすーぐに仔猫《こねこ》みたいにミイミイするクセに」

「孩提《こども》の頃の話はやめていただけますかあ!?　いまは違いますう！　そうだよねえ？」

「…………」

「スウ！　どうして目ぇ逸《そ》らすのさあ！　ソウ！　兄様、いまは違うよねえ⁉」

「え、ええと……アミ兄様は、お優しい方ですわ」

「誤魔化さなくていいワヨ。言っておやんなさい薔華」

煤の呼んだ名に、草苺は水分の乾いた顔をあげた。

この場に貴妃がいる。ならば彼女の癒花を自らの眼《め》で確認したいと声のほうを向いて――草苺は目の前の、頓狂《とんきよう》な光景に、目をまん丸くした。

「ぼくを誤魔化してるのお⁉」

「いいえ。誤魔化してなどいませんわ。ただ、確かに少しだけ、アミ兄様は……その」

「アミは俺らが好きすぎんだよ。お前が末っ子なんじゃねえのか？」

「スウは自分と一緒に生まれた相手の顔も忘れたのかなあ？　同じ顔なのにさあ。ああっ、ぼくが先に産まれたから忘れちゃったんだあ」

「ふっざけんな。どっちが先に生まれたか分かんねえって言われてんだろ。俺が先に産まれたから、置いていかれたと思って寂しがり屋になったんじゃねえの？」

両手を掴《つか》み合い、ギリギリと攻防戦を繰り広げるのは角星と、目隠しを外した白匣《ハクコウ》。

白匣は滄海《そうかい》の眼で相対する蒼天《そうてん》の眼を睨《にら》み付ける。

彼の横顔は、角星と瓜二《うりふた》つだった。

同じ顔に挟まれてオロオロとするのは青薔薇と藤を咲かせた少女。宵闇を切り取ったように美しい紫と青の二色の衣を品良く着こなす彼女は、いまにも泣き出しそうで。

端のほうでは佇《たたず》む黄紗《キイシャ》が、またか……と頭を痛そうにしている。

「ぼくが兄様！」

「俺が兄貴だ！」

「ソウ！　どっちが兄様だと思う⁉」

「ソウ！　ハッキリと言ってやれ！」

「えっ⁉　あっ、あの……わたくしは……」

「スウに遠慮しなくていいよお。こーんな脳筋よりぼくのほうが長子らしいよねえ？」

「頭の回転速いくせに兄弟のことになるとぜーんぶ吹っ飛んでミイミイ仔猫になる奴《やつ》が長子なんざ嫌だよな？　なーにがいまは違うだよ。ソウが毒蟲にやられたあと、夜も解決策を探してはずーっと泣いてたんだぜ。おかげで隈《くま》がひっどくて。白匣になる時は目隠しできてよかったな」

「スウだってソウがやられたあと自己嫌悪すごくて夜中に一人で無茶な稽古《けいこ》して、薄汚れ将軍《ジアンジュン》に叱られてたでしょお！　知ってるんだからねえ！」

「ど、どちらもわたくしにとっては大切な兄様よ！」

胸の前で可憐《かれん》に手を握り締め、薔華《ソウカ》は声を張り上げた。

三人のやり取りを草苺《ツアオメイ》はポカンと見つめ続けて、ふと薔華と目が合った。

薔華は騒がしくして申し訳ないと、少し恥ずかしそうに草苺へ頭を下げた。ひとつひとつの所作が砂糖菓子のようにあまく儚《はかな》げで。

演技とは思えない愛くるしい雰囲気に見惚《みと》れるも、草苺は慌ててすぐに頭を下げた。いがみ合っていた二人が薔華の視線の先に気付いて、改めて顔を見合わせる。二人は姿勢を正すと前に出て、薔華も静々と続き、黄紗が最後に三人に付き従う。

四人は、草苺を抱えたままの煤《メイ》の前で、跪《ひざまず》いた。

「神の愛《いと》し子——不凋花娘娘《ヨンヘンニャンニャン》とは露知らず。いままでのご無礼何卒《なにとぞ》お許しくださいませ」

深々と礼したまま、白匣が言った。

彼に続き「お許しくださいませ」と角星と薔華、黄紗が声を揃《そろ》える。

「どうしようかしらネ？　いまのアンタなら皇帝の首すら刎《は》ねられるワヨ？　やってみる？」

目を点にしたまま硬直する草苺へと、煤が悪戯《いたずら》に片目を閉じた。

「ご所望とあれば。二人分、きちんとお渡ししましょう」

白匣が迷わずに答える。

なにがなんだか追い付いていない草苺。はた、と僅《わず》かに顔を上げた角星と目が合って、咄嗟に助けを求めようとするも、彼は静かに自分の影に手を伸ばし——草苺は叫んだ。

「い、いらないからあー！」

角星がパッと手を影から離し、白匣が俯《うつむ》いたまま肩を揺らす。

ケラケラと煤は声を弾ませて、薔華が「申し訳ありません」と小さな声で謝罪した。

「煤の意地悪……！」

「皇帝の首を刎ねるワケないデショ。冗談ヨ、ジョーダン。長話の前に肩の力を抜かせただけヨ」

「物騒な冗談やめてよ！　信じられない！」

「機嫌直してチョウダイ。ホーラ、お腹《なかす》空いてるデショ？　薬膳湯《やくぜん》、お飲みナサイナ」

子どものご機嫌取りをしに青磁碗《わん》を差し出してくる煤。いつまでも不貞腐《ふてくさ》れているともっと子ども扱いされかねないと、草苺は青磁碗を手に取った。別に空腹に負けたわけではない。

「いいにおい」

架子床《かししよう》に腰掛ける煤の膝《ひざ》に座らせられたまま、薬膳湯を一口。空《から》の胃に沁《し》みる。

「はあー……美味《おい》しい」

「角星はああ見えて料理上手《じようず》なのヨ」

「えっ！　これ、角星が作ったの？」

てっきり宮廷料理人が作ったのかと思った。それほどまでに美味だった。

「皇帝となると色々と盛られることも多い。自分で作ったほうが楽だったんだよ」

丸卓に茶菓子を用意している黄紗に交ざり、角星も慣れた手付きで茶を注ぐ。

「俺と編星、それから薔華は、先帝紫円《シエン》と蒼薇《ソウビ》皇太后の子だ」

黄昏《たそがれ》色の茶に満たされた茶器を薔華へと差し出した。

草苺の癒花《ジユフア》である蛇苺《へびいちご》の実と赤薔薇に蜂蜜《はちみつ》を混ぜた特製の玫瑰花茶《チヤンウエイフアーチヤ》。

草苺が眠っている間に煤が教えた処方で、長い間毒蟲に寄生されていた薔華は心身を安定させるためにこれを朝昼晩と飲んでいたらしい。

白い指で甘い香りの立ちのぼる硝子《がらす》茶器を受け取る薔華。彼女の頭には、青薔薇と藤が爛漫《らんまん》と咲き誇っている。黒ずみは、見当たらない。

草苺は安心して薬膳湯を啜《すす》った。

「俺とアミは、見りゃ分かるだろうが双子だ」

「そっくりでしょお?」

角星《スボシ》の肩に腕を組み、編星は顔を角星へと近付ける。

双子は髪の長さと、瞳《ひとみ》の濃さが若干異なる程度で、あとは余さず同じだった。

こうして並ばれれば少し違うと分かるものの、二人を双子と知らない状態でどちらか片方と会っただけでは、まず違いには気が付けないだろう。

「編星って、影猫《イエマオ》じゃなかったの?」

「あの姿はぼくの能力。ぼくは影から武器を作るんじゃなくて、ぼく自身が影をまとって猫に変化できるんだあ。あとねえ、たくさんいる影猫も、ぼくが影から作ってるんだよお」

信じきれないでいる草苺の前で、編星が両耳だけを猫の耳に変化させた。

「影猫たちが見聞きしたことはぼくにも伝わる。それでぼくは宮廷内のことを把握してるんだあ」

「主上が千里眼を持ってるって言われる理由って……」

「宮廷内の情報は影猫で、外のことは猫妖《チミヤオ》を使って集めてるんだあ。千里眼はなぁいよお」

にははははっ! と尖《とが》った添歯《そいば》を見せる編星。

「ぼくらは二人で一人の皇帝なのお。白匣ってのはあ、ぼくらが皇帝として振る舞う時の共通の名なんだあ。角星と編星、合わせて白匣だよお」

「二人で……。共通の名前ってことは、角星も主上⁉」

「そぉだよお。開花省《かいかしょう》に現れた白匣はスウのほうで――にゃふっ！」

角星が思い切り編星の横っ腹を小突いた。ビャッ！　と耳が消え、編星は突かれた腹を押さえると早足で薔華のもとへと逃げていった。

「基本的に皇帝の座には編星についてもらってる。俺は政《まつりごと》が苦手だからな」

「わたし、いままで結構なことしちゃって……編星にもだけど」

「んなこと言ったら俺だって不凋花娘娘と知らずにいた。おあいこだろ。俺はいままで通りが楽なんだが……お望みとあれば相応の振る舞いをいたしましょうか？　神の愛し子、不凋花娘娘？」

「や、やめてよ！　いままで通りでいいから！　わたしもそれがいい！」

草苺が何度も頭を横に振れば、角星はふっと唇の端で笑った。

編星が「ぼくも皇帝扱いより、かぁいい猫扱いでよろしくう！」と横入りしてくる。

「……それは考えさせて」

「にゃんですと⁉」

「下がってろアミ。俺たちの話はいい。いまはもっと大切な話がある」

空気が真剣なものへと変わる。

蒼天の瞳の奥に、仄暗《ほのぐら》い影が揺らいだ。

「ここからは、重い話だ」

彼の言葉に茶菓子の支度を終えた黄紗が室の隅へと下がる。

「ソウも、思い出すのが辛《つら》かったら外に出ててもいいんだよお」

「ご心配ありがとうございます、アミ兄様。ですが」

薔華が目だけでこちらを盗み見る。

一瞬だけだが宵闇の視線は間違いなく草苺の上、煤へと注がれていた。

「わたくしにも関わりがあるわ。いさせてくださいまし」

「ソウはいい子だねえ。兄様の自慢だよお」

薔華に抱き付く編星。その姿は、寵妃《ちょうひ》を愛《め》でる皇帝ではなく、仔猫に過剰な毛繕いをしてしまう親猫。草苺は、薄汚れ将軍が編星の毛繕いが気に食わない理由を改めて理解した。

角星が閑話休題とばかりに耳飾りを弾《はじ》く。

「まず、大蛇《オロチ》伝説の真実から説明しねえとな」

大蛇伝説――華剣《ゲケン》に住まう者なら誰もが知る、創世の昔話。

「まだ神と人が共存していた時代。世は邪悪な大蛇によって滅びかけた。神――花龍白天神君《カリユウハクテンシンクン》は男に影から武器を喚《よ》ぶ退魔の力を、女に瘴気《しょうき》を祓《はら》う花を咲かせる浄化の力を与えた。神に与えられた奇跡で人は大蛇を封じ、封印の上に国を造った。この話は、間違ってる」

全員の視線が草苺の後ろに注がれた。

「邪悪な大蛇と花龍白天神君は、同一の存在だ。花龍白天神君は邪気を浄化していた。だが、生き物が増え、栄えていくとその分、生まれる欲や願望も強くなる。花龍白天神君は深まる邪気を浄化しきれなくなり、逆に呑《の》み込まれていった。だから自身が完全に邪気に喰《く》われて自我を失う前に、人間に力の一片を授けたんだ。自分を殺してもらうためにな」

恐ろしい言葉に、草苺は煤を振り返った。

煤はなんてことないふうに肩を竦《すく》める。草苺の手から空の青磁碗をさらって、そばの卓に置いた。

「これは代々華劍の皇帝にのみ伝えられる真実だ」

「情けない話ヨ。守るつもりが、守られた。人間はアチシを殺さずに封じ、長い長い時間をかけて、アチシの中の邪気を清めるコトにしたの。まったく……やんなっちゃうワ」

煤は、草苺の癒花を見つめる。

癒花を通して、彼は遠い遠い昔を見つめていた。

「後宮の本来の役目は、花龍白天神君の浄化場だ。華劍の皇帝は、強い癒花を咲かせる女を後宮に集め、その力で神の浄化を進める大切な役目を担っていた。それを、あのクソ野郎は私欲に利用しやがったんだ」

角星が忌々しげに歯噛《はが》みする。

「先帝紫円はねえ、神の力を得て不死になろうと企《たくら》んだんだよお」

耳飾りを指で掻《か》き乱す角星に代わり、今度は編星《アミボシ》が語り始めた。

「不老不死になる方法ってのがねえ。神との一体化。紫円は意図的に神を穢《けが》して神の自我を完全に消し去り、空になった神の身体《からだ》に自分の精神を乗り移らせることで神に成り代わろうとしたんだよ。

神になれば、永久の時を生きられるってねえ」

愚かだよねえ……。と、編星は唇の端に底冷えした嘲笑《ちょうしょう》を作る。

「神を穢すにはどうすればいいか？　そんなの簡単だよお。紫円は神を浄化させている癒花をまず穢し始めたんだ。それが、紫円の悪政の始まり」

国が傾くほどの、地獄の始まり。

宮廷の各所には屍《しかばね》が転がり、城下にいるほうがまだ命が存《なが》えるのではないかと囁《ささや》かれる始末。

後宮は牢獄《ろうごく》と化し、絶えず悲鳴や啼泣《ていきゅう》が外まで轟《とどろ》いてきたという。

世間では紫円は女を嬲《なぶ》ることに悦《よろこ》びを感じると噂《うわさ》され、女を隠した。

激烈な人災。

「紫円は宮廷中の呪術師に命じて癒花を穢す術を作らせた。断れば、死よりも恐ろしい制裁が待ってる。従うしかないよ。だから呪術師たちは誰も、なーんにも、悪くないからねえ」

編星の言葉はいつしか隅に佇む黄紗へと向けられていた。

黄紗は背筋を伸ばしたまま、けれど溢《あふ》れ出す感情を抑えるように、ゆっくりと首を横に振る。

「それでも、毒蟲《タンシ》を作り上げたのは、私《わたくし》の一族です」

金《キン》一族は代々宮廷に使える呪術師。

不死を求めた紫円の魔の手が真っ先に伸びたのは、つまり。

「私も、手伝いました。この手で、毒蟲の材料となると分かっていながら癒花を運んで……」

黄紗は両手を持ち上げ、まるで手のひらにへばりつく汚れを隠すふうにきつく拳《こぶし》を握り締めた。

「違うよお。黄紗《キイシャ》が自分を押し殺して宮廷中を駆けてくれたおかげでぼくらは生きてる」

「地下牢《ちかろう》に閉じ込められてた俺らを見付けて、飯を運んでくれたのは黄紗だろうが」

「違います。私には、それしかできなかった。それだけしか……お二人は、もっとお辛く……」

「お前がいなければ、俺とアミは外に逃げられなかった」

「ぼくらも毒蟲の材料にされてたよお」

「そうなったら、薔華《ソウカ》は助けられなかった」

「ええ。兄様方の言う通りですわ」

薔華の柔らかな玉音に黄紗の意識がそちらへ移る。

「兄様方が生きているのは、黄紗が懸命にお二人を逃してくれたから。そして、わたくしのもとに兄様方が辿《たど》り着《つ》けたのも呪術師として黄紗がずっと宮廷に止《とど》まり、内側から情報を流してくださっていたおかげよ」

「黄紗の手を汚させたのは、ぼくたちだよねえ」

「お前に酷なことをさせたのは、お前を利用してたのは俺たちだ。すまない。だがそれ以上に」

「黄紗。わたくしからも」


ありがとう。

三兄弟からの感謝に黄紗は唇を噛み締めて、両膝《りょうひざ》をついた。

「私には、勿体無《もったい》い御言葉にございます」

深々と頭を下げる黄紗。前髪の隙間から美しい一雫《ひとしずく》の輝きが流れた。

重苦しい空気が、少し浄化された気がした。

けれど。

話はまだ、終わっていない。

あろうことか毒蟲とは先帝紫円が作り出した呪術だった。

神を殺すべく生み出された私欲の呪。

「毒蟲が完成したあと、紫円は毒蟲に癒花を喰わせ、穢れた癒花を神に捧《ささ》げ続けたよお」

黄紗が再び隅に控え直して、編星も話を再開する。

「宮廷は瘴気で溢れ、外に漏れ出した瘴気は土を蝕《むしば》み、水を濁らせ、作物を枯らし、病を呼んだ。瘴気が濃くなれば濃くなるほど国は傾き、神の力は薄れ、紫円は悦んだよお。けれど、一向に神が自我を失う様子はない。それに苛立《いらだ》ったあいつは、より強大な呪術を作ろうとしたんだ」

ざわりと毛が逆立つほど、編星は殺気立った。

「紫円は自分の息子を神殺しの呪具にしようとしたんだ」

激昂《げきこう》する編星から、角星が説明を引き継ぐ。

「息子って……」

草苺は双子が戯《じゃ》れ合っていた際の会話を思い出した。

そろりと若葉色の双眼が薔華を映すと、彼女は、彼は、微笑《ほほえ》んだ。

「真名を、蒼龍《ソウリユウ》と申します。ですが、薔華で構いませんわ」

わたくし自身そちらで慣れてしまったの。と、薔華は頬を綻《ほころ》ばせる。

「薔華が貴妃でいるのは、その立場でいるほうが俺たちが守りやすいからだ。薔華の事情はここにいる者しか知らない。悪妃の噂も、人払いのために意図的に流したものだ」

「そうだったんだね」

目の前の薔華は天女と紛う見目麗しさのなかに綿菓子よりも簡単に溶けてしまいそうな、憂わしげな気品をまとっている。庇護《ひご》欲すら掻き立てる可憐《かれん》さは悪妃とは程遠い。

「ソウは男だが、影に武器をもっていなかった。それを知った紫円は、あろうことが象徴を奪い、毒蟲の力を使って他者の癒花《ジユフア》を植え付けた」

象徴——男性の身体の、一部。

薔華の身体付きが柔らかいのは彼が宦官《かんがん》と同じだからだった。

だが、宦官とは違って薔華の花はつけた造花ではない。正真正銘、薔華自身から生えていた。

「穢れた癒花と瘴気により毒蟲の憑坐《よりまし》として完成したソウを紫円は神に喰わせようとした。それが五年前の——大蛇再来の日だ」

空は赤く染まり、大気は戦慄《わなな》き、大地は裂けた。

これ以上の絶望はないと信じていた人々が、さらなる絶望に堕とされた日。

草苺《ツアオメイ》も覚えている。

盲《めし》いた花結師の眼《め》として見た。宮廷の頭上に渦巻いたおぞましい黒雲を。

雷鳴か咆哮《ほうこう》か分からない激烈な轟きは、いまだに鮮明に思い出せる。

確かあの時、煤《メイ》がいなくなって余計に強い不安に襲われ、怯えていた。

「あの日。わたくしは神の自我を完全に壊すため捧げられました」

薔華は形の良い柘榴《ざくろ》の唇を、そろりと動かす。

「兄様方が助けに来てくださった時。わたくしは……ほとんど、人ではなくなっていたわ。わたくしは、己の意思ではもうわたくし自身を動かせなかったの」

冷たい石畳を、ただ前に進むしかなかった……。と、薔華は語る。

「そんなわたくしを、花龍白天神君は助けてくださいました。残り少ない力をお使いになって」

死すべき呪の花として己を殺そうとする薔華を、神は見捨てなかった。

「毒蟲に蝕まれたこの命を繋ぐため、貴方《あなた》様は呪いに染まった瘉花をわたくしから取り除き、新たな瘉花を与えてくださいました」

薔華は自分の瘉花に触れる。

大切そうに、幸せそうに、愛《いと》おしそうに、そっと瘉花をなぞる細い指先が――震えた。

「そのせいで、貴方様は……神としての力を、すべて、失い……。わ、わたくしの、せいで」

ふたつの宵闇から彼女の想《おも》いがボロボロと溢れ出す。

「ううっ……申し訳、ありません……っ！」

彼女は嗚咽《おえつ》に濡《ぬ》れた謝罪を繰り返した。

「やぁめてちょうだいヨ。謝るのはアチシのほうヨ。堂々と顕現しておいて、アンタに瘉花を授けて、双子にチョーットの加護を与えることしかできなかったワ。毒蟲どころか場の浄化もできなくて……情けない神でゴメンナサイネ」

「情けなくなどありませんわ！」

涙を散らして薔華は勢い良く立ち上がる。椅子が激しく倒れたが、彼女は構わずに訴えた。

「わたくしのせい！　わたくしが、もっと……そうすれば、貴方様は……」

薔華は何度も首を横に振る。喉《のど》が裏返りそうなほどしゃくり上げ、濡れる顔を震える両手で覆うと、ついにはしゃがみ込んでしまった。

「生きてて、よかった……。本当に、っほんと、に……」

弱々しい嗚咽に混ざる薔華の純粋な気持ち。

編星が弟の華奢《きゃしゃ》な背中を撫《な》でた。

「貴方がソウに癒花を授けて消えたあと、紫円《シエン》は神が消滅したと絶望し、完全に正気を失って……自ら」

「ぼくたちも会うまでは完全に消滅したと思ってたしねえ。どうやって生き残ったのお？」

「コレヨ」

煤は草苺の頭に実《みの》る蛇苺《へびいちご》に、パクッと喰らい付いた。

喉を鳴らして嚥下《えんか》し、唇を赤い舌で舐《な》める。

「穢れた癒花を捧げられてすぐ、アチシは魂をいくつかに分け、一部を残して他は身体の外に散らしたワ。身体に穢れが溜《た》まっても、心まではすべて壊されないように」

「それでいつまで経《た》っても自我を失わずにいたんだねえ」

「けど魂の欠片《かけら》は脆《もろ》いワ。外に出ても世は荒れていて、宮廷から溢れた瘴気《しようき》も漂ってた。いくつかの欠片は消滅してしまい、いまここにいるアチシもあと少しで消えるトコロだったのヨ。そこに、この子が来た」

小さな小さな女の子。

襤褸《ぼろ》を着た、虚《うつろ》な目の女の子。

蛇苺をボサボサと生やした女の子。

女の子は干からびた神の欠片を麻袋か何かと勘違いして拾い、口の中に――

「蛇苺の実を、神の口に拳ごとブチ込んだァ!?」

煤から昔話を聞き、角星《スボシ》が卓を叩《たた》くほど驚愕《きようがく》した。

編星は腹を抱えて笑い出し、薔華はポカンと口を開く。

黄紗は唖然《あぜん》と瞬《まばた》きを繰り返す。

「そーなのヨ！　この子ったら干からびた蛇を袋の代用にしたのヨ！　普通は触感で気付くモノじゃない？　気付かなくて、その後も口の中に小さな拳をグリグリと……！　ンもおッ！　アチシが神じゃなかったら、お子様には見せられない光景になってたワア！」

手を振って楽しげに笑う煤。

「……ちんちくりん、だったんです……」

草苺は恥ずかしさで熱くなった顔を両手で覆い隠した。

「この子、二輪咲きなのに栄養不足と瘴気の影響で蛇苺しか咲いてなくてネ。二輪咲きって知られたら連れていかれちゃうから、二輪目の赤薔薇《ばら》が咲く前に封印したのヨ」

煠の白い指先が赤い花弁の輪郭を思い出深そうになぞっていく。

「赤薔薇分の華氣《ファリ》を溜め込んだ蛇苺の実を喰べることでアチシは力を得て、自我を失わずにいたの。そして、できる限り力を溜めてあの日、あの場に顕現したのだけれど……。まだまだ足りなくて、あのザマヨ」

ふう、と煠は嘆息を落とす。

「気付いたらこの子の元に戻っててネ。また蛇苺の実を食べて力を取り戻すのに勤しんでたってワケ。蔓延《まんえん》していた瘴気がなくなって回復も早くなったワ。さすがは蒼薇《ソウビ》ネ。……地下の斎庭《ゆにわ》を浄化したのは、蒼薇デショウ？」

「ああ。母が残って、場を清めると……。その命と引き換えに」

「アンタたち兄弟には、悪いことをしたワネ」

「何度も言うけどさあ。貴方が来てくれたからソウは、ぼくらは生き残れたんですよお？　なのにそーんな顔されたらこっちが困っちゃうよお。ねえ、ソウ？」

「は、はい！　貴方様には、どれほどの感謝をお伝えしても足りませんわ！」

「愚父を止められなかった俺たちの責任のほうが大きい」

「アンタたちが生まれる前からアレは堕ちていたワヨ。赤ん坊に止められるワケないジャナイ」

「それでもだ」

角星が改めて煤へと恭しく膝《ひざ》をつく。

黄紗も煤に身体の正面を向けて跪《ひざまず》き、しゃがんでいた編星《アミボシ》と薔華は姿勢を整えた。

「掛けまくも畏《かしこ》き満開の天へ。我等《ら》一同、満天満開感謝万歳」

その場のすべてが、深く神へと感謝の祝詞《のりと》を捧げる。

自分もやるべきかと草苺は悩み、そこでようやく、神の膝に乗り続けているのは不敬なのでは⁉

と気まずさを感じて退《ど》こうとした。が、煤の両腕が一際強く草苺の腰を締め付けた。

白い頭が、コツンと草苺の肩に触れる。

「アンタはいいのヨ。子は親には傅《かしず》かないワ」

煤の言い分に草苺は少し考えて、深々と頭を下げたままの皆を一見してから彼に耳打ちした。

「みんなを助けてくれてありがとう。煤老師《ラオシ》はわたしの自慢の爸爸《バーバ》だよ」

伝えれば、煤は緋《あか》い瞳《ひとみ》を蛇苺の実よりも丸くして、それから、へにゃっと笑った。

きっと、今後も煤との関係は変わらない。

煤にとって草苺は世話の掛かる大切な愛娘《まなむすめ》で。

草苺にとって煤は頼れる老師で大切な家族だ。

神様だとか、人間だとか、二人には関係ない。

いつまでも、ただの親子だ。

白い腕が緩んで、草苺はなんてこともなく彼の膝からおりた。煤もゆったり立ち上がる。

「気持ちは受け取るワ。けど、あの惨劇からたった五年で国をここまで建て直したのはアンタたち。

大変だったデショウに。よくやったワネ」

煤は角星と編星の頭を鷲掴《わしづか》むとワシャワシャの思いっきり撫でくり回した。

「加護を与えた甲斐《かい》があるワア！　二人で一人の皇帝だなんて、とんでもないやり方ヨ？」

「あれみたいになりたくないんでな！」

角星は煤の腕を振り払い、さっさと立ち上がって逃げる。

煤の片手があいたのを見て薔華《ソウカ》が表情を明るくし、少し照れつつも期待の眼差しで、黙って煤のほうへ頭を向けた。が、編星の足元で影が蠢《うごめ》いたかと思うと彼は巨大な影猫《イエマオ》へと姿を変貌《へんぼう》させた。

ゴロゴロと喉を鳴らす編星の毛むくじゃらな腹に煤が飛び付き、両手で黒い毛を撫で回す。

両手の塞《ふさ》がった煤に薔華が絶望する。恨めしげに、兄を睨《にら》んだ。

「とある異国には二王制ってのがあるらしくてさあ。そこから考えましたあ」

「華劍《ケケン》は絶対君主制だ。荒れた国政を建て直すって時に異国のやり方を真似《まね》ても不安しか生まねえから、表向きは変えてない」

「双子だからこそできるやり方ネ」

「このほうが国も、俺たちも安心できる」

「ぼくらにはいやでもあれの血が流れてるからねえ。万が一にも、どちらかが欲に堕ちたら……」

「その時は、もう一人が責任を持って片付ける。そういう約束だ」

「二人して堕ちた時はよろしくねえ。神様あ」

「嫌な神頼みするんじゃないワヨ」

「うにゃん！」

ベチン！　と煤は編星の腹を叩いて彼から離れた。

編星は半端に元の姿に戻り、猫耳をぺしょんと垂れさせて腹をさする。

「俺たちは皇帝として、先帝の子として、カタをつけないといけない」

角星は自分の右手を、自分の中に流れる血を、睨み付けた。

「紫円の負の遺産は、俺たちで片付ける」

そのためにも――

「草苺。もう一度、お前の癒花の力を貸してくれ」

澄み切った蒼天《そうてん》の奥に煌《きら》めく強い感情の火花。

彼のなかに広がる空は、いつだって力強く、優しい。

少しぶっきらぼうで言葉足らずだが、今回は、きちんと、全部の言葉が足りていた。

だから……。

草苺は角星に近付き、想いにつられて石のように硬く力を込められた彼の拳《こぶし》を解いた。

右手のひらに爪が食い込むほどの。血が滲《にじ》むほどの。

彼の強い決意に。誓いに。

草苺は笑って、自分の頭から蛇苺の実を千切ると角星の口に捩《ね》じ込んだ。

「剣を握るのに、手を傷付けるんじゃないわよ」そのまま、彼の耳飾りを弾《はじ》いてやる。

角星は蛇苺を飲み込むと瞬きを二度ほど繰り返し、草苺につられて笑った。

「すぐに治るの、便利だな」

「便利なものはどんどん使うべきでしょ？」

「どーも。使わせてもらいます」

「マカロンちょうだいね」

「本当に気に入ったんだな」

「美味《おい》しいんだもん」

「それは間違いない。……てことで、このあとは作戦会議だ。飲茶《ヤムチャ》しながら。薬膳《やくぜん》湯だけじゃ腹に溜まらないだろ？」

椅子を引く音に草苺《ツアオメイ》は振り返る。

席に着いていている煤《メイ》が薔華に差し出される茶菓子を摘《つま》んでいた。編星はいつの間にか呼び出した影猫に水煙管《みずぎせる》を用意させていて、ふかし始める。黄紗《キイシャ》が草苺と角星の横を通り過ぎて茶の準備を始めた。

二人も、足早に卓へ向かう。

「小苺《シャオメイ》にソウの花結いを頼めるなら一安心だねえ」

席に着こうとした時、編星が安堵《あんど》の吐息とともに煙を吐き出した。

「ソウの癒花《ジュファ》は後宮一浄化能力が強いから、花結いをして整えてもらえばもっと強くなるねえ」

「そうだな。草苺。事の際はソウの花結いを任せていいか？」

それは勿論《もちろん》、任せてほしい。と草苺が答えかけて、それよりも早く、

「わ、わたくしは……！」

薔薇が立ち上がった。

突然のことに、一同の注意が薔薇に注がれる。

「あ、あの……わ、たくし……っ」

薔薇はビクッと強張《こわば》ったあと恐る恐る煤を横目で一見し、顔を真っ赤にした。

そして「お許しくださいまし！」と走って室を出ていってしまった。

取り残された皆は、薔薇の出ていった戸をぽかんと見つめる。

「……っ⁉」

一番最初に自我を取り戻したのは草苺。

『お許しください』とはすなわち、草苺に花結いをされたくないという意味か？

——ううん。答えはまだ分からない！

草苺は角星を睨んだ。

それによって角星も現実に引き戻されてくる。

薔薇はこの言葉足らずの兄を持つ。もう一人だって、腹の底ではなにを考えているか読めない。

きっとなにか理由がある。

それを知るためにも、話し合わねば。

「わたし、行ってくる！」

草苺はすぐに薔薇を追いかけた。

力強い花が外に消えて、すぐ、角星がぼやく。

「……俺、なんで睨まれた？」

「分かんにゃあい」


瘴気が晴れた春薔薇宮は穏やかさを取り戻し、春を司る宮に相応《ふさわ》しく満開の桜が笑っている。桜に交ざり、薔華を象徴する薔薇の木も生えており、自然と草苺の意識はそちらに向いた。

薔華はすぐそばにいた。

生い茂る薔薇の木々の奥、茨《いばら》と雑草の隙間で薔華は蹲《うずくま》っていた。

彼女の癒花は青薔薇。同じ眷属《けんぞく》である薔薇たちは薔華の玉体に傷を付けることはないだろう。

絶好の隠れ家だが、あいにく草苺の癒花も、薔薇が咲いてしまった。封じられてはいるが性質は変わらないはずだと、草苺はそろりと薔薇の木を掻《か》き分ける。

難なく薔華のもとまで近付いた。

「……薔華、貴妃？」

貴妃という立場は彼女を守るためだけのものだったと知ったいま敬称に迷うが、呼び方が分からずそのまま呼んだ。

青薔薇がびくつき、藤が揺れた。

薔華は振り向かず、ただでさえ細い身体《からだ》をさらに縮こまらせた。

動きに若干の違和感を覚えて、草苺は気遣わしげに薔華を覗《のぞ》き込む。

彼女は小さな足を、小さすぎる纏足《てんそく》を手で押さえている。

纏足は、歩き回る花よりも佇《たたず》むだけの花が美しいという謂《いわ》れから——動かなくても生活ができる贅沢《ぜいたく》の象徴として高貴な身分の女性が行うものだった。

けれど、先帝の暗黒時代では纏足は逃亡防止の枷《かせ》として利用され、いまでは纏足の風習は廃れた。

生い立ちからして薔華の纏足は、後者の意味合いを持つのだろう。

「大丈夫ですか？　どこか痛めましたか？」

纏足は、専用の靴によって歩行はできても、激しい運動は脚に負担を掛けるため向いていない。

突然走ったため痛めてしまったのかと草苺は薔華の隣に膝をついた。

「……大丈夫、ですわ……」

「念のため蛇苺《へびいちご》を食べますか？」

「だめよ。貴女《あなた》のそれは、大切なものですもの。お気遣いなく」

薔華は裙子《くんす》を伸ばして脚を隠すと膝を抱えた。

「…………」

「…………」

沈黙。

二人は、薔薇のあまい香りに包まれる。頭上でさざめく弓形《ゆみなり》の薔薇たちが暑いくらいの陽射しを心地よく遮ってくれて、足元に木漏れ日を踊らせた。

「花結い、していただけますかしら……?」

ふと。薔薇色《ばらいろ》の世界に蜂蜜《はちみつ》を垂らすような、あまい声のお願いが、控えめに転がされる。

草苺の前で薔華はおろしている髪を背後にすべて流した。

「目覚めてから、なにも手をつけておりませんの」

「……分かりました」

草苺は帯から花断鋏《はなたちばさみ》を手に取る。

青薔薇と藤は自然体で咲き乱れており、見た目からも触り心地からも活き活きとしているのが感じ取れた。元気すぎて、可憐《かれん》な薔華の頭にいるには多すぎる。

草苺は慇懃《いんぎん》に剪定《せんてい》していった。

形、大きさ、華氣《ファリ》の量、流れ、二輪の重ね方、すべてを視《み》て、触れて、感じて――

「できました」

髪を上半分だけ編んで、編み目に添わせて青薔薇を上に、藤を下に垂らした。中心には薔薇を集めて締まりをつけ、藤もわざと長さをまばらにした。

二輪咲きは一輪だけの、普通の癒花とは違って華氣の流れが特殊だ。

彼女の青薔薇は華氣が溜《た》まりやすい性質、藤は放出量が多い性質をそれぞれ有している。

初めて二輪を見た時、天井を覆うほど藤が成長していたため藤が華氣を溜めやすいのかと思ったが、実際は逆だった。放出量が多いからこそ毒蟲《タンシ》は狙って藤を食い荒らして華氣を散らし、華氣を溜めやすい青薔薇には寄生して力を吸収していた。

この花型なら青薔薇が蓄積した華氣をなめらかに藤へと流せる。藤も膨大な華氣を、浄化の力を広範囲に放てるはずだ。

——これは自信作！

草苺は腰に手を当て、内心で密かににやけた。

そしてこれを機に話を広げようと意気込んだが、はらり……と、薔華の瞳《ひとみ》から透明な花弁が散って、草苺は喉《のど》を詰まらせた。

「嗚呼《ああ》、すごいわ。あの時も、初めて貴女がわたくしに触れてくださった時も、感じていたのよ。伝えられなかったけれど……。わたくしは、癒花は貴女の花結いに悦《よろこ》んだわ。いまも、ええ。本当よ？　こんなにも心地よく感じたの初めてだわ。貴女は素晴らしい花結いの腕をお持ちね。だからこそ……あのお方に選ばれて……っ」

一際大きな涙が落ちる。

薔華は涙を押し返すように目元を擦《こす》るも、瞳は渇かず、ただ震える両手が潤むだけだった。

「貴女は、なにも悪くはないのよ……わたくしが……っ、う、うう」

大粒の涙はどんどん溢《あふ》れ、薔華の足元に海でも作ってしまいそうだ。

「わ、わた、わたくしが、悪いのよ……あ、諦《あきら》めきれないから
あ……」

「諦めきれない、ですか？」

——いったい何を？

きちんと話を聞こうと、草苺が薔華に寄り添ったその時。

「あの方に、花龍白天神君《カリユウハクテンシンクン》に奥方がいたなんて――！」

蔷華《ソウカ》が大粒の涙とともに気持ちを溢れさせた。

「ん？　んん……？」

腕を組んで草苺は『奥方』の意味を脳内でじっくりと反芻《はんすう》する。

その間も、涙腺《るいせん》を決壊させた蔷華は、仔猫《こねこ》のような甲高い泣き声をあげていた。編星《アミボシ》のあざとい泣き方とは異なり、純粋な涙を流し続ける蔷華。

草苺は落ち着いて、大きな深呼吸をひとつ。とんでもない思い違いをしている蔷華へと、腹の底からはっきりと告げた。

「わたしはッ――媒の娘です！」

彼女の凄《すさ》まじい誤解を、草苺は花結いをする時と同じほど集中して解いた。

懇々と説明をしていけば蔷華は徐々に涙を引っ込めて、今度は顔を赤く染めていき、別の意味で目尻《めじり》に涙を滲ませた。

「大変申し訳ありません！」

「いえいえ。わたしも誤解が解けてよかったです」

「しかし、貴女が神の愛し子《いとしご》、不凋花娘娘《ヨンヘンニヤンニヤン》なのは事実……ですわよね？」

「その神の愛し子？　不凋花娘娘とはなんですか？　お恥ずかしながら、知らなくて」

「不凋花娘娘とは二輪咲きの癒花を持つ者をさす言葉ですわ」

蔷華の視線が草苺の癒花に注がれる。

「大蛇《オロチ》を封じた乙女《おとめ》が二輪咲きだったと伝えられておりますの。大蛇伝説自体、真実とは異なりますが、王家に伝わる神書のほうでも、最初に花龍白天神君から直々に癒花を授かった乙女が二輪咲きだったと。ゆえに、神の寵愛《ちょうあい》を受けた者は二輪の癒花を授かると信じられておりますわ。そして、二輪咲きの癒花を持つ者こそ、神に嫁ぐ枯れずの花――不凋花娘娘だと」

「それで、わたしと煤を夫婦だと勘違いしたんですね」

「お、お恥ずかしい……！　お二人はとても仲睦《なかむつ》まじい様子でしたので。他の者が入る隙がないほどに……」

「まあ、師弟で、親子ですので」

「早合点してしまい誠に申し訳ございません！」

「うわあっ！　頭をあげてください！」

貴妃ではないとはいえ、薔華は皇帝の弟。

頭を下げさせていい立場ではない。しかも外でなど。

「お許し、いただけますの……？」

控えめに視線を持ち上げた薔華。

ふるふるとしていて、まるで目も開かない生まれたばかりの仔猫だ。

加虐心すら誘ってくるその姿に、草苺は相手から見えないよう腿《もも》をつねって自分を叱咤《しった》した。

「煤の伴侶《はんりょ》だと思ったから、わたしに花結いをしてほしくなかったんですか？」

話を戻せば、薔華は大袈裟《おおげさ》なほど肩を跳ねさせた。目を泳がせて、口ごもり、でも諦めた様子で最終的には「……はい」と頷《うなず》いた。

「薔薇貴妃は本当に煤《メイ》が好きなんですね」

「みひゃあ……!?」

独特の悲鳴を爆発させて薔華は飛び上がった。

「危ない！」

纏足のせいで体軸を崩してふらついた薔華を慌てて草苺《ツアオメイ》は抱きとめる。二人して尻餅《しりもち》をついた。

薔華はすぐには草苺の上から退《ど》かず、草苺の服を握り締め、胸に顔を埋《うず》めたままブルブルと震え
――――ガバッ！　と、真っ赤な顔を勢いよくもたげた。

「ど、どどどど、っどうして、お分かりににゃりましたにょ!?」

「見てれば分かるよ」

呂律《ろれつ》が回らず噛《か》み噛みの薔華に草苺は言葉遣いも忘れてつっこんでしまった。

「だ、誰にも言わないでちょうだい！」

言わずとも皆気付いているのでは？　と思ったが、草苺は無粋なことを胸の内に閉じ込める。

「わたくしに、こんな想《おも》いを抱く資格はないのよ……」

「それは、どういうことですか？」

「五年前のお話、お聞きになったでしょう？　あの方は、わたくしのせいで力を失ったの。貴女の癒花《ジユフア》のおかげで少しずつ取り戻せていた力を、またわたくしが奪ったのよ」

深い苦悶《くもん》。

重い自責。

「……わたくしは、あの方を殺すために育てられたわ」

強い後悔が、彼女に濃い影を落とす。

「なのに、あの方は己の命を脅かす存在すら見捨てず、命をかけて救ってくださったの」

先程剪定して落とされた青薔薇と藤を、薔華は地面から拾い上げる。

「わたくしなんかを救ったせいで、あの方は……嗚呼。生きていて、本当によかった……」

薔華は二輪の癒花を握り締めて、強く胸に抱いた。

「また、お姿を見られただけで、お声を聞けただけでわたくしは幸せよ」

薔華は膨らみ続ける自分の想いを閉じ込めるように、身を縮こまらせた。

俯《うつむ》く彼女の顔は長い横髪に隠されているが、草苺は容易《ようい》にその横顔を想像できてしまった。

「わたくしが神殺しの呪具であった事実は変えられないわ。……だから、この想いは仕舞っておかねばならないのよ」

頭を上げた薔華は、赤く腫《は》らした目元に微笑を貼り付けていた。

「ふふっ、誰かにお話ししたのは初めてよ。なんだか聞いてもらえて軽くなったわ」

「あの……薔華貴妃、恐らくですが」

「あら。薔華で構わないわ。わたくしも、姉様と呼ばせていただいていいかしら？」

「姉様!?　わ、わたしがですか!?　お、恐れ多いです！」

「その言葉遣いもおやめになって。あの方のご家族ですもの。わたくしにとっても大切な方だわ」

ねえ、お願い。姉様。

と、砂糖を溶かし込むあまい声調で強請《ねだ》られては、抗《あらが》えるわけもない。

「わ、分かったよ」

草苺が頷けば、薔華は愛らしいかんばせに花を咲かせた。

「嬉《うれ》しいわ。ねえ、姉様。先程は、なにを仰《おっしゃ》ろうとしていましたの？」

「あ、うん。あのね……薔華」

「はい！」

名を呼べば、薔華は嬉しそうに返事をした。

ニコニコとこちらを待つ薔華の可愛《かわい》らしい表情を崩すのは申し訳ないが、悪戯《いたずら》心を刺激してくる薔華が悪いと開き直って、草苺は言った。

「神の愛し子――不凋花娘娘って、どう聞いても薔華のことじゃない？」

薔華の笑顔が固まる。

「薔華の二輪咲きって煠が与えたんでしょう？　神殺しの呪具に、わざわざ、自分の命を削ってまで。一輪じゃなくて二輪の癒花を」

一輪だけでは薔華の命を救えなかったのかもしれないが、それでも。

それでも、薔華が煠から二輪の癒花を与えられたのは真実だ。

「神殺しの呪具だったことは変えられない事実かもしれない。でもそれなら、薔華が煠から、花龍白天神君から二輪の癒花を直々に与えられたのも事実だよ」

悲しいほうだけに目を向けてはいけない。

「あっ！　それに、王家の神書には神から直々に癒花を授かった乙女が不凋花娘娘って伝わってるんでしょ？　五年前に薔華も直接癒花をもらってるし。生まれつき咲いてるわたしよりもずっと愛し子みたいで……薔華!?」

ぐらっと大きく薔華が傾いて――――ぶっ倒れた。

地面に散らばる青薔薇と藤が薔華の自重を受けて豪快に跳ねる。青い花弁に降られた薔華の顔は、真っ赤に茹《ゆ》で上《あ》がっていた。

「嘘《うそ》！　どうしよう!?」

多少の意地悪な気持ちがあったために草苺も弁舌が乗ってしまったが、まさか倒れるとは。

「アーラ、ヤダ。キレイに目ェ回しちゃって」

木漏れ日に混ざって落ちてきた笑い声。

見上げれば、薔薇を掻《か》き分けて媒がいた。

「草苺。アンタ、どれだけ酷《ひど》いコト言ったのヨ」

「違うよ！　これは媒が……っ！」

「アチシが？」

「な、なんでもない！」

人の恋心を勝手に口にすべきではないと、すんでのところで草苺は呑《の》み込む。草苺自身この手の話題に経験があるわけではなく、むしろまったく疎いのだが……それでも。空気は、読める。

話していい内容と、悪い内容の分別はついてるつもりだ。

「ナニを話してたか分からないけど……これじゃあ戻れないワ」

煤は目を回す薔華を見下ろし、呆《あき》れた様子で一笑した。

「華氣《ファリ》を与えて起こさなきゃネエ」

「あ、うん！　いま蛇苺《へびいちご》を」

「いらないワヨ。コッチで渡すから」

草苺が自分の頭に手を伸ばす前に、煤が膝《ひざ》を折る。

彼は横たわる薔華へと覆い被《かぶ》さり、すべるように顔を寄せた。

さらり——と、こぼれ落ちた長い白髪が、二人のかんばせを秘めやかに隠す。

一呼吸の後。持ち上がった白髪が、薔華の頬をやさしく撫《な》でる。

「……ん……？」

次いで、うっすらと黒い睫毛《まつげ》が揺れた。

「うう……。わたくしは……いったい」

「イイ昼寝日和《びより》ネ。今度寝る時は、アチシも誘ってくれるかしら？」

「ひっ⁉」

宵闇の瞳が転がりそうなほど一気にかっ開《ぴら》かれる。

煤が上体を起こすとすぐに薔華も飛び上がった。

「わ、わたくし……！　あの、あ、あ……」

「目を回してたのヨ。歩ける？　ふらつきそうならアチシが」

「だ、大丈夫ですわ！　わ、わた、わたくし……その、お先に失礼いたします！」

癒花から湯気が出そうなほど顔を茹で上がらせた薔華は、慌てて踵《きびす》を返した。

「アンタ、纏足《てんそく》だから急ぐと怪我《けが》するワヨー！」

煤が注意したちょうどその拍子に「はぅあ……！」受け身も取れず、顔面から薔華がすっ転んだ。

毛糸に絡まる仔猫の不器用さでもたもたと起き上がると、薔華は恥ずかしそうに何度も何度もこちらへと頭を下げた。

先程よりは速度の遅くなった小走りで、それでも幾度かもつれそうになりながら戻っていった。

「…………」

草苺は煤を横目で窺《うかが》う。

彼は口を押さえて堪《こら》えているが、長躯《ちょうく》は耐え切れずケラケラと震えていた。

薔華を意地悪に見守る表情は、眼差しは、自分に向けられるものとはまったく違っていて。

「ねえ、煤老師《ラオシ》」

「なにヨ？」

「神殺しの呪具って、すごいんだね」

「そうなのヨ。強力すぎて一目見た瞬間にやられちゃったワア」

煤は落ちている青薔薇《ばら》と藤を拾い上げる。

二輪の癒花を恍惚《こうこつ》とした眼《め》で吟味したあと、愛おしげに、喰べた。

青薔薇に込められた言葉は——神の祝福。
藤に込められた言葉は——恋に酔う。

# 五章　大満開

親子が室に戻ると額を擦りむき顔を泣き腫らして帰ってきた末っ子に対して兄の一人が心配のあまり泣き縋《すが》っており、もう一人の兄は大袈裟すぎる片割れに怒鳴っていた。

阿鼻叫喚《あびきょうかん》。

草苺が戻ってきたことに気付いた角星《スボシ》が苛立《いらだ》ちのせいか一言もなく蛇苺をむしってしまい、煤の逆鱗《げきりん》に触れ、説教開始。

反省した角星に謝罪され、草苺が気にせず薔華《ソウカ》の傷に使ってほしいと伝えるも、その前に煤が薔華の傷を舐《な》めてしまい、傷は治ったが赤面した薔華が卒倒。

今度は双子が憤慨し、けれど煤は人間の常識など知らないと双子といがみ合い――

黄紗《キイシャ》に薔華の介抱を任せて草苺が仲裁に入った。

これが、わずか三分足らずの出来事。

毒蟲《タンシ》に穢《けが》された薔華の花結いをした時よりも、疲れた。


「地下の斎庭《ゆにわ》？　そこが毒蟲の発生源なの？」

「そこしかない」

角星はマカロンを菊茶で胃へと流し込む。空《から》の茶器を編星《アミボシ》の前へわざと寄せて、頬杖《ほおづえ》をついた。

編星がムッと片眉《まゆ》をおろし、わざと角星の横顔に水煙管《みずきせる》の煙を吐き出す。

角星が無言で煙ごと編星の顔面を鷲掴《わしづか》んで、卓下でダン！　と何かを踏んだ音が聞こえ、二人はギリギリと歯を食いしばる。

「紫円《シエン》は後宮の真下にある地下の斎庭で神殺しの儀式を行ったわ。斎庭は毒蟲による瘴気《しょうき》で満たされていたの。毒蟲が残っているのなら、そこしか考えられませんわ、姉様」

騒がしい兄たちに代わって、薔華が説明を始める。

「後宮には時折り毒蟲が発生していたわ。わたくしや、兄様方は毒蟲が瘉花につく前に、定期的に浄化をしていたの」

「アチシもコッソリ手伝ってたワヨ」

黒蛇の姿に変わった煤《メイ》が薔華の首元から顔を出す。

「薔華が頑張っていた姿はちゃーんと見てたワ」

「こ、光栄ですわ……！」

「まだ木耳《ムーアル》は食べられないのネ。好き嫌いせずに食べないと大きくなれないワヨ」

「食感が、苦手でして……精進しますわ」

時々煤がいなくなっていたのは毒蟲退治と薔華の盗み見、もとい見守りのためだったらしい。

「ある時から、毒蟲の数が劇的に増えたわ。そしてあの日、ついにわたくしは女官の瘉花《ジュファ》が毒蟲に穢されているのを見付けたの。まだ癒花はそこまで穢れてなかったから間に合うと思って、彼女の癒花を千切って……」

草苺は薔華貴妃が女官の癒花を突然むしったという噂《うわさ》を思い出す。

きっと、これが真相だろう。

薔華は「毒蟲がついていたとはいえ、申し訳ないことをしたわ」と表情を曇らせる。

「お恥ずかしながら、その毒蟲にばかり気を取られて別の毒蟲には気付かず。わたくしは、あのようなことに……」

「そうだったんだね」

「地下斎庭は母様が命をかけて浄化してくださいましたわ。けれど、その浄化も完璧《かんぺき》ではなかったのでしょう。五年前のあの日、斎庭は崩れ始めていて最後まで見届けることはできず……。きっと、いま再びあの場でなにかが起こっているに違いないわ」

「問題はさあー……」

満足したのか双子が唐突に、会話に参加する。

「地下斎庭への通路がぜーんぶ崩落してることだよねえ」

「あー……俺たちが使った抜け穴も埋まっちまったからな」

脱力する双子は、髪や衣服がボロボロの有り様で床に突っ伏していた。

「斎庭って後宮の真下でしょ？　スウの影で、穴掘る道具とか出せないのお？」

「出しても掘るのは俺だろ。それに、あそこ岩肌だったじゃねえか。無理だろ」

「油に浸した癒花を灯《あか》りにしてたの覚えてる？　ぼく、しばらく夢に見てさあ……」

「言うな。思い出したくもねえ」

「元は地下水でできた鍾乳洞《しようにゆうどう》だっけえ？　それにしては変な感覚だったよねえ」

「アラ、違うワヨ。あそこはアチシの本体の一部。ちょうど口の中みたいなモノ。だからあそこは色々と特殊なのヨ」

「そうだったのお⁉」

「なら行く方法とか知ってんじゃねえの？」

「知らないワ。本体の口という神性概念《しんせいがいねん》と重なった特異領域なだけで、場に向かうまでは普通に進まないと無理ヨ」

「突然意味分からない用語を使わないでよお。人間には理解できなーい」

「ハア？　もっと都合よくならねえのか。使えねえな」

「神罰をお望みネ！」

煤が大口を開けて双子に飛びかかる。角星が躊躇《ちゆうちよ》なく編星を盾にして、噛《か》まれた編星が巨大な猫に変身した。もみくちゃになる三人。

薔華が止めに入ろうとして、黄紗にそっと制された。

「……行ける……」

騒ぎの傍らで、草苺《ツアオメイ》が呟《つぶや》く。

喧騒《けんそう》がやみ、皆の視線が顎《あご》に手を添えて思索する草苺へと注がれた。

「地下斎庭、行けるかもしれない」

草苺の脳裏では、双子の言葉と夢の光景が立体的に重なっていた。

そして――

いくばくかの刻《とき》が進み、花々が寝静まる夜更け。

「ここが夢に見た枯れ井戸か？」

「うん。わたしは毎朝ここで煤に蛇苺の実を食べてもらっていたの。だから、すぐに気付いた」

銀の月光に撫でられる庭園にひっそりと佇《たたず》む枯れ井戸の周りには、草苺、煤、三兄弟、黄紗に加えて、薄汚れ将軍《ジアンジュン》と数匹の猫妖《チミヤオ》が集まっていた。

「確かにここは先帝時代からあった井戸だよお。そのせいで、へーんな噂が流れてるけど……。本当にここが地下斎庭に繋《つな》がってるのお？」

「昼間も言ったデショ？　この子が見た夢は毒蟲のなかに蓄積された華氣の記憶かもしれないワ。華氣は生命力。ソコには記憶も紡がれてるワ。それに触れた草苺が他者の記憶を夢として見ても不思議じゃないワヨ」

「なんにせよ。いま頼れるのはこれだけだ」

角星が枯れ井戸の木蓋《ぶた》を外す。その音は静かな夜気に大きく浸透した。

乗り出すようにして角星は井戸の底を覗《のぞ》き込んだ。

「…………風を感じるな。ただ瘴気は、ない」

「地下斎庭に繋がってるなら、真っ先にここからブワーッ！　と毒蟲が溢《あふ》れてきそうだけどねえ」

「降りてみないとなんとも言えねえな。黄紗！　薄汚れ将軍！　頼んだ！」

「お任せください」

一輪の金百合《バイホ》を手にして黄紗が前に出る。

入れ違いに角星が井戸から離れ、草苺もなんとなく一歩離れた。

遅れて、座っていた薄汚れ将軍がゆるりと腰をあげると、控えていた四匹の猫妖が素早く井戸の周りを囲んだ。最後に、黄紗と薄汚れ将軍が井戸を中心に向かい合うかたちで配置に付く。

六角に井戸を囲む面々。

草苺は息を呑《の》んで事を見守った。

薄汚れ将軍の首元で鈴が、リンと歌う。

それを合図に、黄紗は金百合を空へと投げる。

金百合は風もないのに舞い上がり、枯れ井戸の頭上に届くと——薄汚れ将軍が、鳴いた。

金百合が、輝いた。

粛然とした黄金の煌《きら》めきをまとう金百合が、虚空でゆっくりと回る。

金百合が撒《ま》き散《ち》らす金粉が井戸を包み込んだ。

「……これが、結界？　きれい……」

草苺は金色の幻想的な光景に見惚《みと》れる。

「これで井戸から毒蟲が溢れ出たとしても多少は防げます。外はお任せください」

「にははは、外には出さないようにしたいけどねえ」

ふざけた調子で軽口を叩《たた》く編星だが、それは本心だろう。

「ぼくが先に降りるよ。どれくらいの高さがあるか分からないものねえ」

「気を付けろよアミ」

「猫はどーんな高さからでも華麗に着地するものだよおスウ。そうですよねえ？　薄汚れ将軍？」

編星が薄汚れ将軍に話を振れば、薄汚れ将軍は尻尾《しっぽ》を一度だけ振った。

さっさと行け、と言わんばかりに鼻を鳴らす。

編星は悠揚と井戸の縁に足を掛け「おっ先にー」と闇の底に溶けていった。

ただの虫の歌だけが夜気を揺らす。

ややあって「うっわ！　なにこれえ！」と毛を逆立てる驚愕《きょうがく》が井戸から上がってきた。

「アミ！　なにがあった！　毒蟲か⁉」

すかさず角星が井戸を覗き込む。

「ちーがーうー！　なーんかねえ、すっごくたくさん蛇苺《へびいちご》が群生してるのおー！」

「ハア？　蛇苺ォ？」

「井戸の壁にもねえ、ビッチリ！」

「なんだそりゃ……」

「あっ！」

二人の会話に草苺が反応した。

煤以外の全員の視線が、気まずげに表情を濁らせた草苺へと注がれる。

「多分、それ……。わたしの蛇苺、かも……？」

草苺は眉を下げ、居心地悪そうに胸の前で指を絡めながら呟く。

「わたし、毎朝ここで煤に蛇苺を食べてもらってて。残骸《ざんがい》は井戸に捨ててたの」

「多分というか、確実にそうかしらネエ」

薔華の肩に乗る煤が長い舌をちらつかせた。

「言ったデショ。アチシの体液は特別。アンタの蛇苺を食べてる時、落としたものに少なからず唾《だ》液《えき》がついたのネ。本来癒花は切られたあとは徐々に華氣《ファリ》を失って枯れるけど、ココの蛇苺は神気と混ざってひとりでに成長したんじゃないかしら？」

「……ああっ！　えええええっうそおー！　横穴あるー！　小苺《シャオメイ》ー！　本当に奥があるよお！」

編星のはしゃぐ声が煤の言葉に被《かぶ》さってくる。

慌てて角星が井戸下へと声を荒らげた。

「勝手に進むなよ！」

「分かってるう！」

「ったく……不安だな」

耳飾りを弄《いじ》りながら角星は振り返り、草苺を呼んだ。

「聞いた通り、下がある。覚悟はいいな？」

夜闇を裂く力強い蒼天《そうてん》に、草苺は真《ま》っ直《す》ぐ応じた。

「行こう」

「お気を付けて、いってらっしゃいませ」

結界を張るため動くことのできない黄紗と薄汚れ将軍に見送られ、四人は井戸を降りた。

縄梯子《なわばしご》を軋《きし》ませて辿《たど》り着《つ》いた井戸底は、壁一面が蛇苺に覆われていた。

月光すら届かない冷え切った黒い世界で緋《あか》い実がむっちりと肥えている。

蛇苺に隠されて、井戸には横穴が開いていた。

人型になった長身の煤も、影猫《イエマオ》化した編星の巨体もすんなり入る横穴からは、じっとりとした冷気が――瘴気が、漂ってきている。

「じゃあ、黄紗《キイシャ》たちの結界いらなかったかなあ？」

降りてきた面々に上での話を聞いた編星が三角の耳と長い尻尾を揺らした。

「いいえ。あくまでこれらは神性を帯びて成長を早めた蛇苺。アチシの神気と草苺の華氣が合わさってるから、少しの浄化能力はあるけれど、この程度じゃ毒蟲《タンシ》にはすぐに食い漁《あさ》られるワ」

「いままで何事も起きてなかったのは、ただ運がよかっただけか」

ゾッとするな……と角星《スボシ》が舌を打つ。

煤が生み出した発光しながら浮遊する不思議な小花を光源として一同は横穴を進む。

「薔華《ソウカ》。足、辛《つら》くない？」

奥に進むにつれて足場が不安定に湿り始め、薔華の纏足《てんそく》が心配になる。

蛇苺の添え花をつける薔華は微笑《ほほえ》んだ。

「ありがとうございます姉様。まだ平気よ。あのね」

声量を潜めた薔薇が草苺へと耳打ちをしてくる。

「実は姉様の癒花で作る茶をいただいてからこの足も治ってきているの」

「そうなの？」

「ええ。本当に少しずつだけれど。姉様の癒花は二輪咲くと治癒力が増すみたいね」

皮と骨の、呼吸すら危うかった薔薇を一瞬にして回復させたというだけでも驚いたのだが、纏足まで治していく力があったとは。

煤が彼女に草苺の癒花で作った茶を継続的に飲ませていた理由が分かった。

「まだ兄様たちには秘密にしてちょうだいね。ちゃんと治ってから驚かせたいの」

「分かった」

「二人だけの約束よ」

薔薇は長い水袖《そで》を捲《まく》って小指を差し出す。覚えのある行為だ。

「母様に教わった儀式なの。母様の国では大切な約束をする時にこうするって」

細い小指へ、薔薇は宝物を見るような眼差しを向けた。

「兄様たちもこうして約束してくれたわ。そして守ってくれた。これはね、わたくしにとって、うん。わたくしたち兄弟にとって特別なの」

「特別……？」

「ええ。とても特別で、絶対に約束を破れはしないわ。姉様も、特別」

薔薇は草苺の自分の小指を絡めた。

「約束、破ってはいやよ、姉様」

「うん」

針千本——と、二人は声を揃《そろ》えて指を放す。

「どうした？　なにかあったか？」

先を進む角星が、ヒソヒソと囁《ささや》き合う二人を振り返った。薔華が草苺の腕に抱き付き「なんでもないわ」と兄へ笑う。怪訝《けげん》そうにするも、角星は前を向き直した。

草苺は彼の背中を凝視する。それから、自分の小指を見た。

——二千本は、無理だなあ。

草苺は心の中で苦笑いを滲《にじ》ませた。

「あったあ！」

不意に先頭の編星《アミボシ》が叫んだ。

角星が駆け寄り、草苺と薔華も顔を見合わせる。

気を引き締めて、前に進んだ。


ひうおぉおっ……——


と、嗚咽《おえつ》にも聞こえる嫌な風に煽《あお》られた。

鉄錆《さ》びた悪臭に眼球の裏をツンと刺される。それだけでも不快なのに、鼻腔《びこう》から侵入して舌にへばりつくような、あまったるい腐敗臭にも襲われた。

「あまり吸うんじゃないワヨ」

漫然とした瘴気《しょうき》にふらつく前に、煤《メイ》が後ろから草苺《ツアオメイ》の口と鼻をふわりと覆った。

「薔華の時と比べものにならないほど濃いワ」

凄《すさ》まじい濃度の瘴気に、隣で薔華も痛々しい表情を浮かべて袖で口元を隠していた。

「ちょうど真上か」

一同が出たのは岩壁に開いた横穴。

悄然《しょうぜん》とした円形の斎庭《ゆにわ》が、一望できた。

「夢と、同じだ……」

けれど、夢よりも悪化していた。

斎庭は一面が黒々と腐った茨《いばら》に覆われ、大量の毒蟲が羽ばたいている。

毒蟲は薔華に寄生していたものよりも一回り大きく、鮮烈な翅《はね》を優美に広げて舞い踊っていた。

血飛沫《ちしぶき》に似た鱗粉《りんぷん》が散る。

毒蟲の舞踏。

毒蟲の狂乱。

斎庭は毒蟲の花園と化していた。

忌まわしい光景に、誰ひとりとして言葉が出なくなる。

「原因は、あれだな」

耳飾りを弾《はじ》く音によって凍っていた空気が溶けた。

それぞれの注意が、斎庭の中心に注がれる。

鋭利な棘《とげ》で着飾る茨が這《は》う斎庭の中心には、巨大な毒々しい薔薇《ばら》が咲いていた。

大口を開けた大蛇《オロチ》を連想させる黒薔薇。

視界に入れているだけで心がざわめき、抗《あらが》えない恐怖心を植え付けられた。

あれぞ、毒蟲の苗床。

あれぞ、毒蟲の元凶。

おぞましさのあまり眼球が腐り落ちそうになり――――

ぽろり……と、落ちた。


「……え?」

草苺の双眼から、眼球と変わらぬ大粒の涙が勝手に溢《あふ》れてくる。

「草苺。下がってろ。辛かったら無理に見なくていい」

「ち、違うの。なんか、なんでだろう……。そうじゃなくて」

確かに全身の産毛が粟立《あわだ》つほど生理的嫌悪感を抱く。

それでも。

それ以上に、なにか。

なにか、もっと別の。

「……あたたかくて……」

自分でも分からなかった。

草苺は禍々《まがまが》しい黒薔薇の放つ毒々しい威圧のなかに、確かな温もりを感じた。

「……………母様？」

薔華が、愕然《がくぜん》と、呟《つぶや》く。

涙で前が霞《かす》む草苺の代わりに黒薔薇を凝視した薔華が、花弁に包まれる母の姿を捉《とら》えた。

バッ！　と双子が岩壁ギリギリにまで身を乗り出した。険しく細めた蒼天と滄海《そうかい》の眼《め》が、弟の宵闇色の視線の先を探る。

黒薔薇の中央。黒々とした花弁と一体化した黒い女性。翅を蠢《うごめ》かせる毒蟲を癒花《ジュファ》のように頭部に咲かせる瘦《こ》けた姿は、花の柱頭のよう。

変わり果てた姿だが、間違いない。

「井戸から毒蟲が溢れなかったのは、蒼薇《ソウビ》が耐えていたのネ」

煤が腑《ふ》に落ちた様子で静かに吐息を落とした。

五年前。蒼薇皇太后は、どんな想《おも》いでこの場にひとり残ったのか？

陥帝の皇妃としての責任感？　それもあるだろう。

だが、それよりもっと強く、激しく、彼女の意思を強固にした想いとは？

夢に見た蒼薇の微笑みが五年前に三兄弟に対して向けられたものなら。

彼女は三兄弟の母として、息子たちの幸せを願って、この場に残ったに違いない。

息子たちのこれからの幸せを願って。

息子たちの作り直す国の行く末を願って。

息子たちの幸せを願う母として、命と引き換えに場を浄化しようとした。

癒花を散らし、命を散らし、毒蟲の苗床と化したあとも。

愛《いと》しい子らの幸せを、母は願い続けた。

「母様、っ……母様……！」

薔華がくずおれる。

井戸から毒蟲が溢れなかったのは偶然ではない。運がよかったわけではない。

母の想いによる必然。

しかしその想いも、無慈悲に喰《く》われ始めていた。

母のすべてを喰われる前に――

「編星！　蒼龍《ソウリユウ》！」

耳飾りが強く弾かれて、角星の手に影の剣が握られた。

「分かってるよお。大丈夫だよねえ、ソウ？」

呼応した編星の黒毛がざわりと逆立ち、爪と牙《きば》を剥《む》き出《だ》しにする。

「っ！　まとめて浄化してやりますわ！」

湿った両頬を叩《たた》いて薔華が力強く立ち上がった。

迷いのない三人の背中。

それを、支えてあげたい。

「煤！　お願い！」

「またぶっ倒れるんじゃないワヨ」

煤の白い指先が、草苺の額に触れた。

蛇苺《へびいちご》の隙間を掻《か》き分けて、大輪の赤薔薇が咲き誇る。

手足の先まで、強い力が駆け巡った。

「行くよ！」

草苺は己に咲いた赤薔薇を蛇苺ごと花断鋏《はなたちばさみ》で切り取った。

それを眼下へと、毒蟲《タンシ》と腐った茨の蔓延《はびこ》る地面へと思いっきり振《ふ》り撒《ま》く。

「やるぞ！　兄弟！」

「任せろ！　兄弟！」

赤い癒花たちを追って、双子が飛び降りる。

薔華が大きく息を吸い、歌った。

朗々とした歌声が濁る大気に波紋を描く。

歌声に誘われ、舞い落ちる草苺の癒花からたっぷりの華氣《ファリ》が溢れ出した。

毒蟲による乱暴な放出ではない。

癒花そのものが喜んで華氣を溢れさせる。

清浄な力をまとった癒花を盾に双子が濃い瘴気の中に降り立った。濁流と化した毒蟲が襲い掛かるが、半数の毒蟲が赤い花弁に弾かれて霧散。残った毒蟲も影の刃《やいば》と鋭利な爪に蹴《け》散《ち》らされる。

「すごい……。こんなことができるの？」

「草苺の癒花を媒体に薔華《ソウカ》の浄化力を上乗せしてるのヨ。それによって擬似的な結界を作ってるワ。アンタの癒花は特殊だから、あの通り」

地上で、蟷螂《かまきり》の毒蟲が角星《スボシ》の肩を裂いた。けれど血が出るより先に彼のそばを舞っていた蛇苺の実が弾けて、溢れた華氣が彼の傷を癒やす。

一瞬すら怯《ひる》まず、角星は蟷螂の両腕を斬り飛ばして前に出て、素早い返し刃で首を刎《は》ねた。

強い瘴気のなかでも双子の動きに乱れはない。

「それでも量が多すぎるワネ。薔華」

煤の声掛けに薔華は歌を止めず、両膝《りようひざ》をついた。

草苺は自分の仕事を瞬時に判断して、花断鋏で薔華の癒花を剪定《せんてい》した。切り取ったそれらを横穴から投げ落とす。

薔華の歌声に共鳴して虚空で癒花が散り、花弁が爆《は》ぜると一瞬にして斎庭の瘴気が晴れた。

「これが後宮一の……ううん。神の愛し子、不凋花娘娘《ヨンヘンニヤンニヤン》の力？」

ふふん、と煤が誇らしげに胸を張る。

強烈な浄化力。

瘴気だけでなく毒蟲も消え、道ができた。

毒々しい茨も、薔華の力を受けていくつか枯れ崩れている。

絶好の機会を逃すわけはなく、双子が強く地を蹴った。

「ぼくらの母様！」

「返してもらうぞ！」

毒蟲の苗と化した母を解放するため、刃を、爪を、振り被《かぶ》る。


——————……！


双子の動きが、強張《こわば》る。

彼らの戸惑いを、遠くからでも草苺は感じ取った。

「角星！　編星⁉」

本能的に身体《からだ》が前に乗り出してしまい「お下がんナサイ！」

煤に肩を掴《つか》まれ、乱暴に後ろへと引き倒された。

悲鳴。

絶叫。

咆哮《ほうこう》。

毒の黒薔薇が、脈動した。

地響きとともに黒々とした花弁から翅を生やした毒蟲が、瘴気が、吹き上がった。

穢《けが》れが、蘇《よみがえ》る。

「煤老師《ラオシ》……！」

毒の羽ばたきが巻き起こした不浄の爆発から二人を庇《かば》って前に出た煤が、膝《ひざ》をつく。

煤の周りに浮いていた青薔薇と藤が黒い毒気を吹き出して地に落ちた。

「ゴメンナサイネ、薔華。咄嗟《とっさ》に、使わせてもらっちゃったワ……」

「構いません！　それより、貴方様《あなた》が……！」

「ッ……この程度の結界もひとりで作れないなんて。ハア、やんなっちゃうワネエ」

気恥ずかしそうに軽口をこぼすも、煤は脂汗をびっしりと浮かべて肩で呼吸を繰り返す。

「煤！　ごめんなさい！　わたしが前に出たから……！」

「違うワ。草苺が前に出てなくてもこうなってた。蛇苺の実、もらうワヨ」

煤は蛇苺の実を一粒摘《つま》み取ると自分ではなく薔華の口に指ごとそれを突っ込んだ。

「食べときナサイ。アンタは二輪咲きのクセに身体弱いんだから」

薔華の口の中で蛇苺を潰《つぶ》し、有無を言わせず彼女に実を嚥下《えんか》させる。

「煤もちゃんと……」

「アチシはコレでいいワ」

煤は指についた蛇苺の汁を舐《な》める。

「ソレは取っておきナサイ」

取っておけ、と言われて草苺はハッとする。

「煤！　下の二人が！」

「ええ。行くワヨ」

草苺《ツアオメイ》と薔華をそれぞれ片手で抱き上げると、煤《メイ》は横穴から飛び降りた。

横穴から出ると、空気が酷《ひど》く臭う。

煤が空中に花束を生み出し、それを足場にしてトントンと降下していく。

澱《よど》む地面に赤い残骸《ざんがい》が見えた。潰れた蛇苺と黒ずむ赤薔薇が散乱し、焼け石に水を掛けたふうな、シュゥシュゥ……となにかが蒸発する異音が漂うなか、傷だらけの双子が倒れている。

「二人とも！」

草苺は感情のまま強引に煤の腕から飛び降りて、駆け寄りながら蛇苺の実を千切った。

人に戻っている編星《アミボシ》が、ふらりと上体を起こす。

「ぼ、くは、まだへーき……。あの姿、武具をまとってるみたいなものだからあ……それより」

「！　角星ッ⁉」

不安げな滄海の視線を追って、草苺は倒れる角星のそばにしゃがみ込む。

「……ぐッ、う……」

角星は汗ばむ眉間《みけん》に深い皺《しわ》を刻み、きつく食いしばられた歯の隙間から呻《うめ》きを洩《も》らす。剣を握っていた右手は、赤黒い痣《あざ》に似たシミに蝕《むしば》まれていた。

五指を染め上げたシミは、じわじわと彼の腕を這《は》い上がっていく。

「角星！　口開けて！」

蛇苺の実を渡そうとするも、彼の痙攣《けいれん》する青白い唇はうまく開かず。捩《ね》じ込もうとしても、身体に余計な力が入っていてどうしようもない。

その間にも、シミは角星の身を侵食していく。

——時間がない！

気持ちばかり焦る。蛇苺を掴む自分の手まで震えてきてしまい——草苺は弱気な自分を殴るように、いくつかの実をまとめて口に含んだ。

実を噛《か》み潰す。

草苺は角星の鼻を摘《つま》むと溢《あふ》れた果汁と潰れた実を自分で飲み込まないよう注意して、息苦しさに彼の口が微《かす》かに開いた隙を逃さず——歯がぶつかり、唇が切れたが、構わずに。

彼の喉《のど》奥へと、崩した実を捩じ込んだ。

「食べなさいっ！」

乱暴に角星の鼻と口を両手で押さえる。

喉が動いたのを確認すると、次の瞬間、角星が激しく咳《せ》き込んだ。

「ッ……あ、っ？」

「スウ！」

「スウ兄様!?」

うっすらと目を開き、頭を押さえてよろよろと身体を起こした角星に兄弟が飛び付いた。

蒼天《そうてん》の眼はまだぼんやりとしているが、頭部に触れている右手のシミは徐々に消えていき——

シミが完全に消えると、角星の焦点も現実にしっかと重なった。

「俺、は……そうだ。瘴気《しょうき》が……」

「至近距離で毒蟲の群れと瘴気を浴びたんだよお！　お前！　ぼくを庇っただろお⁉　ぼくはあの姿ならお前より耐久性あるって言ってるだろお！　なのにぼくのほうを結界に押しやってぇ！」

「……るせえな。勝手に動いてたんだよ」

「脳筋！　少しは考えろお！」

「アミ兄様のおっしゃる通りよ！　姉様がいなかったら……！」

「……悪い」

片割れだけでなく末っ子にまで叱責され、さすがの角星も大人しくなった。ふと口の中の感覚に気付いたのか、彼は唇を舐めて草苺を見上げた。

「蛇苺、くれたのか。助かった」

「ううん。間に合って、よかった……」

草苺は胸《むね》を撫《な》で下《お》ろす。

「けど、あれだけの毒蟲と瘴気を受けてもあの程度で済むとは」

角星は周りに散らばる潰れた赤い癒花《ジュファ》たちを一瞥《いちべつ》する。潰れてはいるもそれらはまだほんのりと力を放出しており、この周囲だけ瘴気を薄めていた。

「草苺の結界のおかげだな」

脂汗を拭《ぬぐ》う角星。彼の右腕は、もうしっかりと動いていた。

「本当に、よかったよ」

心の底から安堵《あんど》して、草苺は角星へと微笑《ほほえ》みかけた。

角星も表情が柔らかくなる。

「ありが、ンぐぇぶあ……！」

「ス、角星⁉」

礼を言い切る前に、角星がとんでもない悲鳴を出して顔面から地面にのめり込んだ。

ポカン……とする一同の目の前で、角星の後頭部に着地した薄汚れた猫が、首元の鈴を鳴らした。

まるで、不出来な弟子を鼻で笑うかのように。

「薄汚れ将軍《ジアンジユン》⁉」

「ヒッ！　師傅《ししよう》！」

真上から豪快に落下してきて、角星にそのまま苛烈《かれつ》な一撃を喰《く》らわせたのは薄汚れ将軍。

師の突然の登場に、編星が一瞬にして血の気を引かせる。

「ど、どどどうしてここにい⁉　だ、だって黄紗《キイシヤ》たちと結界を張って……」

狼狽《ろうばい》する編星を「黙れ」と言わんばかりに薄汚れ将軍は睨《ね》め付《つ》ける。

「んにっ！　ご、ごめんにゃさい！」

編星はすぐさま唇をきつく噤《つぐ》んだ。滄海《そうかい》の目には、じんわりと涙が浮かぶ。

「ぐっ……師傅なら、自分なしで結界を保持する方法なんざ、いくらでもあるんだろうな！」

薄汚れ将軍に乗られたままの頭を角星がゆっくりと持ち上げる。鉛でも載せているふうに、角星の動きはぎこちない。

「薄汚れ将軍。もしかして、心配して来てくれたの？」

四曜公太傅《よんようこうたいふ》・禁軍大将軍。小さくも勇ましい実力者へと腕を伸ばせば、薄汚れ将軍は草苺の手に頭を擦《こす》り付けた。

「ありがとう」

「にゃっ」

温かな猫の体温とやわらかな毛並み。ゴロゴロと心地よい喉の音に、草苺は頬を綻《ほころ》ばせる。

「来るなら最初から来てくれっての……ぶへっ！」

愚痴った角星《スボシ》の頭を薄汚れ将軍は小さな前脚で殴った。

一見するとやわらかな肉球でペチペチと戯れているようにしか見えないが、角星は再び地面へと熱い口付けを交わし、ブルブルと震えるだけで動けなくなる。

編星も縮こまって捨てられた仔猫《こねこ》よろしくプルプルと戦慄《わなな》いていた。

「薄汚れ将軍！　角星は、その、一応傷がすごくて……！　治ったけど！　か、加減はしてあげてください！」

不機嫌に尻尾《しっぽ》を揺らして弟子へと容赦ない前脚ペチペチを続ける薄汚れ将軍を止めに入る。

薄汚れ将軍は不満そうに目を細めたが、鼻で溜《た》め息《いき》を吐《つ》いて尻尾を一度大きく揺らすと、角星の頭から飛び降りた。

「くそっ！　師傅の威力、色々とおかしいだろ……！」

がなる角星は後頭部をさすり、体勢を正す。

「叱られて当たり前デショ」

同じ師の立場として、煤には薄汚れ将軍に共感できる部分があったようだ。煤は厳しい顔付きで、薔華《ソウカ》の後ろから一歩前へと踏み出してきた。

「どうして動きをとめたの？　確実に、終わらせられたワヨネ」

訝《いぶか》しげに腕を組み煤は双子に問う。

途端に編星が表情を翳《かげ》らせた。角星もなんとも複雑な面持ちで、ぎこちなく耳飾りに触れる。

草苺の足元で座り直した薄汚れ将軍が耳だけを二人の弟子へと向けた。

「……生きて、たんだあ……」

編星がボロボロになった衣を握り締めて、呟《つぶや》く。

「母上が、生きてた」

蚊の鳴くような声の編星とは異なり、角星がはっきりと言明する。

誰もが目を剥《む》いた。

あの姿で、有り様で、蒼薇《ソウビ》皇太后は、三兄弟の母親は。

「……生きて、る？　母様が……あの状態で？」

愕然《がくぜん》と、薔華が兄たちの言葉を反芻《はんすう》する。

「毒蟲《タンシ》によって辛《かろ》うじて身体《からだ》が動いてるだけだ。意識があるかは、分からねえ」

「頭にねえ、毒蟲に交ざって癒花が咲いてるのが見えたあ。毒蟲は華氣《ファリ》を喰うためだけに、母上をギリギリで生かして、癒花を咲かせてるんだと思う……」

「そんな……あんまりだわ……っ」

毒蟲に生かされ、癒花を永遠に喰《く》われ続ける。

生き餌。

生き地獄。

酷《むご》さは、想像が、及びもつかない。

角星が膝《ひざ》に手をつき、ゆっくりと身体を持ち上げる。

「今度は大丈夫だ」

編星も頷《うなず》いて立ち上がった。

「次はできるよお」

「ああ。早く楽にしてやらねえと」

二人の、猫のように細められた瞳孔《どうこう》には、強い決意が燃えている。

哀傷に搔《か》き乱される薔華を煤が抱き寄せた。薔華が煤の胸に顔を埋《うず》め、声を殺して咽《むせ》ぶ。

「生きてるなら！」

賢帝の聖断に、草苺だけが異議を唱えた。

「可能性があるなら、そんなの駄目だよ！」

「だが、最善の方法だ」

「このままだと、本当に毒蟲が外に出ちゃうでしょう？　ぼくらは皇帝だからねえ」

「国と、花を守る。それが役目だ」

「それでも！」

自分たちの母親を。

生きているのに、自ら手にかけるなど。

「わたしの癒花なら、きっと……できるはずだよ！」

「そうだろうな。けど、危険すぎる」

唇を噛む草苺《ツアオメイ》に角星は短く吐息を落とした。

草苺の肩に手を置き「その気持ちだけで、十分だ」

そう言って勝手に前に進もうとするので——草苺は、彼の胸ぐらを掴《つか》んで強引に引き寄せた。

「約束したでしょうが！」

腹の底から、怒鳴り付ける。

「わたしが守りきれないものは角星が守ってくれる。その代わり、角星が無理な時はわたしに頼るって……誰かを守るために自分を犠牲にするなって言ったのは、どこのどいつよ！　人に頼らせたいなら、自分も頼りなさいよ！」

自分の声の苛烈さに喉が痛くなるが、構わずに、怒鳴り付けた。

「針二千本飲ますわよ！　このもっじゃり黒苔《こけ》頭ッ！」

自分の絶叫で鼓膜がキンと痛んだ。

酸欠で、眩暈《めまい》を感じる。興奮しすぎて全身の血液が沸騰し、頭から火が出そうだった。

草苺は角星の胸ぐらを掴んだまま熱のこもる顔を俯《うつむ》けて、荒くなった呼吸を整える。

「……なんで……」

ぽつりと一滴だけ、草苺の頭上から雨が降ってきた。

「なんで、増えてんだよ……」

笑い声につられて草苺は顔を上げる。

勝手に増やすな……。と不器用に笑う彼の唇は震えていて、蒼天の奥は少しだけ、濡《ぬ》れていた。

「……ごめん。二千本飲むのは、わたしだった」

「ハア？　いつの間に増やしたんだ？」

「ここに来る前に、ちょっとね……」

唇の端で小さく笑い、誤魔化《ごまか》す。約束なので、詳しくは言えない。

「力入れすぎだ。痺《しび》れるぞ」

角星の手が、胸ぐらを掴み続ける草苺の強張《こわば》った指を解く。

手を開くと確かに、じんと鈍い痺れが走った。指先が勝手にピクピクと痙攣《けいれん》する。

「癒花を結う大事な手だろ」

指の筋が攣《つ》りそうな右手を角星が揉《も》んでくれる。

血行がよくなって温かくなった草苺の手を、角星が両手で包み込んだ。

重なった手に、彼は祈るふうに自らの額を当てる。

「草苺。母上を、助けてくれ」

ようやくしぼり出された角星からの頼み事。

彼の、本心。

「頼るのが、遅いわよ」

草苺は俯く彼の頭にコツンと自分の頭をぶつけた。

つぼみが開くように手を放し、どちらともなく目を合わせ、笑い合う。

「二輪咲きになった草苺なら蒼薇を助けられるかもしれないワ」

煤《メイ》が静かに告げた。

「アンタの癒花《ジュファ》は長い間アチシの神気もそばで受けてたし、食べてる時に体液もついたでしょうしネ。二輪咲きの状態での治癒力なら、治せるワ」

確かな可能性に草苺は表情を明るくしたが、煤に睨《にら》まれてすぐに唇を引き締める。

「蒼薇を救うには、蒼薇の癒花に直接触る必要があるワヨ？」

「……うん。分かってる」

「あの状況で、見付けられるのネ？」

牽制《けんせい》するような、強烈な眼光。

草苺はいたって冷静に、意識を斎庭《ゆにわ》の中心部へ向けた。

絶望の恵みで活《い》き活きとする毒蟲たち。

不浄を散らして咲き誇る黒薔薇《ばら》。

優美な退廃は、放っておけば後宮まで、国まで、呑《の》み込むだろう。

それでも。

踊り狂う毒蟲と腐敗した瘴気《しょうき》ががんじがらめに絡まり合う光景に咲く、極めて微小な光の存在を。

草苺は間違いなく若葉色の瞳《ひとみ》に捉《とら》えていた。

「できる」

確認しか含まれていない豪然とした返答。

煤は深く息を吐いて肩を落とし、薔華を抱き締めた。

「まあ、アチシはこの子が泣かないならそれでイイワ」

彼は薔華の癒花に顔を埋め、猫の腹でも吸っているように深呼吸を繰り返す。

薔華が顔面を薔薇色に染めて硬直した。

「こいつさあ。口に出す前にすーぐ拳《こぶし》出すから肝心なこと言わないんだよねえ」

編星《アミボシ》が角星の右肩を軽く殴った。

「たまにはいいんじゃないのお？」

ニタニタ、と笑う片割れに顔を覗《のぞ》かれて耳飾りを指先で何度も突《つつ》かれる角星。

フンッと顔を逸《そ》らして角星は編星の指から耳飾りを逃がした。かと思えば「うぐっ……」と急に肩を竦《すく》めて全身を硬直させる。

彼の足元。靴の上から、足の甲を、薄汚れ将軍《ジアンジユン》が踏んでいた。

むぎゅっ、と。ふわふわのお尻《しり》で踏まれる。荒々しく揺れる尻尾が角星の脛《すね》を往復で殴っていた。

「………い、意地を張って、すみません。師傅《ししよう》」

師傅の圧には勝てず、口端を歪《ゆが》める角星に草苺は声を出して笑ってしまった。

「角星って、まだまだ薄汚れ将軍には一勝もできなそうだね」

つられて他の者たちも笑い出す。角星だけが唇を尖《とが》らせて、耳飾りを触っていた。

「問題は……この増えた瘴気と毒蟲の中で、どうやって母上のもとまで向かうかだな」

蒼天《そうてん》の視線を追って、皆が中心部を見やった。

「それはもちろん、わたくしめが！」

薔華が強い声で宣言した。

「無理するんじゃないワヨ。蛇苺《へびいちご》の癒花で整えたとはいえ、元々身体弱いんだから。アチシが」

「まだ大丈夫ですわ！」

「でも」

「大丈夫ですわ！」

煤の提案を遮り、鼻息荒く訴えてくる薔華は絶対に譲る気はない様子。煤はなにかを言いたげに口を開いて、嘆息とともに閉じた。

「周りの毒蟲はぼくがどうにかするよお」

編星が影をまとい、影猫《イエマオ》の姿に変わる。

「お前はなにがあっても俺が守る。だから」

「うん。蒼薇皇太后はわたしが守るよ。絶対に」

取り返そう。

全員が、頷き合った。

一呼吸。

大きな一呼吸のあと、薔華が水袖《そで》を豪快に翻した。

「──参ります！」

纏足《てんそく》が寸分の乱れなく節奏を刻み、力強い舞と春風のごとく朗々とした歌声を轟《とどろ》かせた。

煤が薔華の歌声に重ね、踵《かかと》の高い靴をカーン！　と踏み鳴らす。

弾《はじ》かれるように空を満たしていた瘴気が掻き消えた。わっ、と地面を極彩の花々が覆って、地に蠢《うごめ》く毒蟲《タンシ》の群れを散らす。

「二人とも！　行くよお！」

「来い、草苺！」

「うん！」

編星の背に角星《スボシ》が乗り、草苺は伸ばされた彼の手を取った。

広い背に跨《また》がって、黒々とした黒薔薇へと──蒼薇のもとへと、駆ける。

散らし切れなかった毒蟲が襲い掛かってくるが、編星の複数に分かれる尻尾《しっぽ》から数匹の影猫が現れた。もふもふな見た目とは裏腹に、影猫たちは毒蟲を鋭利な爪と牙《きば》で仕留めていく。

「本当に編星が影猫を喚《よ》んでたんだ」

「でーも……ちょっと数が多いかなっ、とお！」

虚空を駆け、影猫の状態を窺《うかが》いつつ編星がぼやく。

黒薔薇に近付くにつれて大型の毒蟲が増えてきた。影猫だけでは捌《さば》ききれない。

「元々、影猫ってあんまり真っ向勝負は得意じゃないんだよねえ！」

「なら、デカいのは俺が……！」

角星が影の剣を手の中で握り直す。

リン――――と、軽やかな鈴の音が響いた。

周囲の毒蟲たちが、編星よりも巨体な毒蟲たちが、一瞬にして霧散する。

薄汚れ将軍がどこからともなく塵《ちり》と化す毒蟲の残骸《ざんがい》のなかに降り立ち、のたうっている消えかけの毒蟲の頭部へと座り込んだ。

ぷちっ！　と完全に毒蟲を潰《つぶ》し消した薄汚れ将軍は、汚れを払うふうに悠々と前脚を舐《な》めた。

「うっわあ……。スウ、いまの見えたあ？」

「……見えるわけねえだろ」

師傅の強大な力を目の当たりにした角星は、引き攣った表情で構えを緩める。

「薄汚れ将軍って、本当にすごいんだね」

「そうだよお。ぼくらの師傅は格好良いんだからあ！」

大きく道が開き、編星が速さを上げた。毛繕いをする薄汚れ将軍を飛び越えていく。

「師傅一匹でどうにかなったんじゃね？」

「それは無理だよお。だって猫ってニオイが強いの苦手だからさあ」

実力差を見せつけられて悔しそうに悪態をついた角星へ編星がすぐさま答える。

「ここ、色々とすっごいニオイでしょ？　しかもいまはソウの浄化と花龍白天神君力《カリユウハクテンシンクン》で花の香りも強くなってるしい……。薄汚れ将軍には相当キツイと思うよお？　ここにいること自体がねえ。そうですよねえ、師傅？」

え？　と草苺は後ろを振り向く。自分たちの真後ろには、飛び越えたはずの薄汚れ将軍が座っていて。草苺は衝撃の事実に、ハッ！　と気付かされる。

「薄汚れ将軍の尻尾がブワッとしてプルプルしてる！　耳もへにょんとしてるよ！」

「嘘《うそ》だろ⁉　ずっと辛《つら》いの我慢してんのかよ師傅！」

すかさず角星も顔だけで振り返る。

玉座にふんぞり返っていても違和感のない堂々たる存在感と威厳を放ちながらも、薄汚れ将軍は毛が逆立っていた。気分を落ち着かせようとしてか、何度も何度も前脚で顔を洗う。

「影猫化してるとぼくもお鼻辛いもーん。生粋の猫妖《チミヤオ》じゃ、嗅覚《きゅうかく》がまともに働いてないどころか、いつも通りの力は出せないよねえ」

影猫が周りに集まり始める。影猫たちは編星と並走しつつ、どこか落ち着きのない薄汚れ将軍の様子にソワソワとしている。

ぷしゅっ！　ぷっくしゅん……！　と薄汚れ将軍が立て続けのくしゃみをした。

「いつも通りじゃなくてあれかよ。思い返せば、五年前もくしゃみしてたな」

「あーあ。結局、あの時からぼくらは師傅に心配をかけっぱなしだあ」

悪臭に嗅覚を痛ぶられ、本調子ではない辛い状態にも拘らず馳《は》せ参《さん》じてくれた師に対して、編星は素直に喉《のど》をゴロリと鳴らす。

「ぼくらは、まだまだ師傅の仔猫《こねこ》だねえ」

「俺まで数に入れるんじゃ……うっ！」

文句の途中で薄汚れ将軍に視線で制され、角星は短く呻《うめ》くと歯痒《はがゆ》そうに前を向き直した。

「弟子思いなんだね。辛いのにありがとう、薄汚れ将軍」

心配する若葉色の瞳と痩《や》せ我慢《がまん》をしている碧眼《へきがん》がぶつかって——薄汚れ将軍が、消、え、た。

険しい鈴の音が響く。

「伏せろ！」

「⁉」

角星に頭を抱え込まれ抱き締められる。太い茨《いばら》が鞭《むち》のように襲い掛かってきた。無数のそれらを、薄汚れ将軍を筆頭にして影猫たちが鋭利な爪で瞬時に仕留めていく。

「師傅のためにも早く終わらせねえとな」

「まーたしごかれるのは勘弁だよお！」

双子の声に引っ張られ、草苺《ツアオメイ》は眉《まゆ》をつり上げて前を見据えた。

「うん。早く終わらせなきゃ」

襲いくる茨を避け、足場にし、編星が黒薔薇の頭上まで上がりきる。

だが、毒蟲に侵された茨が己の養分を奪われまいと蒼薇《ソウビ》を包み込んだ。

「ハァ⁉　隠された⁉」

「あれじゃ届かない……！」

手で触れなければ、意味がない。

緊張が草苺の肌をひりつかせる。

「んもお。しっかたがないなあ」

走った緊張を、猫が欠伸《あくび》でもするふうな、ゆったりとした声音が裂いた。

「……わっ！」

「アミッ!?　なにしてやがる！」

重力が変わる。草苺と角星の身体が空中に投げ出された。

突然人の姿に戻った編星が、にはっと笑う。

「これで貸し借りなしだぞお」

編星の周りに燻《くす》ぶる影の残滓《ざんし》が大きく揺らぐ。影は滑るように編星から角星へと移り、片割れの身を護る衣となった。

「兄弟を、母上を、よろしくねえ……。草苺」

ふたつの滄海《そうかい》が弧を描く。

「任せて、編星」

ようやくちゃんと己の名を呼んでくれた編星へと、草苺は強く応じた。

「行くぞ！」

力を増した影の刃《やいば》を、角星は真下へと振り降ろす。

激烈な剣撃が、ぶ厚い茨の壁に穴を開けた。角星に支えられて草苺は真下へと落ちていく。

毒蟲の餌と化している蒼薇皇太后の伸び切った髪は茨と一体化していた。すべてを拒絶するような茨の髪から、いくつもの穢《けが》れた呪いの花が咲き乱れている。

顔の半分以上が黒薔薇《ばら》に覆われ、そこから。

彼女の顔を覆うほどの大きな翅《はね》を優美に舞い広げて、毒蟲が、生まれる。

「邪魔を！」「しないで！」

影剣が、毒蟲を両断した。

毒々しい翅が、爆《は》ぜ散る。

爆ぜた毒蟲の残骸にも、爛漫《らんまん》な黒薔薇にも惑わされずに、草苺は――

「これだ！」

草苺は、蒼薇の命に触れた。

蛇苺と赤薔薇の癒花《ジュファ》から、有り余るほどの華氣《ファリ》が青い薔薇へと注がれる。

悪夢が覚める。

地獄が終わる。

呪いが解ける。

花が、咲く。

満開の、
大満開の花が、咲く。

色艶《いろつや》を取り戻した蒼薇。彼女の頭に、青薔薇が咲き誇る。

大満開の青薔薇と入れ違いに、黒薔薇が、毒蟲が、瘴気《しょうき》が――――消滅した。

「うっ……！」

耳鳴りがするほどの圧に襲われる。

草苺は一瞬怯《ひる》んだが、蒼薇の身体《からだ》が倒れ込むのを目にして本能的に腕を目一杯伸ばした。けれど、指先が蒼薇に届く前に、身体がふっと沈んだ。

――落ちる！

黒薔薇が崩壊し、足元が崩れる。

「草苺！」

虚空に放られかけた身体が引っ張られた。覚えのある雑な力加減で。

「大丈夫か？」

「な、なんとか……。ありがとう」

角星の力強い腕に草苺はしっかと抱きかかえられた。

「そうだ！　蒼薇皇太后は!?」

「問題ない」

二人の頭上をなにかが飛び越える。影猫の編星《アミボシ》が空を駆けて、蒼薇を黒い背に乗せていた。

「……よかった」

「お前こそ。気ィ抜けて、落ちるなよ？」

「う、うん」

「ちゃんと掴《つか》まっとけ」

促されて、草苺は角星の首に両腕を回した。

元の装いに戻っている角星は、崩れる茨の残骸を器用に足場にして落下の勢いを殺していく。

不意に、場に変化が生じた。

「わあっ……！」

黒々とした薔薇が、茨が、ハラハラ……と散って鮮やかな花弁へと変化する。

斎庭《ゆにわ》全体が、極彩の花吹雪《はなふぶき》に包まれた。

「きれい」

降ってくる花弁に手を伸ばす。触れた途端に花弁は砂金のように美しく弾け、消えた。

荒れ果てていた地面も一面の花々に覆われている。

角星が花畑に足をつき、草苺も柔らかなそこに降ろしてもらった。

「母様！」

感情に濡《ぬ》れた甲高い声が草苺の鼓膜を叩《たた》いた。

少し離れた場所で、薔華《ソウカ》が編星に抱かれる母親へと走り寄っていく。

「……草苺。悪い……」

角星が草苺の肩を掴む。小刻みに震える手はすぐに離れ、彼は駆けた。

家族のもとへ。

「そこは、ありがとうでしょうが」

ミイミイと仔猫じみた泣き声をあげる片割れと末の弟。そして目を覚ました母親を、角星《スボシ》はまとめて抱き締めた。

「本当に言葉足らずというか、言葉選びが下手《へた》というか……」

草苺は滲《にじ》む視界を誤魔化《ごまか》すように笑った。

「お疲れサマ」

「わっ！」

隣から腕が伸びてきて、少し強く肩を抱かれる。

「やっぱり、アンタはアチシの」

「自慢の子？」

先に問えば、煤《メイ》は嬉々《きき》とした笑顔をさらに幸せそうに深めた。

「ええ。そうヨ。自慢の愛娘《まなむすめ》」

「煤も、わたしの自慢だよ」

満面の煤に草苺からも身を寄せた。

親子の再会を、平穏に見守る。

花々が舞うなか、少し離れたところで薄汚れ将軍《ジアンジュン》がくしゃみをひとつ。

極彩色の感涙が斎庭に注ぎ、今度こそ完全に場は清められた。

呪いは、もう咲かない。

# 終章　四曜公太輪《よんようこうたいりん》

地下斎庭から蒼薇皇太后を救い出し、早くも一ヶ月が経《た》った。

外では桜は散るが、本来の姿を取り戻した春薔薇宮には桜どころか梅の花も残っている。

「はあー……あっという間だなあ」

初めて迷い込んだ時とは異なり整っているが、春を司るここの庭は雑草の成長が他より早い。

草苺は大海原《おおうなばら》のような藤木の下で、少しだけ伸びた雑草をむしっていた。

「一時はどうなるかと思ったけど、どうにかなってよかった」

風が吹き、藤のさざめきの心地よさに気が緩んで、ぽつりと呟《つぶや》く。

「結局、女官部屋に帰れなくなったけど……」

地下斎庭から井戸を通って外に出たあとは大変だった。

草苺の治癒の癒花により蒼薇は意識を取り戻したものの、毒蟲《タンシ》の苗床として長い月日蝕《むしば》まれていた彼女はすぐには回復しなかった。

そのため、まず草苺の癒花で淹《い》れる特製の玫瑰花茶《チヤンウエイフアーチヤ》を毎日飲ませることに決めた。

それから、長年飢餓状態であった彼女の癒花にも蛇苺《へびいちご》の添え花を開始。一気に華氣を与えても悪影響のため、蒼薇の華氣を注意深く視《み》て、添え花をすべきか否か判断し、繊細な花結いを行う。

この重大な役目を、草苺がずっと担っていた。

なので草苺は女官の大部屋に戻れず、軟禁生活をしていたあの宮でいまも過ごしている。

「蒼薇皇太后の花結いはいつまで経っても緊張するなあ。なぜか薔華の花結いも、まだわたしが続けてるし。挙げ句に、編星の髪までやらされるしさあ……」

花結いと髪結いは違うと何度伝えても「構わないからやってよお」と猫の姿で転がって駄々をこねられると、つい屈してしまう。大半は角星が気付いて編星を引きずっていってくれるが。

「まあ、二輪咲きになって周りの目も変わっちゃったし。戻らなくていいのは楽か」

草苺の頭にはまとめた蛇苺に寄り添って赤薔薇が咲いている。

蒼薇の件でばたついて再び封じてもらうのを忘れていた。諸々一段落した頃には草苺が二輪咲きであることは宮廷中に広まっており、女官からも、花結師からも、誰からもペコペコと頭を下げられる始末。最近では、豪奢《ごうしゃ》な贈り物まで届き始め、手に負えず薔華に相談していた。

雑草娘娘《ザーツァオニャンニャン》と嗤《わら》う者は消え、貴妃に続く第二の不凋花娘娘《ヨンヘンニャンニャン》と囁《ささや》かれ始めた。

「わたしが第二の不凋花娘娘か。そりゃあわたしは媒の娘だし？　間違いではないけど、違うんだよなあ。後宮はあっという間に噂話《うわさばなし》に花が咲くから、いい加減にどこかで否定すべき？　でも二輪咲きなのは事実だし。媒にまた封印してもらうのも……いや、突然一輪に戻るのはおかしいよね」

「にゃー」

「うわっ！」

うだうだと垂れ流す独り言に第三者が侵入してきて、油断していた草苺は心臓が大きく跳ねた。

「え？　あっ……薄汚れ将軍⁉」

振り向けば、相変わらず猫にしては強い存在感を放った薄汚れ将軍がいた。

暖かな陽射しを受けて光沢を強めた鈴が、彼の首元で揺れる。

「ご、ごめん。ちょっと休憩してて。もしかして、呼んでた？」

長い尻尾《しっぽ》が、ゆらりと頷《うなず》いた。

「今日は大切な用事があるとか言ってたもんね。なんだろう？」

草苺《ツアオメイ》は裙子《くんす》を叩いて膝《ひざ》を伸ばす。

「呼びにきてくれてありがとう。薔華の部屋かな？　行ってくる！」

土のついた指先を擦りながら薄汚れ将軍の隣を抜けた。

「よく、あの子らの母を救ってくれたな。礼を言う」

響いたのは、編星や角星よりも玉座に腰掛けているのが似合いそうな厳格な声音だった。

「満点だ」

弾《はじ》かれたように草苺が振り返ると、眼《め》が合う。

いま見ると彼の澄んだ碧眼《へきがん》は、空と海の両方を連想させた。

海に映った空の色。空を吸った海の色。

とても広く、深く、父親のように見守る眼差し。

彼は、四曜公太傅《たいふ》。

帝を導く、帝の師たる職。

白匣皇帝《ハクコウ》――すなわち、双子の師傅《ししょう》。

彼もまた、双子を、三兄弟を見守り、支えていたひとり。

薄汚れ将軍は尻尾を立て、堂々とした足取りで藤棚の奥へと消えていった。

「……薄汚れ将軍って、喋《しゃべ》れたんだ」

小さな後ろ姿を見送って、草苺は呆然《ぼうぜん》と呟く。

呆気《あっけ》に取られていたが、風に乗ってきた薔薇《ばら》の香りに急《せ》かされて我に返る。

「早く行かなきゃ」

草苺は薔華の室へと駆けた。

「薔華！　ごめんね！　ちょっと外の空気を吸ってて……あれ、角星？」

「よっ。昨日振り」

戸を開けてすぐ、角星が立っていた。

彼はゆったりと蒼天《そうてん》の炯眼《けいがん》に弧を描き、片手をあげる。

「今日は角星のほうが皇帝の姿なんだね」

角星は軽装ではなく瑠璃色《るりいろ》の、皇帝のみが身に着けられる王色の天子御礼服をまとっていた。けれど、目隠しも鬘《かつら》もつけてはいない。

「なんつーか、礼儀としてな」

「礼儀？」

「あー……まあ」

少し返答を言い淀《いよど》んだ角星は左耳に指を伸ばすが、皇帝の装いの時は耳飾りを外していると自分で思い出したのか腕をおろす。「——っと！」おろしきる前に、不意に投げ付けられた何かを彼はその手で素早く捕らえた。拳《こぶし》を開けば、そこには長房の耳飾りが。

「にははは っ。スウのほうが朝からソワソワしてたもんねえ」

薔華《ソウカ》の隣に座っていた編星が投擲《とうてき》姿勢のまま半端な位置で止まっていた片手を、ヒラリと振る。

「るっせえ……」

舌打ちをして角星は耳飾りをつけた。

編星もまた、兄弟と同じ天子御礼服で身なりを整えていた。

「わたくしもよ。とても楽しみにしていたの」

「それでも寝る時はちゃんと寝なさいヨ」

砂糖菓子のように微笑《ほほえ》む薔華。彼女の肩から煤が飛び降りるとどこからともなく花が溢《あふ》れ、花に紛れて彼は人の姿を取った。

「今度夜ふかししそうになったらナニしてでも寝かすワヨ」

「むきゅっ……！　ご、ごめんにゃひゃい……」

もにゅもにゅ、と煤の大きな手が薔華のやわい頬を揉《も》む。どうやら薔華が今朝から眠そうだったのには、理由があったらしい。

「ふふっ。そろっていますね」

背後から羽毛が舞い落ちるよりもゆぅったりとした玉音が降ってくる。

「蒼薇《ソウビ》皇太后……！」

振り返れば、そこには双子より控えめで薔華と同じ程度の柔らかな癖毛に青薔薇を咲かせた女性。少し前までは歩くどころか立ち上がることさえ厳しかったが、いまの彼女はしっかりと己の足で室に入ってきて、草苺は喜びに胸を打たれた。

「ご機嫌よう草苺。今朝はありがとう。やはり貴女《あなた》の花結いは清々《すがすが》しいわ」

「勿体《もったい》無いお言葉です」

黄紗《キイシャ》を引き連れて、蒼薇は草苺へと淡く微笑んだ。

薔華とお揃《そろ》いの青薔薇。しかし蒼薇の場合は花弁が小振りの蔓《つる》薔薇である。

今朝は調子が良かったため彼女の癒花《ジュファ》には添え花をしている。蒼薇は蛇苺を所望したが、さすがに草苺の癒花では力を与えすぎてしまうので、満天星《カスミソウ》を添えている。

草苺は無意識に蒼薇の癒花を確認していたが、ふと皇太后の御前で突っ立ったままでは失礼だと慌てて膝をつこうとした。刹那《せつな》――蒼薇が激しく咳《せ》き込んだ。

「っ！　危ない！」

こちらへと倒れそうになり、草苺は慌てて彼女を支える。

ふらつく皇太后を奥の席まで案内して座らせた。

「ああ……ありがとう。小苺《シャオメイ》。ごめんなさいね、まだ。身体《からだ》が……」

「いいえ。お気遣いなく。ご自身の玉体をご自愛くださいませ」

「貴女は、本当にやさしい子ね……」

弱々しくも上品に微笑む彼女は、薔華に似ている。守ってあげたくなるような雰囲気も同じだ。

改めて草苺は席についた蒼薇の前にかしずこうとしたが、また蒼薇が咳き込む。

「今度は眩暈《めまい》も……ああ、ああっ……」

「蒼薇皇太后！　大丈夫ですか⁉」

目元を押さえてふらつく蒼薇を、すぐに草苺は支えに行った。

「いま蛇苺の実を……！」

「いや。草苺。いい。やらなくて、いい」

「角星！　なんでそんなこと言うの！　なにかあってからじゃ遅いんだよ！」

「なにも起きない。大丈夫だ」

他の面々も深く頷いて角星に同意する。

皇太后の不調に、あまりにも冷静なままでいる一同。母親思いの薔華や真面目《まじめ》な黄紗まで同意するものだから、草苺は疑問符を浮かべることしかできない。

「ふう……治ったわ。貴女《あなた》のそばにいるだけで、落ち着くのよ」

「本当ですか」

「ええ。私が貴女に嘘をつくはずがないじゃない」

ふんわりと手を握られる。

「貴女は私の花結いをしてくれてるのだから、なにかあればすぐに伝えるわよ」

温和な笑みを向けられると草苺も自然と笑顔になる。

「よかったです」

蒼薇を信じて疑わない草苺はそんな自分を周りが心配そうに、若干後ろめたい気持ちで注視している現実を知らない。

「母上。そこまでにしていただいてよろしいか」

角星《スボシ》がわざとらしく咳払いをする。

「そ、そうだねえ！　そろそろお話をしないとお」

「母様！　姉様を独り占めしないでほしいわ！」

「蒼薇。その子はまだアチシだけの娘ヨ」

「うふふふふ。まだ、そうですわねえ」

煤《メイ》と蒼薇が笑顔で火花を散らした。

蒼薇の本質を悟れていない草苺には理由が分からず、一人置いていかれて首を傾《かし》げるだけ。

「草苺。渡したいものがある」

埒《らち》が明かないと角星が勝手に話を進めた。懐から一枚の封書を取り出す。

「なにこれ？」

「読んでみろ」

草苺が封書を受け取ると、周りが大人しくなった。

一斉に静まり返り、全員の視線が黙って封を開けるよう促す。

草苺は、そろそろと封を開けた。

「これ……今年の夏に開かれる花試《かし》の、推薦状？」

入っていたのは開花省《かいかしょう》と皇家の紋が押印がされた文書。

「推薦者は、黄紗花結長と、薔華……？」

「はい、姉様！」

椅子から立ち上がった薔華が嬉《うれ》しそうに草苺へと抱き付いてきた。

「わたくしの専属花結師候補として推薦したのよ！」

「いままで薔華はその事情から専属の花結師をつけられなかったが、お前なら任せられるだろ？」

「でも、わたし……花結いの学がないよ？」

「そこはお任せなさい」

黄紗が静かな足取りで近付いてきた。彼女の手が、草苺の帯に吊《つ》るされた花断鋏《はなたちばさみ》を持ち上げる。

「私《わたくし》の弟子ということで、ある程度はどうにかできます。とはいえ、誤魔化《ごまか》すわけではありません。むしろ課題は増えるでしょうが、私が責任を持って叩《たた》き込《こ》みます。できますね草苺？」

ずいっと踏み込んできた黄紗。

草苺は彼女の背後に静かに燃える炎を見て、コクコク！　と何度も頷いた。

「よろしい」

音もなく離れていく黄紗は、いつも通り。

「多分、薔華の花結いを頼んだ時より厳しいだろうねえ」

卓に頬杖《ほおづえ》をつき、編星《アミボシ》が欠伸《あくび》まじりに言う。

「あ、あの時より……⁉」

薔薇の花結いをする前の三日間を思い出し、草苺はブルリと身震いを起こした。

「草苺なら大丈夫だよお。草苺の雑草根性のすごさはぼくが保証してあげるう」

「そんな保証はいらないよ……」

「合格してもらわなきゃアチシも困るワヨ」

煤がいつの間にか薔華の背後に回り、彼女の小さな身体を両手ですっぽりと覆う。

ひゃっ！　と薔華は爆発しかけるが、どうにかこうにか自分を抑えて堪《こら》える。けれど、やはり耳まで真っ赤になっていた。

「薔華のところにいちいち通うのも大変なんだから。ネエ？」

「あ、そ、その……わたくしは、貴方様《あなた》さえよければ、ず、ずっとここにいてくださっても……」

「それはアチシが無理」

「む、無理⁉　わ、わたくし、なにかお気に障りますことを……！　あ、あの、では、せめて人気《ひとけ》のない夜だけでも！　春薔薇宮は元々人が少ないので、見つかる心配も」

「夜なんて絶対に無理に決まってるデショ！」

「……うっ、っ！」

「ちょっとちょっとおー！」

大切にされている事実に気付けず傷心する末っ子へと編星が駆け寄っていく。

「ソウを泣かせないでくれますう⁉」

「泣かせるのはあと三年後ヨ！」

「いまでもいいじゃあん！　神様からしたらいまも三年も変わらないでしょお！」

「この子に！　関係あるのヨ！」

無垢《むく》を挟んで不純な言い合いが繰り広げられる。

蒼薇が「あらあら」と口だけ困ったふりをした。黄紗が楽しんでいる蒼薇へと茶を注ぐ。

喧騒《けんそう》に、草苺《ツアオメイ》は目じりを下げて苦笑する。

「なんであれで薔華も気付かないかなあ？」

「自分のことは二の次なんだよ。誰かさんと一緒で」

「ああ、誰かさん？　兄弟だもんね」

草苺がわざとらしく笑えば、角星は片眉《まゆ》を顰《ひそ》めた。

「人には散々言うくせに。自分が一番そうじゃん」

「うるせえな。考える前に動くだけだ」

「ああー、言い訳だー！　あの時、それで編星にも怒られたでしょう？」

「あの時はお前の結界もあったから、余計に大丈夫だと思ったんだよ」

「大丈夫どころか大惨事だよ！　本当に、なんとかなってよかった。……わたしの蛇苺《へびいちご》って、どこまで治せるんだろう？」

不意に疑問が湧く。

薔華は纏足《てんそく》が治ってきたと言っていた。なら、骨にも作用するということ。

「異形と化していた蒼薇皇太后も戻せたのなら結構すごい怪我《けが》まで治せるのかな？　さすがに安易に試せないけど……。煐に訊《き》いてみようかな？」

まだ解明しきれてない自分の癒花に対し、草苺はブツブツと頭を捻《ひね》る。

「そういえば、俺を助けてくれた時…………お前……」

ふと、角星の呟《つぶや》きに草苺の意識が引っ張られる。

「あ、ごめん。……なに？　聞いてなかった」

自分の癒花について考察していた草苺の耳は角星の言葉を聞き流しており、確認し直す。

けれど彼は自分の唇を押さえて黙り込み、ややあって首を横に振った。

「また、言葉選びが下手《へた》って言われそうだから、いい」

「別に今更でしょ。なに？」

「いい」

「もーっ！　なにそれ！」

そっぽを向いた角星に草苺は頬を膨らませる。

気になって、教えて！　と粘るも彼は頑《かたく》なに答えてくれなかった。

「俺のことはいいんだよ。それより」

角星は苦々しく耳飾りに触れかけて――――やめた。

「それより、お前のことだ」

指先が耳飾りではなく、蛇苺の実を弾《はじ》く。

この程度の衝撃はなんてことはない。

「まあ。お前なら、草苺ならどこでも大丈夫だろうけどな」

雑草は丈夫だ。

踏まれても、嗤《わら》われても、どれだけ傷めつけられても、存外に丈夫で。

雑草は、強く強く空に向かって伸びる。

「どうする？　推薦、受けるか？」


期待に満ちた蒼天《そうてん》の下で、萎《しお》れている雑草はない。

神の寵愛《ちょうあい》を受ける大国——華劍《ゲケン》。
かの国には大蛇《オロチ》の生まれ変わりと囁《ささや》かれるほどの悪妃がいた。
二輪の恩恵を受けながらも悪行の限りを尽くす彼女だが、ある時から一変する。
豊穣《ほうじょう》の歌と舞で癒花《ジュファ》を癒し、彼女は国や民に尽くした。
善行の末——彼女は神の愛《いと》し子、不凋花《ヨンヘン》娘娘《ニャンニャン》として花龍白天神君《カリュウハクテンシンクン》に見初《みそ》められる。

なぜ悪妃が神の伴侶《はんりょ》になり得るほど改心したのか？
そこには不凋花娘娘と同等の、二輪の癒花を咲かせた花結師の存在があった。

〈宮廷四曜公太輪《よんようこうたいりん》——蛇苺〉
史上最年少で太輪を冠した、奇跡の癒花を持つと謳《うた》われる伝説の花結師である。

# あとがき

はじめまして。彌《ゆみかか》はること申します。

この度はこの本を手に取ってくださり、誠にありがとうございます。

そして作品に関わってくださった皆様にも御礼申し上げます。特に、パソコンの使えない私を支えてくださった担当のWさんと、華美なイラストと可愛《かわい》い猫で本作を豪奢《ごうしゃ》に彩ってくださったイラストレーターのさんど様には心より感謝をお伝えいたします。


本作は、すべてスマートフォンのメモ帳で書き上げたものです。

私が真っ先に担当さんにお伝えしたことは「パソコンが使えません！」でした。

私は、わーど？　えくせる？　どうつかうのそれ？　となる重度のパソコン音痴です。

そんな私に担当さんが掛けてくださったお言葉は「メモ帳で構いませんよ！」との、あまりにも、あまりにも頼りになる最強のお言葉でした！

結果としてこの作品はメモ帳アプリで書き上げ、大変満足のいく素晴らしいかたちで世に出せました。わーい！

愛猫と一緒に踊るほど嬉《うれ》しいです。

本作に出てくる猫は、どの猫がとは言いませんが我が家の猫がモチーフです。私が創作を続けている理由のひとつが、虹《にじ》の橋を渡った愛猫を自分の世界でワイワイさせるためでした。

せっかく物語が書けるのだから物語の中でまた会おう！　と思って書き続けていました。

なので、趣味で書いていた頃から愛猫は私の物語に住んでいます。

私が表現すれば愛猫の元気な姿は現実になるのです。そして、なりました。

今回、こうして物語の中に住んでいる愛猫の元気な姿をお見せできてすごく嬉しいです。

まだまだまだまだ、愛猫には私の物語の中で駆け回ってもらおうと思っています。

現実ではなんやかんやあって拾った、同じようなところにシミがある、性格は似ても似つかない猫が駆け回ってますが。


大好きな愛猫に、愛猫たちに、感謝とおやつを捧《ささ》げます。

お便りはこちらまで

〒102－8177
カドカワBOOKS編集部　気付
弭はるこ（様）宛
さんど（様）宛

カドカワBOOKS

後宮《こうきゅう》の花結師《はなゆいし》

2023年９月10日　初版発行

著者／弓可《ゆみかか》はるこ
発行者／山下直久
発行／株式会社KADOKAWA
〒102-8177
東京都千代田区富士見2-13-3
電話／0570-002-301（ナビダイヤル）

編集／カドカワBOOKS編集部
印刷所／暁印刷
製本所／本間製本



●お問い合わせ
https://www.kadokawa.co.jp/（「お問い合わせ」へお進みください）
※内容によっては、お答えできない場合があります。
※サポートは日本国内のみとさせていただきます。
※Japanese text only


Printed in Japan
ISBN 978-4-04-075150-4 C0093

# 新文芸宣言

かつて「知」と「美」は特権階級の所有物でした。

15世紀、グーテンベルクが発明した活版印刷技術は、特権階級から「知」と「美」を解放し、ルネサンスや宗教改革を導きました。市民革命や産業革命も、大衆に「知」と「美」が広まらなければ起こりえませんでした。人間は、本を読むことにより、自由と平等を獲得していったのです。

21世紀、インターネット技術により、第二の「知」と「美」の解放が起こりました。一部の選ばれた才能を持つ者だけが文章や絵、映像を発表できる時代は終わり、誰もがネット上で自己表現を出来る時代がやってきました。

UGC（ユーザージェネレイテッドコンテンツ）の波は、今世界を席巻しています。UGCから生まれた小説は、一般大衆からの批評を取り込みながら内容を充実させて行きます。受け手と送り手の情報の交換によって、UGCは量的な評価を獲得し、爆発的にその数を増やしているのです。

こうしたUGCから生まれた小説群を、私たちは「新文芸」と名付けました。

新文芸は、インターネットによる新しい「知」と「美」の形です。

2015年10月10日
井上伸一郎

潰れかけの
大衆食堂を救うのは、
「元」宮廷料理人の
転生者!?
『楽しくお仕事
in 異世界』
中編コンテスト
受賞作
転生少女の三ツ星レシピ
～崖っぷち食堂の副料理長、
はじめました～

――彼女は本当に【無才無能】か？
最強悪女の痛快コメディ開幕!!
稀代の悪女、三度目の人生で【無才無能】を楽しむ

第４回カクヨム
Web小説コンテスト
キャラクター文芸部門
〈特別賞〉
憧れの後宮は
トラブルだらけでした!?
新米宮女、
医療チートで大活躍！
FLOS COMICにて
コミカライズ
連載中！
漫画・shoyu